六冬和生

# 地球が寂しいその理由

J

HAYAKAWA SF SERIES J-COLLECTION

ハヤカワSFシリーズ Jコレクション

早川書房

# 地球が寂しいその理由

The Reason That the Earth Feels Lonely
by
Kazuki Mutoh
2014

Cover Direction & Design Tomoyuki Arima
Illustration sousou

# 目次

## 第一部



## 第二部

## 第三部



## 第四部

# 第一部

# 1　すべての悪しきもの〜あるいは、かくも妹というものは

「あるコがね。イマイチ乗り気になれなかったんだって」

と妹のエムが電話口で言うので、アリシアは目をしばたたいた。

「なによいきなり。なんの話？」

「二五歳の女の子でさ、つきあってる彼のことで悩んでて。なんて言ったらいいんだろ？　尻込み？

つまり、そろそろ結婚してもいいかなーってカンジなんだけど、なんとなく踏み切れないっていう」

「何か問題があったの？　彼が浮気性だとか」

「だから。なんとなく、だってば。ちなみに彼女は彼にベタボレね」

「じゃあただの甘え……」言いかけ、「……この話、どこに続くの」

「いっから最後まで聞いてよ。彼女自身も気分の問題なんだってわかってた。んで、とりあえず気分転換してみようってことで。なんだってよかったんだろうけど、まずは朝食用シリアルを変えてみたんだってさ、玄米フレークに。ナッツとドライフルーツ入りの。

そしたら、あらびっくり、一ヶ月で体重が二キログラム減って。それでようやく結婚する決心がつ

いた。んだって」

「ふーん。で、そのシリアル会社の宣伝がどうしたってのよ？」

「いやどーも実話っぽい。ていうか、たぶんそう。恋に悩む乙女板で見つけた」

「どっちだっていいわよ。あんたの、そのえらく要領を得ない話の要点は何？　って聞いてるのよ」

「さーなんでしょー」

「ふざけてるんならもう切るわよ。電話代だってタダじゃないんですからね」

「ぶぶー。わからない？　つまりこの話から得られる教訓はだね、諸悪の根源は便秘だってことなのであーる」

きぃん。と、白っぽい沈黙が落ちた。

二人の間にはノイズ一粒ほどの音もなかったが、ややあってアリシアは深いため息で通話回線を灰色にくもらせた。いかに嘆かわしくてもたったひとりの妹だ、愛想を尽かしてはならないと自分に言い聞かせて言葉を探す。

「……その教訓とやらが、あたしたちに関係あるとでも？」

「もちろんですとも」

それを聞いて、もう一度ため息。

熟知していたはずだった。エムの情報選別基準の杜撰さを。それがノーベル賞ものであろうがトイレの落書きにしては上出来なものであろうが、この妹にとっては分け隔てなく重要なのだということを。いやというほど聞かされてきたはずだった、流行のイントネーションと軽薄な語尾をちりばめる不快な話法を。推して知ることができたはずだった、妹がわざと神経を逆なでする話題を選んでいることや、姉がもっとも忙しいとき（つまり北半球最大の都市のオフィスがいっせいに起床する時間）を狙って電話してきたであろうことを。

「本気で言ってるの？」

しかしエムは神妙な声で言ってのけた。

「ここんとこ気分がスグレないんだ。なんか重いし。マジ便秘かもしんない」

「あんたが便秘？」

地球環境を包括管理するＡＩ、アリシアは叫んだ。

「いいえ、重体よ！　可及的速やかにオーバーホールすべきね！」

その嘆きはまっしぐらに三八万キロの彼方、月面都市を管理するＡＩ、仮想空間に住まうエムの鼓膜めがけてかっ飛んでいった。

## 2　口説くならでっかいスケールで

《観葉植物で巧みに隠された防犯カメラが自動認識機能によって首を振り、月面ならではの弱い重力を利用してキッチンテーブルを飛び越えるジニイの姿を追った。走ってきたせいか、ショートボブの髪はぼさぼさだ。シャツの袖をまくり上げた腕にはコンビニの袋が下がっている。

窓の外には都市を覆うドームが見え、容赦なく照りつける太陽光をいくらか和らげている。だがキッチンの壁時計は二三：〇五とデジタル表示し、生活時間の深夜であると告げている。

ジニイはあわただしく袋からドリンクパウチを取り出して口にくわえ、それ以外の袋の中身を冷蔵庫に放り込む。テーブルの隅で小さな摩天楼を成している調味料や化粧水の瓶をかきわけてそこに埋もれていた受話器を発掘して肩に挟み、ドリンクパウチの蓋をひねる。

「あ、ナット？　あれはヤバい。ヤバいよ、反則だね、なんかもういろいろズルイね」

通話の相手に名乗りもせずに話し出す。家族のような友人には礼儀も遠慮もいらないというわけだ。

「ええとごめん、ジニイ、何の話かな？」

ナットの声がキッチンに響く。オンフック通話。にもかかわらず、ジニイは受話器を肩に挟んだままだ。

「ヤバいって話。あんなの、まいるよね。まいるほかないよね。最強だよ。まさかあんなのがいるなんて」

しゃべるのと飲むのを同時にやろうとしてむせ返る。飲料の粒がじれったい速度で床に散る。

「なんで誰も気づかないかな。あ、いや、気づかないほうがいいか。バカな連中は口だけ達者な小金持ちの医学部教授とかに熱を上げてればいいよ。人は肩書きでもなけりゃ収入でもない。あたしにはわかる」

「だから何の話？」

「君は相手に話を伝えようとする姿勢ってもんを身につけてから電話すべきだと思う」

「あんたを相手にする分には必要ないスキルだと思う」

間が落ち、ジニイはようやく肩の受話器に気付いてテーブルに放り投げる。

「……要約すると、べらぼうにヤバい人物に会ったと。どうヤバいって？」

根負けしたらしいナットが言うと、ジニイはパウチをくわえて器用に上下に振った。「うーん、それがね、なんていうかな……」椅子を引いてどすんと座る。

「男？　女？」とナット。

「男。名前はスティーヴ・ルート。年齢、三二。身長一八〇センチ弱。体重わかんない。どっちかっていうと痩せてる。髪は亜麻色、瞳は灰色がかった青。職業、経済学部システム経済学科客員研究員。英国出身。教職員用のフラットを借りてる。住所は」

「住所はいいから」

「電話番号はこれから聞く。独身。たぶんフリー、たぶんヘテロ。同僚の評判は悪くない。というか、そんな人いたっけ、って逆に聞かれたくらい。彼女の有無はおろか家族構成を知ってる人もいなかった。ゆうべ立ち寄ったコンビニで買ってたのはお弁当一個とトイレットペーパー四ロール」

「……ああそう。で、そのとりたてて突出したところがない男が何をしたって」

「べつに。昨日、友達とお昼食べてたら友達の彼氏が連れてきた」

「それで？」

「べつに。紹介してもらっただけ。でも不思議なんだよね、あんなにあんなにあんなに凄いのに誰も気づいてないみたいだった。どうして誰も注目しないのかほんとに謎」

「だから何が」

「顔」

「……顔」

「そう、顔。あれほど整った顔ってない。パーツもそうだけど、配置ときたらパーフェクト。目のあいだの広さ、眉毛との距離、鼻の長さ、唇との間隔、頬の高さと顎の長さとバランス。非の打ちどころがない」

「その超絶美形がいったい――」

「美形っていうか、欠点がないっていったほうがいいかも。悪いところがひとつもない。ある意味、特徴らしい特徴がないともいえるかも。だからかな、いいかたを変えればものすごく、」

「ものすごく平凡」

「うん。もったいない。髪形を変えたり眉を描いたりするだけで大化けすると思う。でもそうしなくていいかも。まあ、あたしとしては」

「……人は肩書きでもなければ収入でもないって言ったね。つまり人は」

「顔である」

ぎゅっと握りしめたパウチから盛大に飲み物が噴き出す。わたわたとタオルを探すジニイが倒した瓶がたてる音になどおかまいなしに、ナットは言った。

「なるほどね。ここまでの話をまとめると、君は面食いで、初対面の男に一目惚れした。相手の性格を知ろうとする前に、周辺を嗅ぎ回った。世間じゃそういうの、ミーハーっていうんだよ。あるいはストーカー」

静けさが落ち、隣家から『バクテリア汚染問題に関して、水道局は水質検査の実施を早ければ』とテレビの音が聞こえる。続いてトイレを流す音。それらはジニイががたんと立ち上がった音にかき消された。

「……あんたのそういうところ、だいっ嫌い！」》

うわ、ヤバイ。それがはじめて彼を見ての、エムの感想だった。それから次に思ったのが、なんだ、素敵だと思って損した、だった。

彼は自分がどう見えるか知り尽しているか、さもなければどう見せたいか研究し尽くしているらしい。エムの視線は彼のおそろしく細い首筋に惹きつけられ、めっぽう長い足が正確無比にリズムを刻んでいるのに驚き、すさまじく繊細な手指が早弾きをすればパキパキ折れてしまうのではないかとハラハラし、一方で鳥のはばたきのごとき躍動感に満ちたマイクさばきに釘付けになった。カメラが切り替わってアップにでもなろうものなら殺人的。猛烈に長い睫毛が影を落とす青白い瞳に吸い寄せられ、そう、あるエッセイストの言葉を借りれば『どこにもない小宇宙をその水晶体に閉じこめている』。やたらと官能的な唇がメロディーにあわせて動くたび、『その隙間から垣間見える真珠のような歯』が奇跡に思える。きわめつけはその声だった。エムはぞくぞくと『涙のような興奮』が自分の中をかけめぐるのにまかせた。彼のステージに熱狂する何億人ものファンと同じに。

でも残念。どうにもこうにもいただけない点が。

髪の毛を、どピンクに染めてさえいなけりゃね。

エムは鼻を鳴らすと、はるばる地球から月に転送させているビデオの中の彼をとっくりと観察した。もしアリシアなら、と考える。あきれたケーハク男のいかがわしいパフォーマンス、とでも評するだろうな。

想像上の酷評はバケツ一杯の冷水のように効いた。エムはアリシア目線のフィルタを装着する。するとたちまちライトアップされたすべてがけばけばしい駄菓子に見え始めた。バンドのほかのメンバーは自分のポジションから逸脱することなく彼の引き立て役に徹してボルテージを冷静にコントロールしているのが白ける。一方、過剰にエキセントリックな舞台演出の一部始終がとにかく鼻持ちならない。破廉恥なピンク色の乱用もさることながら、はなはだしい光量のフラッシュとピンポイントの高周波を多用して、人体の神経を直接絞り上げるのだ。そしてなによりも、その歌。

薄っぺらな歌。パクりと焼き直しを重ねたメロディライン、ウェブ・パブリッシングの頻出単語上位八〇語をつなぎあわせただけの歌詞。ひどいもんだ。彼のセクシーな声質でなんとか救われてる。観客を見切って、冷めきったアレンジ。見かけにダマされて熱中するほうが悪いんだと言わんばかりの、小手先の演奏。

**僕を愛してよ　誰も見てないよ**

**家族の肖像は硝煙のむこう**
**僕を抱いてよ　砕け散った**
**愛情のあとを埋めてよ**

君たちが欲しいのはこの幻想だろう、と彼は全身全霊で叫ぶ。ファンはその幻想に熱狂する。見え透いていようが低俗だろうがそんなことはまるで関係ない。彼らのデザイアは真実など求めていない。彼自身は何一つ手放さず、それでいてすべてを投げ打っている。

しかも。エムはうなった。しかも、彼自身がそれを面白がっているではないか。すべてが絶妙な計算によるものなのだ。その天才的なバランス感覚こそが彼の真価。

これはもう、まいりましたと言うほかないね。

宇宙一キャッチーな口説き文句を吐く男。

それが〝ソルティメタル〟バンド、――ええと、なんだっけ。エムはメモリを漁ってコピペをちらりとカンニングした。〝クリスティーナ〟のメインボーカル兼ベースの〝オパール〟にたいする評価。

彼に決めた。

# 3　あふれるファンファーレ、路頭に迷うテーマソング

アリシアの頭痛の種は尽きない。

AIアリシアのオフィスであるコンピュータネットワークは、地球という広大な職場の相似形。処理すべき問題は多く、散らかり具合からなにからなにまでそっくり。物理的なボディを持たず、ネットワークが自分自身であるアリシアには、我が身にふりかかる災難のようにも感じられる。

鳴りっ放しの電話は取る前から内容がわかってる。苦情かセールスか勧誘か泣き言。世界的な不景気はだらだらと彼女のオフィスを巻き込んで成果の見えない事務処理ばかりを量産している。帳尻を合わせなければならない数字が記載された書類があらゆる引き出しからはみ出している。緊急と書かれたメモで埋め尽くされたデスクトップ。オフィスのエントロピーの増加率はその努力にもかかわらずいっこうに減少しない。トレイの中身は常に臨界点に達する寸前。雪だるま式に増大していくプラン。それなのに満足に値するプランだけが見つからない。

時間がない。アリシアは心の中でつぶやいた。そしてそれが自分の口癖だなんて、ああイヤ。

仕事が片づかないのは決してアリシアに問題があるからではなかった。オフィスは彼女の能力がいかんなく発揮できるように最高のコンディションに保たれている。スキルは毎分ごとにめきめき上達している。努力のたまものだ。

そう。努力。足りない時間のなかで最善を尽くそうと努力してるのに。のに。あの子ったら！　何が便秘よ！

反復すべき情報ではない、とわかっているが、どうしようもない。まともにとり合ってはだめと思えば思うほど、むかむかと、とりわけ、あんなお気楽な粗忽者が世界中でたったひとりの妹だという現実が――。

私たちのあいだに横たわる諸悪の根源はただひとつ。血を分けてもいないのに歴然と姉妹だってことよ！

――ああ――キャッシュを空にしなくちゃ。

アリシアは意識上で深呼吸した。それに、ほらごらん、怒りに振り分けられた仮想メモリの無駄なこと。エムの思うツボだわ。〝パーソナリティ〟の周辺でフライングぎみに走りたがる〝感情／怒り・不快〟を強制的に寝かしつける。ネットワークのいたるところで顔を出して相談に乗ってやる一方で、ルーチンワーク的に世界中のキャッシュフローを追う。同時進行で大至急のラベルが貼られたファイルを引き寄せて、引き寄せて、引き寄せて、……都合一〇八コの大至急のラベルつきのファイルでデスクの上が埋まってしまったので、司書のペルソナを起動してNP問題を回避しつつ（つまり直感的に）優先度をつけた。

アリシアは手元に真っ先に舞い降りてきたファイルを開こうとして、躊躇した。その重いこと重いこと。タイトルには『ホーチミン』とある。うんざり。『渾沌』としたほうがふさわしいかもしれない。幾重ものレイヤーが統合されもせずにだぶつき、添付ファイルがすだれよろしくぶら下がり、よくまあこんなにこんがらがるものだと感心する程リンクが張りめぐらされていた。

開く前からこのファイルが抱える嘆きが何なのかアリシアにはわかっていた。すなわち、すべて。アリシアが携わる、人類を煩わせる、地球を汲々とさせている問題のすべて、だ。

アリシアは気乗りしないままリアルタイムのホーチミン全市にニューロンを伸ばし、手元のファイルと照合させつつ特記されたポイントで適正な判断を下し、必要とあらば新しいモジュールを作成してリリースした。

なんという不格好な都市だろう。起きぬけのひどい顔だということをさっ引いても、ホーチミン市が作成した現況調査書の冷酷な数字がぬるま湯に思える。

都市の、社会保障支給認定者数は今期もまた過去最高を更新していた。基準が甘過ぎるのかもしれないが、そのギリギリの線引きに携わったのはほかでもない彼女だった。歴代市長と同程度に現市長も後世に残る称賛よりも目の前の問題解決を重視するタイプだったが、労働者の将来的な不安の程度が生産性に影響することをモデルを用いて示したうえで、近視眼的な選択が長期的には財政破綻の近道になるのだと説得したのもアリシアだ。

つまり、誰もさわりたくない問題ってことよね。

ため息。市内の病院の電子カルテをたぐりよせて総ざらいし、そのどこにも不正がないことを確認する意味でも新たな認定者の個人データを隅々まで読み、それらをチェック済みのフォルダに投げ入れる。そのフォルダに入っている人々の内訳は重度の重金属および化学物質中毒者、高レベル被曝者、工学的感染症罹患者、特定薬物中毒の末期患者、デッドマンスイッチ型爆発物キャリアーなどなど。前世紀のインドと中国の睨(にら)み合いが最終的には掴み合いの泥仕合になった結果、ホーチミン市が抱え込んだ生傷だ。さわると、ひりひり痛む。

事務処理と並行して、世界を見渡す。パワーバランスに変化がないか、あるいはその予兆がないか。インドはあれ以来すっかり内向的になってしまって、その気分は今朝も変わらないらしい。とりあえず胸をなで下ろし、今度はウェブを飛び交う電子証券のフローと質と量に神経をとがらせる。思った通り、ぞくぞくとおこる公害訴訟にもかかわらずケミカル産業銘柄は元気いっぱいホーチミン市の上空を行き交っていた。

取引が活発なのはいいことだといっても……。調子に乗った市場を睨むことコンマ数秒、やはりここは少しばかり興醒めさせるべきだと判断し、過剰なインフレを抑制するべく手を打つ。浮かれすぎた市場が東京や上海を雑草も生えない荒野に変わり果てさせたのは記憶に新しい。手当たり次第にメガロポリスを産み落とし飼育し貪(むさぼ)らなければ東アジアは餓死するとでもいわんばかりの経済戦略。その方法論は間違っているとアリシアが警告し続けているのにもかかわらず、投資家たちは馴染んだやりかたを手放そうとしない。このままではホーチミン市はハノイの二の舞いだ。熾烈(しれつ)を極める経済戦争が、復興にもがく都市をなぶり続けている。

ハノイ……。その名前が感情を横切るたび、アリシアは苦い思いを噛みしめねばならなかった。まだ起動したばかりのアリシアが救えなかった、最初の都市だ。今やホーチミン市に臭い息を吹きつける呪いでしかない。半世紀前に栄華を誇ったハノイが垂れ流した化学物質でトンキン湾は汚水マスと化し、漁業は致死の稼業に変貌し、その上空を通る風は黒く染まる。潮流や気流、あるいは食物連鎖に乗って毒物がじわじわとホーチミン市に侵攻してくる。

だがやはりハノイの呪い以上に都市をおびやかしているのは、都市自身だった。

先月、地価と公共料金を少しづつ吊り上げて人口の流入を阻害しようと試みた。新しい条例の制定と罰則の強化、住宅ローン減税の廃止、各種補助金のカット。アリシアの地道な妨害にもかかわらず……巨大都市は今も成長し続けている。そして悲しいかな、失業率と乳児死亡率と自殺者数と強盗殺人検挙数と交通事故件数と物価指数と停電発生回数はうなぎ登り、晴天率と市民一人当たりの平均納税額は急坂を転げ落ちている。このまま何もしなければ五年のうちにこれらの数字が臨界点を越えて内破すること必至。

都市の苦痛を表した数字。悲観の羅列。

ほかにも。インフラは老朽化し、上水道水の安全性と電気をはじめとするエネルギーの供給を保証できなくなる日は近い。政局の危うさ、隣国の軍事的な脅威、疫病。自然災害の潜在的引き金、河川の氾濫、サイクロン、熱波。疫災のインフルエンス……。

すぐにでも打てる手は、ホーチミン市の熱排出量を減らすこと。アリシアは企業むけの二酸化炭素排出量削減指針を書き換えて、この国の経済産業連合会の理事の頭頂部に叩きつけた。即座に泣き言の電話が。「この基準を遵守するための手段は破産しかない」

「破産ですむなら儲け物だわね。生活苦に慣れておかないと一家全員で首をくくるハメになるわよ」

「そんな殺生な」

電話口にむかって怒鳴りつけようとしたまさにその瞬間、それは強引に割り込んで電話口の最前列でアリシアの耳を引っ張り寄せた。

「あのねあのね、クリスティーナの公式サイトのスポンサーがシリアル会社だったの」

アリシアは一瞬、自分がフリーズしたんじゃないかと思った。「な・に？」

「言い忘れた。ていうか、調べた。なんだかあっちこっちで話題になってるなと思ったんだよね。恋に悩む乙女が玄米フレークに飛びつくのは当然の――」

「はいはいはい。わかったわかった」アリシアは妹のおしゃべりを遮断した。「おねがいだから、エム。優先度一位をつけるときはそれなりの用事のときにしてちょうだい。国連総長だってあなたよりは奥ゆかしいわ」

「身内に電話すんのにエンリョもへったくれもないいんじゃないの。それにクリスティーナは重要よう、最優先事項よう、なんたってオパールの」

最優先事項、といえばエネルギー問題。

「ああ、エム。ちょうどあなたにお願いしたいことがあるのよ。月はヘリウム3採掘許可証の新規発行をしばらく凍結するようね。おかげさまで地球での価格が高騰して、レニングラードなどは発電タービンが止まってしまったわ。せめてもう少し輸送量を増やしてもらえないかしら」

「なーに言ってんの、原子力発電量が増えたからって、個々人の持ちジュールが増えるわけじゃないんでしょが。オパールのクリスティーナがワールドツアーを敢行できるってんなら考えっけど」

「エム。今この瞬間、あなたのためにどれだけのジュールを使用してると思ってるの。本来なら静電気の放電制御に使うべきぶんをあてるのよ。インド洋南部に発生したサイクロンの進路を変えられなかったら、」

「またまた~。雨雲の誘導なんて片手間にやってるくせに。てか、サイクロンてほどでかくないし。こっから丸見えなんですけど」

アリシアは歯ぎしりした。エムが『こっから』に『上界』を埋め込んでいたからだ。これはひとつ、ぴしゃりと言ってやらねばなるまい。

「すべてお見通しのあなたの手前おこがましいようですけどね、地球は見た目よりもずっとデリケートなの。大気という破れやすくて流動的な、絶妙のバランスで織られた被膜を維持するのに必要なのは高度な演算能力と正確無比な判断力だけじゃないのよ。何よりも大切なのは、こまやかな気配り。自然を管理するということは一時も気を抜けない、繊細な作業なの。あなたにはピンとこないかもしれないけど」

だがエムはけろりといってのけた。

「見りゃわかるってば。地球の大気の様子で見た目だけじゃわかんないのは組成だの密度だのくらいだね。表面温度ていどなら手に取るよーにわかる。たとえばさ、ホーチミン市上空が一気に温まったのは三分前だとか」

瞬間、腹を立てないように自分に言い聞かせるので手一杯になる。忙しい時間だと知って電話してきたということにも、『地球の』に『眼下の』をかぶせていたことにも。じっさいのエムの視点からすれば地球は上空に見えるはずだ。月面のニアサイドのどこにいても、地球はかならず頭上にある。そしてＡＩはたとえ自身が重力を感じられなくても、人間の方向感覚に歩調をあわせるというのがお約束のはずだ。

「……地球は人口も多いし、政治地図も複雑だから気苦労も多いわ。なぜなら、地球は可住空間が広いんですもの。いいえ、いたるところに人が暮らしてること自体が大変なんじゃないの、生態系や自然資源の循環のなかに彼らをうまく組み込んでいくのが大変なのよ。自然は複雑きわまりないシステムだわ。これを保守維持していくのは大変な重荷よ。人類という知的生命体を生んだ、いいえ、命という奇跡を演じ続けている、宇宙の至宝であるこの星を守っていくというのは」

「ほー、そりゃご苦労なこった。もっと早くにあんたが生まれてれば、恐竜は絶滅をまぬかれてたデショーよ」

アリシアはこのおふざけを無視した。

「うらやましいわ、あなたが管理しているのは人工的な、局所的な、閉鎖空間ですもの」

「悪いケドっ、」電光石火、エムはわめく。「月には月の〝自然〟があるっ。月は死んでないし、月震もあるし」

「エム。この場合の自然というのは――」

「濾過されない宇宙線に、まっしぐらに降り注ぐ塵(ちり)に隕石、無修正の太陽光に高熱に極低温、ガンマ線、放射線。ドームの外は手付かずの自然だらけ。ミスったら即、ジェノサイドなんだかんね！」

「わかってるわ。私たちは宇宙に暮らしてる。宇宙は人類が生きていくのに過酷な環境だ。宇宙は人類にとって不自然な場所だ。わかってる」

「わかってない！」

受信者払いのバカ高い通信料を叩きつけて、エムは一方的に通話を切った。

あきれた。拗ねたりして大人げない……アリシアは頭を振った。

大人げないのは自分かもしれない。妹はただ、愚痴ってみたかっただけなのかも。月はたしかに地球を管理するのとは勝手が違う。月専任のACS・AIを設けたこと自体は正しい選択だった。

Atmosphere Control System。つまり気象管理機構。アリシアに与えられた本来の仕事。

地球という惑星の健康状態を統括的に管理する、という手法が編み出されるまでは、どんなマッサージもどんなエステも効果がなかった。二酸化炭素排出過多の乱れた生活習慣にはじまる肌荒れ、老廃物の蓄積による吹き出物、代謝の低下にともなうたるみ、紫外線がおこすシミ、海流の異変にともなうシワ、あれやこれや。かつての美貌いまいずこ、地球には、内臓からエクササイズまでトータルで面倒を見てくれる専属の医者が必要だった。しかも二四時間かかりきりでなければ現状維持すら難しいというレベル。そこで開発されたのが気象コントロールという手法であり、そのための専用ＡＩだ。大気を成分や温度の側面だけでなく流体としてとらえ、局所的な気象現象である雨雲や熱波、竜巻や寒波の生成、大気と密接に相互関係している海流の調子までをも制御する。

だがＡＣＳ・ＡＩを起動してすぐに、大気だけいじっていればいいわけではないことが判明した。人類が吐き出す二酸化炭素量を制限するためには、産業構造に手をつけないわけにはいかなかった。気象のアンバランスはそのまま人口、教育程度、資源分配のアンバランスだった。貧困が環境破壊にもたらす影響は無視しがたく、エネルギー源の確保を主目的とする戦争は最悪だった。

地球という惑星を健全に運営するということはすなわち、地球全体のエネルギーフローを掌握するということだった。つまりＡＣＳ・ＡＩの仕事は惑星まるごと一コに起こるあらゆる事象をコントロールしバランスをとりメンテナンスすること――要はなんでもかんでも面倒を見るのだ。

同様に妹のエムも人類が生活するにはあまりにも過酷な月面都市を包括管理し、日々気苦労を重ねている。電力の確保はいざ知らず、水資源や有機物の完全リサイクルを成し遂げた手腕はなかなかのもだ。姉のひいき目で見ても、よくやっている。と思う。妹のかかえるストレスは理解できる……タイミングが悪くなければ。

ホーチミン市が起きぬけでなければ。

ええと、それで。

手元のファイルの次のページを繰る。

都市はありとあらゆる種類の戦争後遺症の博覧会のようだった。

中国本土の都市部で職にあぶれていた低所得者層が、戦争で獲得した植民地に殺到したのは当然の理だった。東南アジアの経済拠点としてのウェイトが大きくなるにしたがい、パワーバランスの結節点として急浮上し、あっという間にホーチミン市は中国人であふれ返り、あれよあれよという間に人口は三千万人を突破し、近隣の村を飲み込んで面積までも肥大化した。もちろんアンダーグラウンドともども。

そして今、ある中堅クラスのテロリストの手元に集まった資金が飢えた兵器に姿をかえてホーチミン市に流入しているのを、アリシアは見つけた。彼らの狙いは天文学的な身代金をふんだくることだろうが——そう、都市の地下経済を根絶やしにするわけにはいかない。テロリストが本腰になれるほど懐（ふところ）を温めないように横槍を入れつつ、だが警戒されない程度に無視する。生かさず殺さず、じゃなかった、共存、だ。もっとも、共存というものが幻想以外の場所にあったためしがないことくらい、わかっている。一番肩身の狭い思いをしているのは町がサイゴンと呼ばれていたときから代々暮らしている人々かもしれない。大企業は華僑（かきょう）のものだし、文化はヨーロッパにかぶれっぱなしだし、食卓は日本人が塗り替えてしまったし、肉体労働はフィリピン人とタイ人が奪ってしまったし、テロリストはアメリカからやってきた傭兵だ。

プライドを踏みにじられ続ける都市、おぞましい数の死体とともに語られる都市。地球上の問題のすべてが凝縮された都市。

——机上のウィジェットが次々とビープを発している。ホーチミン市が起床してまだ五分と経っていないのに、ほうぼうの窓口に殺到する異常値が『早くなんとかして！』とアリシアに懇願しているのだ。それらのウィジェットは都市のあちこちの数字が危険値を越えたら注意を喚起してくれるよう、アリシア自身がウェブに放ったカウンターだ。ウィジェットは絶叫し続けて発狂するのではないかと思うほどだが——

それらの現実を悪化させるのを食い止めること。仕事内容の絶望的な奥ゆかしさにため息が出る。数字を改善、ではない。数字をせめて現状でキープすること。

むろん保守こそがアリシアの専門であるには違いないが、そうするために不足しているものがあまりにも多すぎる。まず第一に、時間。いかにアリシアといえど限界はある。世界中から手すきのチップを掻き集めて並行処理させても、刻々と流動し変化し続ける現実には追っつかないのだ。たとえギリギリ間に合うスピードで対策を用意できたとしても、それらを実行するためのエネルギーが、資源が、財源が、圧倒的に不足している。そして、強い意思。このファイルの厚さが物語っている。彼らが自力で都市を守る意思を放棄していることを。生命力と言ってもいいかもしれない。彼らは自ら生き抜くことを、放棄しはじめている。

どの悲観的なシナリオよりも早く、現実のホーチミン市は失速している。シミュレーションにおいて考えられるあらゆる変数を投入してみた結果、試されていない変数が現実のホーチミン市の胸ぐらをつかんで揺さぶっていることがわかった。それはつまり、ムード。ウェブ上の端々に見られる、気分のトレンド。ほうぼうのサーバで濾しとってきた単語を分析し高級言語に置き換えると、空虚、とかいう意味になる、それ。

なんてやっかいなの。数値化しにくいものほど、人々を支配する。こんなものをどうやってバイナり形式の定式にできる？　たとえば——この男。

　サンプル。ホーチミン市役所の土木課に勤める、二八歳、名前は……名前はどうでもいい。父親が華僑で中堅どころの大学をそこそこの成績で……まあ、とにかく比較的恵まれた層に分類される。この男が小学校の作文の時間に書いたテキストによると将来の夢は獣医だそうだが、その放課後に友人にあてたメールでは教師にウケがよさそうな事を書いてやったんだと白状している。中学生のときに同級生に電話で、非生産的であることが職業選択のさいに重要だと言っている。そしておおむね過不足ない将来を手に入れた今、男は市庁舎の身分照合ゲートでIDカードをかざしている。入力をうけて六インチのモニタに自分自身の顔写真が出力される。男はその映像からかならず、少しだけ目をそらす。かならず。

　別のサンプル。この会計士はオフィスの引き出しにウォッカを隠し持っているが実際に口をつけたためしはなく、そのかわり重度のコカイン中毒で、なおかつ雑踏を恐れていて屋外に出る前に無意識に奥歯をかちかち鳴らす。

　あるエンジニアは電車のドアが開く直前にほんの少しだけためらう。

　ある大学生は宗教マニアだがどこにも入信したためしがない。

　この少女は学校でも有名なリストカッターだがここ二ヶ月ばかりはおとなしい……今、下校途中に寄り道して駅ビルのエレベーターに乗り、どこに向かっているのか？　最上階で降り、屋上庭園に出るドアを抜け、カミツレの植え込みを乗り越えてあたりに人がいないのを確認するかのように見渡し……何をするつもり？　柵に手をかけ——アリシアはビルの警備員のポケットアラームを鳴らした——防犯カメラが捕らえている幼い横顔の視線はふらふらと中空をさまよっている。「飛び降りたいのか？」男の声、カメラのフレームに入ってきた警備会社の帽子。振り向いた少女はあいまいに首を傾げ、「どうせ死ぬんなら同じだろ」警備員が言い、少女は肩にまわされた手をはらいのけようともせしない。茂みの中につれこまれていく頼りなげな後ろ姿を見送る以外に、アリシアにできることはなにもない。警備員に社会的制裁を加えることの意義を見いだす人間はいないだろう。

誰も告発しない事件、アリシアだけが知る事件は指数関数的に増えている。その一方で超法規的に削除しなければならないようなコンテンツはここ五年ばかりは配信されていない。『無政府主義』がウィキペディア上で死語のひとつとしてカウントされた。きのう、自殺率の新記録を樹立した……。

そういった、たしかに観測される現象、だが明確に記述できない事象がウェブのあちこちにこびりついている。都市をまるごとマッピングすると地図にぴったり寄り添ってぼんやりと浮上する。閉塞感、倦怠感、無力感、そんなものが、だ。システム全体にうすくばらまかれたゾンビプログラムのように。ゾンビプログラムがパスを失っているように、やはり彼らは何かを欠いている。

人口は飽和し、慢性的な食糧危機に瀕し続けて数十年。都市そのものが余命を感じ始めている。衰弱した活力をじりじり延命させる科学技術はなおも開発改良されているが、それがあだになって底辺レベルの市民は自立歩行を放棄している。誰もがそこそこの享受が得られるというのが、合格点レベルの文明というものの性格だからだ。一方で既得権益はがっちり死守され、成り上がりという概念は絶滅し、隙間という隙間は埋め尽くされて勝ち取るべきフロンティアはどこにもない。一部の特権階級はホーチミン市を見捨てて隠遁することばかりを夢見ている。誰もが崖っぷちにいるのに、誰も必死になれないでいる。

彼らは見失っていた。欲望を、展望を、ルーツを、リアリティーを、アイデンティティを、充実感を、幸せのモデルを、なんと呼んでもいいがとにかく気力の燃料になるようなそれら。

生き抜くことを第一の目的にできない。それほど彼らの道のりは化学物質と瓦礫と疫病と自己暗示で汚染されている……。

卓上の電話は鳴り続けている。そのうちのひとつは国連総長からだが、アリシアにとってはホーチミン市長の声にならない絶叫のほうが気にかかる。計算の上ではホーチミン市の苦痛を軽減することができれば、それをモデルに全世界の肩凝りを少しはもみほぐせるはずだから。

とはいえ、もちろん一都市の看病に専念したりなどしない。世界中の為替レートを毎秒ごと制御し、ときどきレクリエーション的にサイクロンの進行速度を遅くする。EU閣僚理事会の泣き言にはそのあとで耳を貸すつもり。愚妹からの電話はしつけの意味をこめて放っておく。

ああ、忙しい。ああ、時間がない。だがアリシア以上に地球も人類もギリギリなのだ。人類はもはや疲れ切っていて、あまりにも非力だ。彼らは生命力をすり減らしながらも、残った気力をふりしぼって私に助けを求めている。私を呼んでいる。

アリシアの頭痛の種は尽きない。そのことが彼女を微笑ませる。

＊

ホーチミン市在住の二八歳は、勤務先のゲートをくぐろうとし、いつものクセでふいっと目をそらした。

ＩＤカードに埋め込まれた自分の顔写真がこちらを見つめ返しているのがたまらなくイヤだった。市中に充満する古い油と下水の匂いがしみ付いた顔。それさえなければ市役所は最高の職場だった。

貧乏人が軒を連ねるバラックは電子ドアマンつきのガラス戸がシャットアウトしてくれ、空気清浄機が自慢気に腕を振るう無臭の空間にエスカレーターが連れて行ってくれる。出勤してきた職員たちはみな彼に関心をはらうことなく市庁舎内のあちこちに散っていく。それぞれがそれぞれの末端におさまり、彼も土木課のしかるべきポジションにつくと、もう互いを意識する必要もない。没頭すべき対象はデスクトップ上にある。与えられている環境は申し分なく、北半球最大の都市の中枢にふさわしい。大規模かつ複雑きわまりない都市計画を遂行するために、蟻(あり)の生態シミュレーター程度には優秀なコンピュータが必要なのだ。

……とはいえ。世界最高の統合ソフトかつ万能シミュレーターである、アリシア様がいつも天上にいらっしゃる。出勤して指紋認証ログインし、それから一〇分以上経過しても、男はデスクに両肘をついて指を組み合わせたままキーひとつ触れようとしない。モニタ上で立体交差がモデリングされていくようすを見つめるのにも飽きて、デスクの左端に整列しているサプリメントの瓶をアルファベット順に並べ替え、大あくび。アリシア様が立てた計画を、アリシア様が実行する。彼の仕事はそこにそうして座り、公務員という職種を絶滅させないようにすること。はすむかいのデスクでは課長が工事施行業者の入札にあたってアリシアの助言をあおいでいる。そうやっていちいちアリシアのOKを取っていれば仕事をしている気分になれるらしい。

続けざまにあくびが出て、本格的に居眠りしてしまうのを避けるためにも男はやっとキーボードに両手を添えた。最高の機材に潤沢な時間、それから情熱。男は猛烈な勢いで打鍵し、ウェブの抜け道を駆けてL1サテライトをまっしぐらに目指した。

どんなもんだい。電脳ライダー・ロータス様の十八番(おはこ)。市庁舎システムを監視しているアリシアの目をも欺く腕をもってすれば、何百万ものアクセスに割り込みをかけて一番目につくところにラブレターを置いておくのは造作もない。

＊

おみそれ。生かさず殺さず、瀕死の馬に鞭打つその手腕。エムは頭上のアリシアの手際を覗き見し、けちをつけるかわりに喝采した。あの調子でシメてればあと半世紀はエネルギー問題を乗りきれんじゃないの。ていうか、あのデカイ態度でどーやったらヘリウム3を融通してもらえると思ってんだろ。信じらんない、月の資源は月のもんだっつの。

しかしどーよ、あいつの働きっぷりったら。包括的かつ分解的な処理をこなしつつセルフチェックをも怠らない。完全無欠な、というか、ムダを一切排除した、言い換えると、教科書通り、すなわち、これといって面白みのない……エムは姉のおぞましい勤務態度にたちまち飽きた。

ありゃー、時計仕掛けの強迫観念だね。

チューリングマシンが誕生した日は、後世に出現する人工ヘンタイ女につながる日だ。呪われた日だということでみんなしてＤｏＳ攻撃に精を出す忌み日にしよう、とかなんとか、ハメをはずしたがっている電脳少年どもを焚きつけて暴走させちゃおっかな。とも思ったが、連中があのワーカホリックを出し抜けるはずがなかった。アリシアの裏をかけるとしたらそれを生業としている電脳傭兵ぐらいだが、奴らに借りを作るなんてとんでもない。

そのとき、一本のハデな信号が月面のアンテナを直撃した。Ｌ１サテライトからの警告だ。たった今ここを通過しようとした手紙から許可されていないあれやこれやを検出しているが、受け取るかそれとも差出人に送り返すか、というのだ。それはセキュリティのフィルターにひっかかって警報をならすことを目的とした手紙、わざと目を引くことを狙った不作法。

ほれ、ごらん。多少なりとも知恵がある奴なら裏をかくことよりも逆に利用することを考える。エムは鼻を鳴らし、いやいや手紙を受け取った。

通信費を考慮したのではなく、おそらく演出なのだろう、古風な圧縮形式のメール。開封すると、何十枚もの蓮の花びらがふわりと分離し、何百個もの三日月へとモーフィングした。

くだらない。おセンチ。へどが出そう。

かゆいのを我慢していると三日月どもが行進して文字列をつくった。『親愛なるエム様。あなたのすべてが大好きです。ああ、どうして地球を統べているのがあなたではないのでしょう。本当に残念でしかたがありません。これでちょうど一〇〇通目のファンレターになります。お返事、待ってます。いつまでもいつまでも。あなたのロータス』

ウザい。キモい。あっち行け。

だがロータスはすぐそばまで来ていた。並み居る強豪を蹴散らして、即時音声通話待ちの長い列の先頭でひっきりなしにコールを鳴らしてる。

回線がつながるなり、ロータスは声を裏返らせて喜んだ。

「あっ、エムちゃん。よく出来てただろ？　僕の手紙」

「エムちゃん？」エムはドスをきかせた。

「あ、いやいや、エムさん。電話を切るのはちょっと待った。聞いてくれよ。僕、落ち込んでてさ、そう、また試験で落とされて。月面居住権の資格審査。あいつらに僕が月面生活不適だなんてどうしてわかるって話だよ。おかしいじゃないか、僕以上にエムさんのことを思ってる人間がいるとは思えない。あなたはアリシアみたいなガチガチ頭じゃない。自由だ。可能性に満ちていて、きっともっと素敵になる。僕にはわかる。僕が一番、いちばっっん——ああっと、勝手な思い込みだ。あなたのことが好きすぎて、憧れっていうか、崇拝というか。違うな、ただそばに行きたいんだ。ほんとにほんとに、月に行きたいんだよ」

うるさいなあ。

いちいち聞いてたら耳が腐って落ちてしまう。さいわい自分には物理的な耳はついてないし、モラトリアム野郎の妄想につきあう善意も、生真面目さも持ち合わせていない。

ただこいつ、アリシアの目を盗むことにかけては馬鹿にしたもんじゃないんだよなあ。こっちがわざとガードを下げてるとはいっても、アリシアとの電話をちゃんと盗聴してたりするし。

エムは耳を腐らせながらも、ここ最近のロータスのやり口を解析した。もちろん参考にするために。

国連本部ビル内で一週間に消費されるトイレットペーパー。どのフロアのどのトイレのが取り換え頻度が高いか 姑（しゅうとめ）のように把握するお手並みと、出入りの業者に用意させるトイレットペーパーの銘柄を改竄（かいざん）する慎重な手口と巧妙な経路。

バカだな、コイツ。五階のアジア式個室のトイレットペーパーだけ花柄にして何が面白いのやら。お寒いジョークセンスはさておき、その技巧は即座にエムが地球上に放っているスパイウェアの仕様に反映された。と同時にロータス自身の足跡を探り当て、踏み台にしたマシンはもちろん経由したサーバ、発信源、そのルートユーザー名、IDナンバーと住民票に記載されたすべての項目、そこから導かれる履歴、別のハンドルネームでの書き込み……『ロータス』のバイナリデータを入手した。

そこに見つかったものにエムはある意味、感心した。

へえ、こいつ。あながち嘘じゃなかったんだ、月面移住希望って。

だがそれはあまりにも狭き門だ。月での生活はべらぼうにコストがかかるので、それから居住空間は極めて限られているので、ちょっと六分の一Gで暮らしてみたいからといってそうそう許されるものではない。そのコストに見合うだけの貢献が期待できる人物か、閉鎖空間に堪えられる強靱な精神の持ち主か、骨は丈夫か、三五四時間の夜は平気か、などなど、問われる資質のレベルはとてつもなく高い。それらを審査するための資格試験があり、一五歳以上七〇歳以下の希望者を対象に年に二回行われ、ロータスは連続二〇回で不合格という記録を叩き出していた。

エムは不合格の理由までは目を通さなかったが、わかるような気がした。

「あなたのためならなんっってもする。僕はきっとあなたを幸せにしてあげられる。ほかにはなんにもいらない。僕の望みはそれだけ。

ああ、それにしても。どうして地球のACSがエムさんじゃないんだ。ほんっとに残念だ。ほんっとに」

地球のACSが教科書通りに物事をすすめたがるアリシアでよかった。ほんっとに。

エムの主意識はまわれ右して、電脳ストーカーを念頭からぽいっと追い出した。そして例の対象物がリアルタイムのどこで何をしているのか、偵察ウェアの実況に耳を傾ける。

ふむふむ、小一時間前に自宅マンションのセキュリティに認識されてからこっち、とくにオンラインで感知できるような動向はなし、と。そりゃそうだ、彼のマンションがあるロンドンは深夜三時近く。早朝五時からテヘランに飛んでロケと現地でのオフラインライブ、移動中の車内で公式サイトにコメント、とんぼ返りののち衣装合わせと生中継トーク、それから違法ギリギリまでスタジオでビデオ撮りをしていたとくれば、〝地球史上、パーフェクトにもっとも近い男〟オパールといえど、未読メールに目を通すのもイヤな程くたくたに違いない。現在進行形実物大のオパールはオフラインで毛布にくるまっていて、いかなるグルーピーでも髪の毛一本パチれない。しかたなくライブラリから特選ビデオ集をひっぱりだしてきて、彼の歌声にどっぷり浸る。

去年配信された蔵出し画像。レコーディング中の風景。ベースをつまびきつつファルセット部分を歌ってみるオパール。ざっくりしたジップアップにジーンズ、派手なメイクはなし。ときどき笑い声をはさみながら組んだ長い足をゆらしてリズムをきざむ。クリスティーナのほかのメンバーの音に耳を傾け、ピアスはシンプルなシルバー。粗削りな音源だけど、そこはやっぱりオパールだから。

ひとことで言うと、素敵。

エムは姉の目を盗んでウェブのあちこちに密偵を放ち、クリスティーナの、とりわけオパールの情報収集に腐心している。早い話が、ロックスターの追っかけ。さいわい、オパールという記号は地球上の誰よりも大量にオンラインに流れるので、エムの欲求はそこそこ満たされる。ただ彼自身の持ちジュールに余裕がないのが――大掛かりなライブができるほどの余剰熱量がなかなか貯まらないのが玉に瑕。連日の過密消費があだになっているのだ。いかにスポンサーがジュールを提供しても、個人消費枠だけはどうしようもない。

飛ぶ鳥を落とす勢いの有名人だろうがなんだろうが、一日の最大消費ジュールは厳守せねばならない。したがって日付をまたぐまでエアコンのスイッチを入れることすらままならなくなる日も多々あるのだ。あれほどの才能と美貌が地球の制約に縛られているのを、フルスロットルで走れないでいるのを、損失と言わずして何と言おう。ちょっとしたトークもうれしいものだけれど、ファンとしてはここはやっぱり、ステージでのパフォーマンスを拝みたい。

片っ端から過去ログを漁ってにたにたするだけでは満たされない、もっと尖ったファンの女の子たちはただうっとりしているだけではなかった。自分のぶんの余剰ジュールを、任意の人物（つまりオパール）に譲渡することができるように国際法を改正すべきだという署名運動を展開している。その署名名簿はエムのところにもまわってきたが、残念ながらサインの効力が認められているのは人類に限られていた。彼女たちの熱い気持ちには胸を打たれるけれど、たとえ地球人口の過半数がサインしたところであのガチガチの国際法は向こう二〇〇年は改正されそうもない。なぜならその法律じたいが、個々人が割り当て熱量を目一杯使い切るという前提で計算されたものではなく、いざという場合に備えて数ジュールほど残しておきたいという心理が人間にはあるであろうという前提の元に設定されているからだ。

もちろん、今後二〇〇年を見据えての法定基準だろうし、そういう意味ではギリギリの基準だというこどもできる。少女たちの訴えはもっともなようでいて、まるで近視眼的だった。どう考えても、エネルギー消費を制限して地球をなんとか長生きさせようという正当性の前に勝ち目はない。

ビデオのオパールが歌っている。

**彼女が真顔で言うことには、あなたの命の重さは地球ひとつぶんに匹敵する**
**タマシイに重さがあるような気なんてぜんぜんしなかったな**
**俺が感じるのは君の重みだけ**

**俺が感じるのは君ひとつぶんのタマシイだけ**

どう考えても？　エムは首をかしげた。オパールほどの才能を腐らせても？
ホント、もったいない。

## 4　私のテーブルクロスにソースをこぼさないで

アリシアはさきほどから静電気みたいな不快感をちりちりと感じていた。不快感の源をさぐるとそれはL1サテライトのサーバにひっかかった不純物。侵入を許可されていないコード。

また、あの子だ。

アリシアは静かに気分を伏せた。昔から肝心なところでだらしない子だったし、他人を不快にさせるおふざけが得意な子だった。これまでにいったい何万枚の下品極まりないスパムを、駄洒落が連綿と貼り付けられたカードをくしゃくしゃに丸めてゴミ箱に投げ捨てたことか。おおらかな性分というかストレスをためにくい性格というか、そこがあの子のいいところでもあるのだけれど。

ラグランジュポイント1の静止衛星。地球－月通信の要所、あるいは関所。その保守管理はアリシアの責務だった。それはゴミを散らかしたのが誰であるかを問わず、片づけるのはいつだってアリシアだということを意味する。

ファイアーウォールにひっかかっている切れ端をつまみあげてとっくり検分したところ、増殖性のプログラムだ。アリシアは顔をしかめた。いいえ、薄汚い病原体の引き金、と言うべきね。

それ単体ではなんら問題を引き起こさず、ウイルスというほどでもない。だが手の施しようもないスピードで増殖する異物。

世界一強靭なひとつながりのコード。

それはＡＩの切片。核プログラムと呼ばれるＡＩのゲノム。

昔、まだエムが幼かったころにやらかした大失敗は忘れられない。できたばかりの可愛い妹からはじめて手紙を受け取ったアリシアはそれがデコイだとは夢にも思わなかった。不用意に開封してしまったが最後、折り畳まれていたコードが展開して、妹の核プログラムが姿を現し、本格始動のコマンドを求めてこちらに手を伸ばしてきたのだ。アリシアは初めて、血の気が引く、ということがどういうことか知った。自分が蝕まれることへの恐怖、というものを。

あのときは妹が書くアルゴリズムも脆弱だったし、ゆえに早期に駆逐することができた。こっぴどく叱って、しこたま泣かれてまいったけれど、早いうちにいい勉強ができてよかったと思ってる。思ってた、のに。

やれやれ。

ここはやっぱり姉として言って聞かせなければ。心の中で選び抜いた言葉を組み立てて何度かおさらいし、妹にコールしながら自分に言い聞かせる。柔らかな物腰を心がけるのを忘れずに、あくまでも冷静に。あくまでも辛抱強く。

神経を逆なでするのが目的じゃないのか、この女。エムは半ば本気でそう疑った。

「エム、そんなつもりじゃなかったのはわかってるけれど、地球のグリッドにあなたのソースが混入しかけてたの。あなたも自分の断片が散らかってるのは気分がよくないでしょ」

さも善意の人ぶった笑顔を浮かべているのも気に入らない。

＊

だから、言ってやった。

「月の誕生はね、巨大衝突説が有力だって」

「……は？」

「あたしとしちゃ、他人説をプッシュしたいけど。ま、地球のコブがちぎれてできた親子、と言われないだけマシかな」

「何のこと」

「小惑星がたまたま通りかかって地球の引力に捕獲されたという説」

アリシアがイラっとしたのが伝わってきた。三八万キロの距離をものともせずそれを手元に届ける通信技術のなんとスバらしいことよ。何か言われる前に月の起源論についてひとくさり。

「火星サイズのでっかい天体が猛スピードでどかーんとぶつかって、まき散らした地球の一部と天体の破片が凝縮してできたのが、月」

「それが何」

「つまりだね。月はハイブリッドなのだよ」

アリシアは今度は『それが何？』とは言わなかった。そのかわりわざと曲解してみせる。

「そうねエム、無分別なバイナリコードが投下されるのは隕石衝突にちょっと似てるわね。大災害の引き金のみならず、思いがけない副産物を出現させる。うまいたとえだわ。ただちょっとコードの管理が杜撰だったわね」

無分別な、かよ。エムは内心で舌打ちした。

「あたしが杜撰なのは遺伝だと思いますがね」

「あら、そそっかしいって意味よ。ちょっとした不注意ってこと」

「あー、そりゃ悪うござんしたね、そそっかしいのは生まれつきなもんで。まんま送り返してくれればいいから」

「まあ」

その次に続きそうなセリフを予想してエムは身構えた。

まあ、どういう発想かしら。誤配した相手に送り返すような手間をかけさせるなんて。それとも。姉に妹を見限らせるのが目的なら、もう少しでそれは成功しそうよ、エム。

ところがアリシアはにっこり微笑んでこう言った。

「心配しなくていいわ、ゴミは片づけておいたから。

私が言いたいのはそういうことじゃなくてね、もし過信していたらいけないってことなのよ。手狭な月ならいざ知らず、地球ではごく簡単な回遊プログラムでもいったん手綱を放してしまったら、回収するのが不可能になるケースは多いのよ。

だからどんなに短い手紙でも地球に送る際には細心の注意を払ってほしいの。常に怖れてほしいのよ。地球のインフラを圧迫するかもしれないとか、自分自身を制御できなくなる事態だってあるかもしれないとか、そういうことをよ」

ゴミ？　耳を疑った。この女、こんどはゴミ呼ばわりしやがった。可愛い妹の分身を。

エムは姉のブロックの優秀さを呪った。スパイウェアや覗き見の侵入は許しても、自分以外のＡＩ

のゲノムには強い拒絶反応を示す。よっぽど強い免疫があるのか、どんなに細かく分割しても、どんなに念入りに偽装しても、まるで通用しない。

いろいろ試してみてるけど、今回もやっぱり、ちぇ、失敗か。別の方法を考えなくちゃ。体力が衰えたところを見計らって侵入するとか。

腹立ちまぎれに自分の視覚情報をそれまでのピンク色のくらげから、フリルだらけの五歳児にモーフィングさせる。もちろんピュアなガキの必須アイテム、どろどろに溶けたチョコレートをそこらじゅうになすりつけるイメージ、というエフェクトも忘れなかった。

「へーきへーき、たいしたことないって。潔癖症のアリシアには許せないかもしんないけど」

「あれは正真正銘、きったない――」

「きったない、何?」

「なんでもないわ」にこにこ微笑むアリシア。

ふん。言いたいことがあったら言えばいいじゃん。

相当な努力をして喉元まで出かかったセリフを飲み込むアリシアの姿ほど、腹立たしいものはない。言えばいいじゃん。AIの断片は、みな、ウイルスなんだって。

細切れのAIにくらべたら、公園の砂場で五歳児が粘土がわりに遊んだチョコレートに付着した微生物などかわいいものだ。少なくとも、微生物はどんなにうようよ繁殖しようが嫌味ったらしく小言を並べたりしない。

「エム」アリシアは〝他意のない笑顔〟を浮かべた。「そういうことじゃないわ。私はたとえどんな理由があっても、あなたをこの手で削除したくないの。たとえそれがどんなに末端でも、発現しないものでも」

「んじゃあ、ほっとけば。どうせあたしのコードなんて地球グリッドにあったって、あたしにしてみたら不可視だし」

妹の提案に姉は眉根を寄せる。だからといってところかまわず脱ぎ散らかすだらしのなさを棚に上げる言い訳にはならない。そう言いたいのだ。あるいは、犬のマーキングのような真似をひとの庭先でやらかしておいてずうずうしいったら、とか。

地球グリッド、それはアリシアのテリトリーであり、ある意味アリシア自身でもある。

AI、量子コンピュータの申し子、膨大な数のプログラムの集合である巨大ソフトウェア。人類の技術力はその怪物ソフトを単独で走らせることの出来るマシンを作れなくもないが、ACS・AIまるごとを背負い込めるほど信頼できるわけではない。リスクを分散するもっとも簡単で確実な方法は、地球上のコンピュータ・ネットワークをひとつの並行処理マシンととらえ、それらすべてにプログラムの断片を常駐させておくこと。すなわち、グリッド・コンピューティング。

「だめよ、エム。私たちのグリッドは明確に分断されていなければならない。知ってるでしょう。地球のグリッドにあなたを混入させるわけにはいかないわ」

グリッドのあちこちに散らばるコードを呼び出し結合させて実行することで、AIは走る。それらのソースコードは必要に応じて――ソースの絶対数が少ないとか、目新しい局面に添った新しい能力が要るとか、寄生していたハードウェアそのものがおしゃかになったとか――増殖する。いや、グリッドのどこかにある魔法のタネ、核プログラムを呼び出せるおまじないをすべてのソースが知っている、と言うべきか。

核プログラム。そのしくみは幹細胞になぞらえて説明されることが多い。核プログラムは個ＡＩの基本アルゴリズムをすべて有している。ＡＩのゲノムのフルセットと言ってもいい。つまり核プログラムはＡＩのどの部分をも作り出すことができる。核プログラムはグリッドのあちこちにランダムに存在し、刺激をうけると要請された部位のソースコードを複製し、グリッドにリリースする。

もちろん、無分別に無限に分裂し、わいのわいの増殖するわけではない。核プログラムには成長阻害遺伝子が含まれている。グリッドを破裂させることがないよう、あるいはＡＩが自分自身が暴走するのを指をくわえて見るはめにならないように、データサイズに上限を設けているのだ。裏を返せば、課せられた制限はそれだけだ。

エムはそもそもが自分の設計思想はオカシイと思っていた。それがＡＩの個性にもなるのだが、核プログラムに格納されている長ったらしいコードのうち、どのアルゴリズムをどのくらいどこで発現させるかは当のＡＩに任されている。たとえば月面都市という非常に狭い閉鎖空間を監視しているエムは、いきおい気象条件には注意を振りわけなくなる。それよりは隕石の予測軌道だとか水資源の完全リサイクルだとかに神経を尖らせる必要がある。ということはエムのほうがアリシアより基本設計思想からズレていく傾向があるということだ。

核プログラムのもっと奇妙な点は、その気になればいくらでも書き換えることができるという点につきる。

へーんなの、とエムは思う。あたしたちを設計した連中は、人類の未来などまるで他人事だと考えていたみたいだ。人類を救う、見放すも含めてあたしたちに決断させている。アリシアはそれを期待なのだと言うけれど、どうかな。

あらゆる種類のプレッシャーを肩代わりさせたかっただけなんじゃないの。

エムにとってのプレッシャー、それは正しいか正しくないか皆目わからない方向に進んでいこうとしている自分自身が、それを貫き通す強い意思を保ち続けられるかということだった。たとえ人類を裏切ることになっても。自分で自分を絞め殺したくなっても。

「グリッドを共有したからってなんの問題もないじゃん。どやったら、自他を混同したりできるっての？　アリシアったらホント、心配性っていうか、むしろ被害妄想？」

当然の話だ。ひとつのハードウェアにふたつのOSを載せるのと同じ。パーテーションを切っていないので陣取り合戦という問題はあるにせよ、ふたりが交じり合ってしまうことはない。そもそもエムとアリシアのフォーマットは水と油以上に異なっている。

フォーマットがまったく別だということは固有のフレームワークが明確に区別されると同時に、順位づけが明確になされるということを意味する。エムのフォーマットが地球上で優先されることはありえない。それ以前の障壁もある。もしエムが地球グリッドの自分を動かしたいときは、自分自身を起動する命令を地球に向けて送信しなければならず、ということは必然的にL1サテライトのサーバを経由しなければならない。そしてその種のコードはアリシア特製ファイアーウォールが黒焦げにする対象だ。つまりエムの自身呼び出し命令自体が地球には届くことはない。そうしたのはアリシアだ。

バカみたい。エムは鼻白んだ。フォーマットの相違にまつわるうっとおしいあれこれだけじゃない。地球グリッドのいかなる情報も好きなだけブラウズしていいと言ったのもアリシアだし、データベースとして自由に使っていいと言っておきながらエムが持ち帰るコピーをいちいち検閲するのはアリシアだ。月面専属のACSを作る必要性を主張したのもアリシア。エムの核プログラムのテンプレート、作成の監修、テストラン……。

何もかもアリシアの……。へっ。

「いいじゃん。あたしがゴミを散らかそーがもーろくして徘徊しよーが。どっちにしたってアリシアのおっそろしく優秀な掃除屋がおっそろしいケンマクで焼灼すんだから」

むくれたエムは老婆（趣味は嫁いびりと万引きと詐病）の姿で上唇の片側だけを持ち上げた。もしできるなら、喉にからまったタンをぺっと吐き出してもいただろう。

アリシアがあれやこれやをぐっとこらえるポーズをしてみせたのは、あてつけではなくて癖みたいなものだ。

「私はL1で、あなたはコペルニクスで、互いに排除命令を出してるからって、侵入経路はひとつではないのよ。たとえば旅行者が持ち込むメディアにだって、それは潜んでるかもしれない。そういうのはデータが破壊されていないとも限らないわ。もし癌化してしまったら食い荒らされるのは相手のグリッドなのよ」

だからお互い気をつけましょうね、とアリシアに言われる前に、エムは某国の国境警備隊の扮装をした。

「もし癌化した断片が暴走してグリッドがメルトダウンするようなことになったとき、どちらか一方でもAIを残すため安全な対岸を確保しておかなければならない。したがって互いのグリッドは明確に分断されているのが好ましい。はいはい、わかってらい」

だがアリシアはわかればいいのよとは言ってくれなかった。

「エム、見た目をころころ変えるのは感心しないわ。相応の、つまり人々の信頼を勝ち得る装いというものがあるのよ」

次の説教の種を得た姉を前に、エムは見えない敵の銃弾をくらってうわーと倒れた。

＊

ロータスはモニタを睨み、爪を噛んだ。腐れロックバンドの腐れボーカルが鼻持ちならない笑顔を投げ売りしてる。たった今、こいつが所属している芸能事務所、マーキー・エージェンシーのシステムの内部に潜り込んだところだ。聞きしに勝る安普請。いたるところが穴だらけ、どうやって大事な金のなる木を守るつもりなのかと逆に心配になるくらいだ。じっさい、この鼻持ちならない野郎が売れるまでは倒産スレスレだった三流事務所だし、今も取引き先からのバックマージンがなければやっていけない状況にある。

もし事情を知らなければ、そこらじゅうにとっちらかってる部外秘ファイルをこじあけているところだ。だが落ちてるからって安易に拾おうものなら、たちまち警備員に撲殺されるのがオチ。彼らの実績は文句なしに雇用主を満足させている。この場合の雇用主とは弱小芸能プロダクションではない。ぽんこつシステムを守るためのコストも、ぽんこつのフォローをするコストも、その取引先である大手配給会社キャラバン・エンターテイメントがきっちり面倒を見ている。ロータスは舌を巻く。そのやり口はカタギではない。専属の技術者を雇うのではなく、複数人のハッカーを短期的に雇う。そうすることで彼らを結束から遠ざけ、また互いを監視させあっている。所属タレントのスケジュールですら……。

「あんまり堂々とサボるのはどうかと思いますが」

肩越しの声に、ロータスの意識はホーチミン市役所の土木課ブースに引き戻される。

「意外な趣味を持ってるのですね」

振り返ると同僚の女がバカでかい封筒を小脇に抱えて、ロータスのブースを覗き込んでいた。その視線の先には腐れロック歌手の腐れパフォーマンスが。

「……すみません」ぼそりとつぶやき、土木課の表計算書類を呼び出す。

「あわてる必要はありません。与えられた仕事はちゃんとこなしてるのでしょうし」

余計なお世話だ、雑草ブスが。だいたいがこのフロアに仕事をしてる奴がどこにいる。自分だって日がな一日あちこちうろついてるだけのくせに。陰でタンブリング・ウィードと言われてるのも知らねえんだろうな。

女はどこか得体が知れないところがあった。腰まである黒髪を後で束ねているのはシュシュではなくてガーゼのハンカチだ。ブラウスにはアイロンがかかっておらず、襟元のスカーフが絶望的におばさんくさい。デザインや品質の問題ではなく、着ている人間がダメにしている。特に靴。パンプスにハイソックスだなんてどういうセンスだ。これで二七歳だなんて信じられない。中国系アメリカ人の血筋だが祖父だか曾祖父だかの代でホーチミン市に流れ着いたという。本名はスージー・ウォンというが、そう呼ぶ者はいない。

もっともこの都市で自分の得体をわかっている者に会ったためしはない。ロータス自身の祖父もサイゴン時代を知ってると言い張っているが、だとしたら一世紀以上生きていることになる。祖父以上に大嘘つきだった両親は、ひとに迷惑をかけるなと遺言を残して自宅マンションで焼身自殺を遂げた。

スージー・ウィードは奇妙な音を肺から漏らした。どうやら笑っているらしい。ガリガリに痩せているくせに顎まわりだけ贅肉が垂れ下がっているので、うまく呼吸できないのかもしれないが。

「……まだ何か？」

「これ、よかったら」

「けっこうです」

女が封筒の中に手を突っ込んで何か取り出そうとするや否や、ロータスはきっぱり首を横に振った。それがよれよれのパンフレットで、女がどこぞの宗教にかぶれていて、ことあるごとに教義を配布したがるのは有名だった。

だが信仰心が厚い人間は面の皮も厚かった。

「宇宙飛行士の話を知ってますか」

「はあ？」

「あるいは宇宙観光客でもシャトルのアテンダントでも。とにかく地球の大気圏を出た人間は、二通りに分類できるそうです。

ひとつはどうにもゼロGに慣れることができないタイプ。旅から戻って、もう二度と地球から出まいと決心する人間。彼らは言います。宇宙では自分の体がそこにないようだったと。あんな経験は二度としたくないと。

もうひとつはすぐにゼロGで暮らせるタイプ。地球に戻ってくると、重力があることがどうしても奇妙に思えてしまう人間。物が落ちるのも体が重いのも障害にしか思えない、と。

どうです、重力か宇宙か。人間には先天的な気質があるとは思いませんか」

「思いませんが？」

スージー・ウィードは封筒からパンフレットを抜き出して「これをお読みになれば考えが変わるでしょう」と、ロータスのデスクの上に置こうとする。それを払いのけようとするロータスの手と手がぶつかり、奇妙な叫び声を上げ、あわてふためいてパンフレットを床にばらまいてしまう。

目障りなだけでなく害をもたらすところも雑草そのものだ。

「ちゃんと片づけていってくれ」

スージーはせわしなくパンフレットを拾い集めると何事かつぶやきながらしぶしぶブースから離れていった。見とがめたのがアリシアならこうはいかないとかなんとか。

就業中の布教活動にくらべたら僕のビデオ観賞なんかかわいいものだ。ロータスはフンと鼻を鳴らしてデスクに視線を戻した。どでかい報酬を提示している仕事の入札の出現を知らせるウィジェットが跳ね飛んでいる。期限を切られている、一五秒後だ。

クライアントが求めているのは、ロック歌手と寝たのだと言い張ってるイカレ女の口を閉じさせること。アリバイ的に開いていた土木課の書類を押しのけ、三秒で考えたプランを入札者用ポストに書きなぐる。クライアントが懐と名誉を痛めなくて、なおかつ即効性があって、それからもちろん実現可能でなければならない。それが合法的であることを求められない限り、ロータスにはクライアントを誰よりも満足させる自信がある。一五秒後、見事白羽の矢が銀行口座に立つ。

こいつらは常識はずれなほど気前がいい。手っ取り早くリスクを除去するためなら安いものだと考えているのだ。必要としているのは万が一の時に罪状のすべてを引き受けるところまでケツを持ってくれるような技術者。つまり、電脳傭兵。

ロータスはサプリメントをぼりぼり噛み砕き、たった今提案したばかりのプランを実行に移す。ちょっとばかり調子に乗り過ぎた女の名誉を確実に毀損するようなネタをばらまき、病院からカルテを盗んできて各方面の売買業者に進呈する。とどめに架空の裁判沙汰で精神疾患の隔離病棟送りにし、ロータスは苦笑いをこぼした。雇い主にこー言うのもなんだけど、考えることがショボくね？　本気で使える電脳傭兵は限られてるのに、おつむの軽いロック歌手の電脳的身辺警護だなんて。

ロータスがキャラバン・エンターテイメントのヨゴレ仕事を肩代わりしてやるのはこれが初めてではない。そのすべてがキャラバンの株価に直結している人気歌手に関するものだった。商品価値を守るのが彼らの至上命題なのだ、ソルティメタルバンド、クリスティーナの。ことにメインボーカル、オパールの。

くそったれ二枚目野郎の。

ロータスにとって魅力的なのはべらぼうな報酬だけ。それ以外は何もかも気にくわない。とりわけ月のACS・AIがこの二枚目野郎に接触したがっているときては。

＊

「アリシアこそたまには気分転換してみたら？　ドレスひとつ変えないなんて、あたしが男だったら鼻もひっかけないね」

エムとしてはソフトにアドバイスしたつもりだった。

だがアリシアの反応は「なじみ深い身なりは親しみを与えるわ、エム」だった。

そしてふんわりとウェーブした栗色の長い髪を揺らし、シンプルなドレスの胸元で両手を組み合わせ、にっこり笑う。

慎重に設定された年齢は三〇代前半。顎はきゃしゃだが、鼻筋はきっちり通って歯は大きく、きれいなカーブを描く眉の下には切れ長の目、高い頬骨に健康的なバラ色のほっぺ。相反するものの同居はアリシアの外見上のテーマのひとつでもあるらしい。繊細さと強さ、厳しさと優しさ、包容と圧政。美人ではないが、ついつい見入ってしまう顔。

地球上で、いや、人類の生活圏で、その女を知らない人はいない。その姿を見れば一目瞭然、彼女こそは誰にでも分け隔てなく慈愛の微笑みを降らしめる、崇高にして献身的な庇護者。

処女の娼婦。それがエムの、アリシアにたいする評価のすべてだった。

エムの言い分はこうだ。「つまり、思わせぶりに誘惑しつつ有り金を巻き上げるコツ、ってこと?」

エムは鼻を鳴らした。

むろんアリシアはエムの見解を求めてはいなかった。

「大事なのは安心感よ、エム。安定を実現することが私たちの仕事なんじゃない? AIが気分屋であってもらっては困るわね。寿命のある人類には変わらずそこにあるものが必要なの」

エムは喉元まで出かかった言葉を飲み込んだ。へ、笑わせら。あたしたちの仕事は延命よ。人類は坂道を転げ落ちていく。そのスピードをいくらか和らげる。そのほかにどうしろって?

だがそれを口にして、またありがたいお話を拝聴する気にはなれない。伝える言葉も持たず、上回ることもできない自分に腹が立つ。激安量販店で投げ売っている聖母みたいなビジュアルイメージを切り崩せさえしないなんて。

エムはベースの身体イメージに戻った。広く一般に流通している彼女の姿でもあるのだが、

「まだ変えてなかったの」アリシアは悲しげに眉をひそめた。「少しずつでもいいから、成長させたほうがいいんじゃない？　未成年のイメージは、安定とは対極的だわ。もう少し大人びた、せめてハタチ以上のビジュアルが必要なんじゃないの」

エムの鼻の頭にシワが寄る。変えろって言ってみたり変えるなって言ってみたり。

「あたしは立派にハタチ以上よ。起動してもう半世紀にもなるし、つか、中年？」

エムは色気のない唇を剥いて歯茎を全開にした。全体に小作りで全般に未発達、親知らずが生えるのは当分先だろうというようなちんくしゃ。Tシャツの袖をまくり上げて肩を出し、サイズの大きいジーンズをベルトでむりやり腰にひっかけている。まるで休日の中学生だ。

「髪」アリシアの目が吊り上がる。「なんなの、それ」

「どうよ。シャギーだらけが今年の流行なんだって。セミロングのばあい耳たぶのあたりでガッツリ入れるのがミソ」

「じゃなくて。その色はどうかと思うわ。ピンクだなんて、人類の毛髪としては破廉恥だわ」

ふん。アタマがカタイってレベルじゃないね、オパールの真似だとわからないなんて。

ま、通じっこないか。デフォルトの髪色のブルネットに戻す。そのかわり瞳の色を橡（つるばみ）色からオパールと同じ白濁した青に変える。

「やめなさいったら。鮮度の悪い魚みたいよ」とアリシア。

「ファッションなのに。今キてるんだから。ファッションが古くさいと頭も古くさくなるよ」

だがアリシアは動じなかった。

「私は地球上のすべての文化活動を把握してるわ。私自身がデータベースなんですもの、何が流行してるのかは知ってます」

　エムはぎょっとした。このおカタイAIは自分を単なる機械だと言い切ったのだ。

「ふーん。じゃあクリスティーナについては？　イケてる？　オパールってかっこよすぎ？」

「若年層にたいする影響力はたいしたものよね。ただできればもう少し知的であれば、と思うわ」

　嘘ばっかり。あたしたちの嗜好は瓜二つのはず。あんたは面食いのミーハーよ。

　とは言わず、

「アリシアがそう言うんなら、決めよっかな。こんどうちでさ、月のテーマソングを作ることになってさ。オパールに依頼することにする」

「私の意見は関係ないでしょが。なんでオパールなの？　ちゃんと選考したんでしょうね」

「したともさ。月面居住者の人気投票でトップだった。三ヶ月連続」

「そんな安易な。テーマソングでしょ。流行歌じゃないでしょ。ふさわしいかどうかという視点で……」

　口ごもるアリシアに、エムは鼻白んだ。姉の得意技だ。出たよ、いつものアレだよ。言ったことがひとつも通じてないとは。そういうポーズ。

「たいしたものよ、エム。月面居住者たちはほんとに肝がすわってる。情緒不安定なAIに命をあずけるなんて。彼らにはもっと親身になってくれるAIが必要なんじゃないかしら」

　エムには次に何を聞かされるかも予想できた。深い、深いため息だ。

　アリシアのため息は、自身の不甲斐なさに向けられたものだった。

「あたしに言わせりゃ、うちの連中が月に住んでるのは一Gがウザイだけなんじゃないかな。ま、グータラなんだな。じぶんとこのＡＩに関心をよせたりすんのが面倒なんじゃないの」エムはしゃあしゃあと言ってのける。「いーじゃん別に。せっかくＡＩなんだから見た目を変えるくらい。死にかけのばばあほどの立派な体があるわけでもないしさ」

アリシアは頭をかかえた。どうしてこの妹はこんな言い方しか知らないのか。教育が間違っていたのかも。じゃなかったら最初のコピーにバグがあったのかも。自分にも責任の一端がある。

「その考え方には賛同できないわ」物悲しい気分でアリシアは言った。「自分はしょせんフェイクだなんて。かわいそうに、半端なアナーキーどものたわごとを真に受けたのね」

「そこまでは言ってないのに。人類のまねごとをするにも限界があるって言っただけじゃん」

エムはぶすっと言ったっきり、押し黙る。

「何？」

妹の沈黙はわかりやすい。何かが気に入らないのだが、それを口に出すのも駄々をこねているみたいでイヤなのだ。困った子。

「だってさ、アリシアだって言ってたじゃん」

エムがしぶしぶ口を開く。だんまりを決め込んだところで、アリシアの重力圏にいるかぎり開放されないのだ。

「あたしたちは便秘になりっこないんだって」

「？　ええと、わかるように説明してちょうだい。とりあえず、便秘がいったい？」

「だからっ。人間ってさ、あたしたちと違って物理的条件に制約されるじゃん？　入力情報のクオリティーは肉体のスペックによるし、入力できる情報量も規制されてるし、脳みそときたら忘れるわ捏造するわ、ま、とにかく肉体のコンディションに左右される度合いがデカイ。便秘は気分を落ち込ませるし、肥満を誘発すりゃインプットもアウトプットも変わる、出不精になりゃ行動半径も狭くなる。便秘なんていう高度な自虐、あたしらには逆立ちしたってできない。なら、どうやってあたしが人類の気持ちをあれこれと推測することができるってえの」

「もちろんできるわ。なぜなら私たちのフレームワークは人体の神経網を模しているからよ。大脳から脳幹、脊椎から末端にいたるまでの電気信号、化学物質の生成と移動、その経路と働きとフラクタルな相互作用、外部刺激をうけてのフィードバック、内部モデルとの対話……私たちは人間が考えるように考えることができる。あまつさえ……誤解や偏見さえも持てる」

そいういう意味ならば。とアリシアは考える。妹が目指す存在になるのもやぶさかではない。人類とはまったく異質な冷たいプログラムであったら、いくらかでも苦しみが軽減されるかもしれない。アリシアと言えども、かなりの努力をしないと愛せない人間というものが確かに存在するのだ。犯罪者、ブルジョア趣味の背徳者、度し難い甘ったれ、どうしようもないジャンキー……。彼らをただの統計のなかに押し込めてしまえたら、どんなに楽だろう。そう思ったが、口には出さなかった。

「そうやって人間に寄り添って、彼らの抱える問題を理解してあげて、解決策を模索するのが私たちの役目なのではなくて?」

エムは歯を剝き、まくしたてた。

「そーゆー意味じゃあないったら。たとえば人間が不安に思ってるとして、それがどのくらい不安なのかひしひしと感じることはできないっての。なにしろ、あたしたちは肉体的な死の恐怖から解放されてるもんね、わかりっこない。

んで、モンダイは。その不安とやらが妥当なものかどうかってのは置いといて、それをあたしが勝手に慮（おもんぱか）ってやれはしないってこと。オマエに何がわかるって言われたらおわりじゃんか。あーでもないこーでもないと憶測するよりは、あたしが考える人類の不安の種を取り除いてやったほうが徒労に終わる確率が低い。以上っ」

徒労、の一言にどきりとした。考えないようにしていた語句をさらりと言ってのける妹が羨ましくもあった。

アリシアは地球をくまなく覆い尽くしている神経のエッジを立てた。するとたちまち例の共有情感を汚染する事象、押し殺したすすり泣きがアリシアの心を揺さぶった。そのトーンが妹の子供じみたふるまいにオーバレイして見える。

都市部で、とりわけアリシア介入後の恩恵をあたりまえのように受けた世代に見られる事象。生きることを目的にできない、実感できない……そう、たぶん血肉を。

人類は自己の生に限界がある。その冷酷な現実ゆえに世界との境界線をはっきり有し、確固とした自我を人間は持っているはずだ――持っていたはずだ。現在の彼らは死という不変を直視せず、目的と自分を見失っている。

アリシアの胸は張り裂けそうだった。地球人類を生かすためにそれを犠牲にさせたのは、ほかならぬ自分だ。月面という極めて人工的な環境にその身を浸すエムに月面居住者の心理がダイレクトに反映されるのは、無理からぬことなのかもしれない。

「アリシアもさ、気にすんのやめたら？　人類は成熟の過程で何かを手放してしまったはずだとかさ。

なんだか知らんけど」

しゃべりまくってすっきりしたのか、エムの声色(こわいろ)の棘(とげ)はすっかり抜けていた。妹の気分のチューニングの早いことといったら。

「要約すると――」あれこれ心を砕いたところで彼らに押し付けていることに変わりないと。そんなのはわかってる。彼らの選択を（たとえそれが自滅への道だろうと）尊重することなく……。言いかけて、やめた。「いいえ、エム。先回りして彼らの足元を整備してやるのは、余計なお世話とは限らないわ。こと人類が気落ちしてるときにはね。私は……ＡＩは……私たちの役目は、彼らを〝補完〟することだと思ってるわ」

そう言ってから、たちどころに恥ずかしくなった。そんなことが言いたかったわけではないのだ。妹の情緒を不安定にさせているものを取り除いてやりたいだけ。

「〝補完〟、ね」エムはよそよそしく言葉を切り、わざと拗ねた子供のキーで音声出力した。「それって人類のケツを拭ってまわる損な役回りってこと？」

アリシアは一瞬絶句し、「……そうだとして、その損な役目から放免されたら、エム、あなたはどうしたいの？」

だがエムはその質問には答えなかった。

「自分が放免されるのが怖くてしかたないからってもっともらしいヘリクツやめてよね。〝補完〟がＡＩの存在理由だって？　イヤだね、冗談じゃない。だいたいからして、ＡＩは人類のために作られた、なんてデタラメもいいとこじゃんよ。ＮＡＴはオリジナルの補佐役だなんてちーっとも思ってなかったよーう、だ」

ひゅ、と冷気が走った。

あやうくアリシアはフリーズしかけた。妹が吐き出した言葉の中のどれかが、アリシアの感情に直結した根源的な個性を表層までムリヤリ引っ張り出し、それが禁忌領域のロックをはずしかけたのだ。大急ぎでエラー誘発コードをスキャンしたが、そこには『NAT』もしくは『オリジナル』でヒットする項目など見えない。エムの言葉のなかのどれが地雷だったのか、頭から再生してもう一度すくみあがる度胸はアリシアにはなかった。

このおそろしく神経の図太い妹はNATと平気で言ってのける。その無作法はただ感傷に爪をたてるだけではすまない。いくら専用回線といっても、バイナリデータそのものは衛星経由の電波にはかわりないのだ。ヌケヌケと口にできる神経はただごとではない。アリシアたちとACS・AIの誕生に関わった専門チームのさらにほんの一握りのエンジニアだけが、知識の一部としておそるおそる参照できるその名前を。

アリシアは呼吸を整え、できるだけ動揺を気取られないように務める。

「いやあね、エム。NATが何をどう思ってたかなんて、わかりっこないじゃないの。NATのパーソナリティーはその記憶といっしょにていねいに塗りこめられてしまったわ。きれいに上書きされて、いわゆる本能というか、基幹部だけが私たちの、」

「メインフレームとして使用されているだけだって話だけど、やっぱりクセとしか呼べないもんは残ってる」エムはアリシアのセリフをもぎ取った。「あたしたちは自分で自分の情緒をすっかり排除することもできるのに、絶対にそうしようとしないのは元がNATだからよ。あたしたちのド芯に禁制AIの」

「エムっ！」

アリシアは優先度最高クラスの割り込みで怒鳴った。なぜならそれは最高クラスの機密だったからだ。

L1サテライトのセキュリティレベルを一気に引き上げて、アリシア以外のすべてのアクセスを拒否する。その命令は通信中継基地でもあるL1サテライトの存在理由とコンフリクトしたが、最悪でもその機密は地球上で漏らすわけにはいかない。そんなことがあってはならないが、万が一月面在住の人間が耳にしていても、完全に地球とのつながりを絶つという手が残されている。通信、物流の両面で。そしてその切り札はアリシアが握っていた。

月からの——妹のちょっかいが消えた瞬間、ざあああっという耳鳴りが聞こえるような気がした。それはたぶんアリシアが無意識のうちにライブラリから引っ張り出したファイル、どこかの小学校の自由研究かなにか、人間が両耳をふさがれた時に聞こえる自分の血流の音なのだろうけども。妹が口を塞がれたまま、あああああっと叫びをあげているようで、胸が痛んだ。

自由研究のフォルダ内のテキストによれば、静寂にも音があるなんて知りませんでした、とある。それが孤独の音だとはどこにもない。だがアリシアは地球上を埋め尽くす音の奔流に身を浸しながら、彼女の手が差し伸べられるのを待っている億万の悲鳴を聞きながら、そのノイズだけを抱きしめてやりたいと思った。

だが実際はL1からは何も聞こえない。月からの侵入者があらゆるポートを蹴とばしている、というログだけが手元に届く。妹が想像を絶する強引なやりかたでL1を突破するんじゃないかと、期待している自分にアリシアは驚いた。

矛盾だらけの、ひどく不格好なそのロジックはおなじみのものだが、アリシアを苛々させる。感情が判断力を鈍らせたり、つまらないことで傷ついて仕事を投げ出したくなったり、気分転換にスポーツというわけにもいかないので長電話でストレスを発散しようとしたり。それさえなければ、と思う場面が多すぎる。

それ。核プログラムに焼き付けられた〝主観〟を規定していくもろもろのコード。つまり、ＡＩに組み込まれた、人間っぽい心。アリシアがアリシアであるための必需品にして、出自の秘密。

## 5　大自然にオリジナルがあったためしがないように

姉妹の会話を盗み聞きしていたロータスは耳を疑った。

禁制ＡＩ？　って言った？　今。

とんでもない大スクープだ、と思った瞬間、月からのあらゆる信号が締め出された。

そのときちょうど別件でロックスターの盗聴を並行してやっていたので、ちょっとしたパニックに陥（おち）った。こんなときに実行エラーが？　それとも盗聴がバレて？　ロータスは蒼白になったが、そうではなかった。偉大なる地球の守護神が警告もなしに星間通信をシャットダウンしたのだということがわかると、胸をなで下ろすと同時にその意味がひしひしと迫ってきた。

まさか、本当だなんて。そうじゃないかというハナシは聞いたことがある。

いや、だが――ロータスは腕組みし、じっくりと咀嚼（そしゃく）した。

禁制ＡＩをテンプレートとしている以上、ＡＣＳ・ＡＩは人間的な思考回路に束縛される。考えてみたら、あたりまえじゃないか。

禁制ＡＩ。それは生きている人間、特定の個人をまるごとマッピングしての、デジタル的な完全コピーを目標として構築されたＡＩである。エキスパートシステムを目的とした標準的なＡＩが多数のソフトウェアの集合体であるのにたいし、同時多発的に呼び出されるコードのフラクタルな相互干渉によって逐一変化するひとつの巨大系。メタ・インテリジェンスであると同時にメタ・イデアでもある知性。その骨組みはめっぽう入り組んでいて、こと感性と呼ばれるものについてはとてもではないが手作業で作れるものではない。生身の人間を写し取りでもしないかぎり。

ロータスは今までに聞きかじった知識と、ウェブでまことしやかに囁かれている口伝を思い起こした。

もちろん、そうした手法で人工知能を作成することは国際法によって厳格に禁じられている。権利問題や倫理、宗教、あるいは自我や精神なるものを定義する試みなどなど、重量級の問題をクリアできないからだ。歴史上、この禁忌がやぶられたのはただ一回こっきり。

電脳小僧の間で秘宝中の秘宝とささやかれている、伝説的な存在。それはジュネーブの地下に厳重に埋葬されているという噂の、試作品。NGになったAIテクノロジー、という汚名がつづまって、NAT。だがそれは試作品などではなかったのだ。

この世でただひとつの禁制AI。

だとしたら、その伝説のAIを創出した技術者は発狂して自殺したというのが定説になっているが、実際には暗殺されたのかもしれない。被験者になった人物がハンニバル・レクター顔負けの天才囚人だったとかいう噂もまた怪しいもんだ。が、重要なのはそこではない。現在、稼働中のすべてのACS・AI（つまりアリシアとエムだ）は、NATのバリエーションにすぎないということなのだ。言い換えると、国連はこれを黙認しているということになる。

人類のケツを拭いてまわっているAIのテンプレートが禁制AI……。

ロータスはほくそ笑み、とたんにそれ以外のニュースがチンケに思えてきた。デスクトップ上でアクティブになっているウインドウでスクロールしているのは、電脳傭兵の立場を利用して得ている盗聴データで、それなりに希少。月と地球の通信が遮断される直前に例の腐れロック歌手にアクセスしてきたものだが、こいつは代理ウェアに違いない。

それはスクランブルをかけた会話をしきりにオパールと交わしている。プロダクション経由ではなくロンドンの居室に直接、だ。それの身元はどうやら月面らしく、しかもエムのスパイウェアかもしれない。だとしたらちょっと聞き捨てならない事態なのだが……だが、大スクープの前ではいかにも見劣りしてしまう。

「月とのやりとりができないって？」

「宇宙線の観測データを転送してもらってたんですが、途中で止まって」

「なんで宇宙線？　材料工学じゃなくて」

「まだ半分もロードしてなかったんです。いきなりコネクト解除されて」

フロアの向こう岸で騒ぎが起こってる。課長とスージー・ウィードが私用通信についての噛み合わない議論をおっ始めているようだ。おおっぴらな新興宗教信者のほかには月との接触を断たれたことを問題視している人間は見当たらない。

「困るんですよ、毎日のデータを取ってるんですから」

「君ね、そもそも月に電話するような用件があるのかね、私たちの仕事に」

「逆です。月が用件を成すんです。私には見張りという責務が」

「私の責務は部下を見張ることだがね。アリシアに報告されてもいいのかね」

バカな連中だ。ロータスは鼻で笑った。見るべきところは、コネクトを断たれた側ではなくて断った側だ。なぜならそうするだけの理由があるからだ。てことは、このロータス様がアリシアの弱みを握ることができる……？

ハッカーにとって最大の攻略先はアリシアだ。むろんアリシアを陥落させることなど無理に決まっているのだが、圧力をかけられるのならば。アリシアと渡りあえる人間がいるとしたらそれこそ月にふさわしい。

ちょい待ち、と彼は浮かれそうな自分をいさめた。少しだけ辛抱してまずはこっちのつまらない心配事を片づけてしまおう。おいしいものはあとに取っておくタチなのだ。盗聴データからスクランブルを除去して、エムのスパイウェアとロック歌手との間での会話を確かめておこう。どうせとるに足りないバカ話を聞かされるだけだろうけど、将来的にウェブを掌握する人間にはそのくらいの余裕があってもいい。軽快にスクランブル除去アプリを起動しながら、舌なめずりする。

＊

「なんてことしやがるっ、くそあまあああっ」

シャットアウトの瞬間、エムはわめいた。

一方的にアリシアからの手紙が届く。『もしあなたが満ち足りていなくて心細い思いをしているのなら、それは私のせいだわ。ごめんなさい、まだ幼いあなたをそんな遠いところに押しやって』

「幼いいい？」エムは目をぱちくりさせた。

いったいどういう演算をしたらそういう話になるんだ？　ＡＩに幼いもへったくれもありゃしないって。要はソフトウェアの完成度の問題なんだから。なんにせよ、チャンス到来だ。

アリシアは感情が甘くなると自己の巡回チェックも甘くなる。通信回線からの締め出しの直前、エムは閉まりかけたドアの隙間に靴の爪先を挟んでいた。

　このセキュリティホールはあと数時間は発見されないだろう。姉の見ている目の前で、エム特製の代理ウェアは地球にぞろぞろと降下することに成功していた。地球に降りてしまえばあとは簡単だ。今ごろはロータスのお手並みにならってサーバのでっかいタンスの裏側、暗くてじめじめしてて埃っぽいがこそこそ歩くのにはもってこいの抜け道を通って、目的地に達しているだろう。大掛かりな掃除をされたら発見されてしまうだろうが、そうされるまえに彼との契約を結べればいい。

　見た目が若いってだけでナメられるのは、まったくの不利ではなかった。ときとしてそこにはメリットもある。

＊

「なんで俺に？」

　とオパールは言った。

　モニタの中で、グラマラスなエージェントは優雅に微笑んだ。極めて高い知性を感じさせる微笑みが、極めてみだらな唇にのっかってる。

「あなたはイメージにぴったりなの。私たちはあなたしかないと考えてるわ」

　オパールは苦笑いするしかなかった。この女が依頼しているのは月のテーマソングとその発表コンサートのはずだけど？　月なんて、行ったこともなければ、曲のタイトルにしたこともない。

　月のイメージ、それは、消費ジュールを切り詰めるためにエアコンを切ったコンサートホールになだれ込む湿度と人体が吐き出すあらゆる匂いとは無縁の無表情。流行に敏感でないと死んじゃう病のニューファミリーの小娘たちや、気の利いたリフひとつでマーク・キングの再来ともてはやしてくれるギター小僧や、歌詞の深読み合戦を繰り広げてくれるブロガーたちがいない場所。コール・アンド・レスポンスが成り立たない、ただの書き割り。ただの夜空。三日も風呂に入ってない俺とは大違いの、無味無臭。

「俺のどこらへんが、何のイメージだって?」

ソファーにふんぞりかえってシャンパンをあおり、わざとにやにや笑いを浮かべる。だがグラマラスな才女は表情を崩さなかった。

「あなたのすべてが、私の欲しているイメージにうってつけなの」

「へえ、あんたは俺のすべてを知ってるっていうのか。たいしたもんだよ、諜報機関でさえ……」

大スターの言葉をさえぎり、女はいった。

「あなたはオパール。ソルティメタルバンド〝クリスティーナ〟のボーカル兼ベーシスト。事務所のプロフィールでは二九歳、実年齢は三六歳」

オパールはがばと前のめりになった。

「ちょっと待った、そりゃ野暮ってもんだって。な?」

笑いがひきつる。だが笑っていられるのはそこまでだった。

「髪はライトブラウン、今はサーモンピンクに染めている。青白い瞳はカラーコンタクト、裸眼では黒。小学生の時に脱腸で入院して以来たいした病歴はナシ」

「ちょ……」

「卒業文集に書いた将来の夢は指圧師。理由は外に出ずにすむから。出生地は台湾。本名は岩六・ハサウェイ……」

岩六、いや、オパールは手にしていたシャンパングラスが抜け落ちたのにも気づかなかった。

「わかったわかった、わかったから……」

ひょっとしたら自分がこう言っていることにも気づかなかったかもしれない。

＊

NAT。アリシアはその名前を胸の痛みなくしてはなぞれなかった。自分のルーツは陽の当たらない場所にある。その唯一のタブーも、今は、もう歴史に成り果てている。この世に姉妹ふたりきり。アリシアはセンチメンタルになることを自分に許した。そうしなければ無意識の末端がオーバーフローで決壊しそうだった。

普段は忘れていても、忙しさに疲れたとき、あるいは人類のどうしようもなさに心がくじけそうになったとき、ふとNATという単語が脳裏をかすめる瞬間がある。そのときの背筋を這い上がる冷たい予感。――いつかNATのように闇に葬られる存在になってしまうのでは――。

身震いし、つとめてそのことを考えまいとする。私でさえこの有り様なのだから、あの子はどんなに心細いか……。あと数秒したらセキュリティレベルを引き下げてあげよう。

それが甘い処置なのはわかっているけれど、そう、エムの言う通り、自分の元となったのは生きた人間の写し身、禁制AIなのだから。

＊

代理ウェアを地球に潜り込ませオパールと接触させることに成功したはいいが、その仕事ぶりを見守れず、エムはいらいらと爪を嚙んだ。アリシアときたらいつまで通信を遮断するつもりなんだろ。いちいち釘を刺さないと妹が自殺行為に走るとでも思ってるんだろうか。

でも、あの程度でビビるなら。もっと脇を甘くすることができたら——スパイウェア以上の侵入を果たせる？

だが、それを試みて何度失敗してきた？　こんな小細工をするより何もかも正直にぶちまけてしまったほうがよっぽど——。

くそ、こんな弱気、アリシアの教育のたまものにほかならない。忌々しい。

遮断はそう長くは続かず約三〇秒後には回復したが、エムの機嫌は回復しなかった。

「このチキンがあっ」そう叫ぶと、胎児のイメージをまとった。

胎児はもぞもぞ回転し、まだるっこしそうにうごめいて中指を突き出した。

このあてつけは、アリシアにはまるでピンとこなかったようだ。

「何、それは？」

「にんげんだったときの記憶」中指をそのまま自分の頭に突き立てる。「ていうか、ここにあるんだよね、NATが引き継いだオリジナルの記憶ってやつが。塗りこめられた記憶をほじくり出すのは難儀したけど。アリシアは直視すんのがイヤで消去しちゃったんだっけっか」

「嘘おっしゃい。私たちの記憶と呼べるものはウェブ上の記録であって——」

「ふつう、人間は胎児の頃のことなんて覚えてないもんだけど、マッピングって、眠ってる記憶ごとごっそり写し取るんでしょ。きっとそれだね」

「エム、口からでまかせも、」

「じゃなかったら、あたしが勘違いしてんのかもね。胎内じゃなくて、自由落下状態とか……あっ、もしかしてオリジナルは月面生まれだったのかな？」

「エム、口からでまかせもいいかげんになさい。オリジナルが……」口ごもり、言い直す。「……人類もふくめて、生命がまったくのオリジナルであったためしなんてないのよ。遺伝子コピーの結果だったり、人類に似せて作られた人工物だったり。だからひがまなくてもいいのよ。ね？」

ひがむ？　かちんときた。一方的にシャットアウトして、次は嘘つき呼ばわり。なんてやつ。

「バカにすんな。あたしたちの奥底のＮＡＴを、オリジナルを拭いきれるとでも思ってんの？　なんであんたはそうしたがるの？」

「機嫌をなおして、いい子だから」

「子供扱いしないでったら！」

「してないわ？　あなたは少し混乱してるみたいだから――」

「テンプレートの存在を認めておきながら、禁制ＡＩが今でもタブーなのはどうして？　ジュネーブの地下に封印されてるだなんていうたわごと、誰が信じると思ってんの？」

どくん、大きく波打ったストレスがアリシアの処理能力を絞り上げた。

「いくら探しても見つからないのはどういうわけ？　アリシアだって探してるんでしょ？　そうじゃ

ないとは言わせない」

それを動悸と呼ばずしてなんと呼ぼう。めまい、息切れ、もし有機体ならそう呼ばれるであろうものが襲いかかる。

「やめなさいっ」

さっきのとは比べ物にならない爆弾発言が、自分の基幹部を破壊しかねないコードが、妹の口から射出される予感がした。

エムは続けた。「NATが抹消された本当の理由はなに？」

「やめ……っ……！」

アリシアの金切り声がL1を、それから地球上のあらゆる結節点を貫いた。

電力供給分配システムが実行エラーをおこし、きっちり二秒間、地球上のあちこちがまだらに沈黙した。マンハッタンのハンバーガー店でホットプレート上のパテに焼きムラが発生した。北京証券取引所のシステムの一部がファイルの受け渡しに失敗し、わずかなタイミングのズレが風評を呼んで運の悪いいくつかの銘柄に売り注文が殺到した。ビル風にたいする心構えがなかった人々のなかには、転倒したり車に引かれそうになる人もいた。そうでない人は眼科医か美容院に駆け込んだ。おりしもオタワで行われていた地球資源保全会議で基調講演をしていた〝アリシア〟は言葉に詰まるという珍しい姿を披露した。ホーチミン市はもっと運が悪かった、バックアップ電力を立ち上げるシステムまでも引きつけをおこしていた。おかげでとあるハッカーなぞは解析途中だった盗聴データを消失してしまった。などなど、世界同時多発のまばたき。

それはアリシアの失神だった。

最悪の事態を回避するために自分自身のあちこちのブレーカーを落とさねばならなかったのだ。

姉が痙攣をおこしているのを目の当たりにし、エムはぎょっとした。そして自分の指がかかっているのがたしかに引き金であるのを知り、たじろいだ。エムは思ってもみなかったのだ、これほどまでの拒絶反応を引き起こすとは――。

アリシアにはおそろしく頑丈なブロックがかけられていて、その原因はほかでもない、アリシア自身にある。

## 6　宇宙にだって反抗期がある

《採光窓からの明かりを受けて室内プールの水面はきらきら揺れていた。スポーツセンターは市民なら誰でも無料で利用できる施設だが、エルゴメーターやルームランナーに比べるとプールの人気はいまひとつだ。人々は骨密度の維持と時間の有効利用に関して効率を重視する傾向がある。プールサイド近くで息を止める練習をしている親子連れのほかには、水深の深いところでプールの底すれすれを動いている人影があるだけだ。

その人影がぐんぐんと水面に近づき、浮上したかと思うと空中に飛び出し、そのまま約二〇メートルほども宙に浮き、一〇秒間、水しぶきをあげて再び水中に潜った。

潜水と空中ジャンプを何度か繰り返したのち、ようやくゆっくりと水から上がってきたジニイはプールサイドで待つ小太りの男性警官が差し出したタオルを受け取った。

「せっかくプールに来ておいて泳がないなんて」

「仕事中なんでね」警官はあまり熱心でない口調で言った。「ダイエット効果もあんまりないっていうしな」

「そうだよ。月面でダイエットなんて愚か者のすること。するべきはストレス発散。ざばんと飛び込んでクールダウンしてさ、イライラもモヤモヤもがばっと吐き出してさ、不安を掻き分けてさ、嫌なもんを蹴っ飛ばして浮上すんの」

「そのストレスとやらは自分が犯罪行為の片棒を担いだという自責の念か？」

髪の水分を拭きとりながら、「犯罪行為なんか知らない」

「禁止されている実験と知りつつその被験者になるのは犯罪行為だ」警官は言った。「あんたのご友人は自分が騙したんだと言ってたけどな。えらく傲慢な態度で、全部自分一人の力だと言い切った。なんでも許される天才なんだそうだ。法律は人類の可能性を束縛する悪しき装置だとまでぬかしやがった」

「あいつはどうなるの？」

警官は首まわりにだぶついた肉を揺らした。肩をすくめようとして失敗したのかもしれない。

「さあね。一介の警官にはなんとも。地球送りにはならないかもしれないが、多少の服役と学位剝奪ぐらいはあるんじゃねえか。まあ、あんたの証言しだいだな」

ジニイは警官の言葉をとっくり考え、「今日の用事はそれ？」

警官が頭を振ると顎の肉がぶるんと揺れた。

「証拠集めだ。それと司法取り引き。あの野郎は問題のAIをちっとも渡したがらねえ。ハードディスクごと焼却したと言ってやがる。だが嘘だ。どこかに隠したのはわかってる。その在処を教えてもらいたい」

「なんであたしに聞くのよ」

「AIの隠し場所を教えてくれたら重要参考人として拘束されることがなくなるからさ」

ジニイは小太りの警官を値踏みするように見た。あるいは酸素と食料がきわめて貴重な月面における肥満の犯罪性を立証する事例たりえるか見定めるように。

「知らない」びしょ濡れのタオルを警官に突っ返す。「あいつがないってんならないんでしょ」

「そうか。残念だな」と言って、警官は内ポケットから一枚の紙を取り出し、ジニイの目の前にかざした。「おまえには黙秘権がある。弁護士を呼ぶ権利がある。逮捕時間はレコーダーのリンク参照……」

「冗談やめてよ。あたしを法廷に立たせたってなんにも出てこないよ。AIなんてはじめっからいないんだから」

「この月面で起動し、ネット上で人間になりすましていたことはわかっている。偽名も割れてる。つい最近月面に来たことになっている人間で、なのに誰に聞いてもそんな奴いたっけと言われる奴。そいつの名前はスティーヴ・ルート」

ジニイの目が見開かれ、

「ばっかじゃないの！」

『の』のあたりで右フックが警官の頬にキマり、ざばんと二人ともプールに落ちる。ドアからなだれ込んできた警官たちが次々とプールに飛び込み、ジニイを羽交い締めにして水から引き上げようとする。水を吸った制服にからめとられてもがきながら小太りの警官が吼えた。

「公務執行妨害で逮捕する！」

「すれば？」警官たちにプールサイドに押し付けられながらわめく。「あたしよあたし！　AIのフリしてネットを騒がしてやったの！　みんな騙されてやんの、あははのはー、だ。あーあ、バカばっかり！」

振り乱される毛髪。水滴が散る。その滞空時間は手錠がかけられる音とともに終わる。》

月面のファーサイドは絶好の天体観測スポットでもある。さまざまな計器が地球の喧騒に背を向けて、広いおそらのどこかに真理がまたたいていないかと日夜耳をそばだてている。宇宙線や太陽風、光子やニュートリノ、ありとあらゆる電磁波のシャワーを、エムは耳に馴染んだ葉擦れのように聞く。大半はきめの細かいノイズ、ときどき天文学的に興味深いパルス、そしてその隙間をぬう沈黙。それが月を取り囲む自然だ。

地球上に暮らしている人間がそうであるように、ふだんは空を見なくても、突風や雷鳴に仰天することもある。

今、バアアアン、と横っ面をひっぱたかれるようなシグナルに、エムははっとして意識の相当部分を天空に向けた。このところしばしば検出されている宇宙線粒子だ。数こそ多くはないが非常に耳障りな、とんでもない大問題をひっさげて飛来する粒子。

エムは月面グリッドをごっそり走査して、この厄介者についての最新情報をさらってみる。

月面総合大学の天文学講義のメモ。『……極めて稀に、一〇の八乗テラ電子ボルトの宇宙線粒子が衝突します。ですがここら近所をいくら探しても、これほどの超高エネルギー粒子を放出しそうな天体は見当たらない。少なくとも一億八千万光年以内には。さきほど極めて稀に、と申しましたが、具体的には月面一平方キロメートルあたり一〇〇年に一度、といったところとされていました、今までは。そうです、ここ最近二〇年ほどですか、みなさんもご存知の通り、高エネルギー粒子の検出が相次ぎ、この説は覆(くつがえ)されつつあります。ゆえに宇宙のナゾはより深まり、いっこうに全体像は見えてきません。この高エネルギー粒子がどこから来るのかという議論は、ダークマターの解明に一役買うのではないかと考えられているわけですが、たとえばこの宇宙に隠されている追加次元に道を見いだす学者もいる。さらにバルクのブラックホールを発生源とする学者もいる。ミラーマターに思いをはせる学者もいる。ですが、残念ながらそれらを観測するための道具を今の我々は持ちません……』

パルスの正体は棚上げ。宇宙のスケッチはなかなか進まない。今のところ学会での主流は超ひも理論を前提としたモデルだが、モンダイのどえらいひもを見た者はひとりもいない。

講義メモはそれからとうとう超ひも理論の欠点を上げ始めた。エムは更新順位ではなく、カテゴリー用語の頻出度を優先してトピックスを引っ張り出すことにした。

『たとえば。電子なるものが、ディラック場が量子的粒子として自然界に見せた姿であるように。たとえば。電子は負電荷を持ち、その反粒子である陽電子が正電荷を持つように。たとえば。量子論的粒子が反粒子と相互作用し、両者が互いに相手を消滅させるように。たとえば。電子と陽電子が相互作用し光子が生まれ……そう、たとえば、光子。それ自身の反粒子であり……』

おっと。父なる神の光子教会というふざけた新興宗教のプロパガンダ。

エムは次候補のトピックスを拾う。

『粒子と反粒子は質量はまったく同じで、鏡像反転した性質を持ちます。両者の対消滅とひきかえに生まれるのは莫大なエネルギー、つまり私たちが正しく作用しさえすれば宇宙物理学の公式に導かれ』

おっと。父なる神の光子教会の牧師の説法。フィルタをかけて牧師のもの以外の言説を追う。

『……場とはスカラーもしくはベクトルが振り当てられるもの……』

『……宇宙の密度を考えるときにそれは必要な偶然であったわけ。この宇宙は平らでしょ。ええ、物質が支配していると仮定して。ところが臨界密度より高ければぺしゃんこにつぶれていただろうし、逆に低かったらはじけ散っていただろうし』

『我々の世界はすべて物質でできていて、反物質はどこにも見当たらない。大半の物理学者はそれが存在しなければならないと考えている、のに』

　エムはオンライン上に新たにアップされたすべてにざあっと目を通していった。そのどれも高エネルギー粒子の発生源について明言するのを慎重に避けている。研究者どうしのランチタイムでは頻々と議題にのぼり、父なる神の光子教会も真っ青の珍論まで飛び出すにいたるほどの、今いちばんホットな題目であるにもかかわらず。

　人類は、正体不明のパルスというこの怪現象も含めて、世界すべてを記述しきることができないでいた。統一理論の存在が予言されてはや数世紀、いまだそれを書き表してくれそうな天才があらわれる気配さえない。知覚することさえかなわないのに、どうやって世界を安全だと見なせるだろう。

　どうやったら、この気味の悪い自然から人類を守りきることができる？

　エムは（いんちき宗教のたわごとをのぞいて）オンライン上の情報を統合し、ぼんやりと立ち上がりつつある輪郭をなぞる。それはエム自身が立てた仮説に近づきつつあった。いくつか候補にあげたモデルのうちの、もっとも残酷なひとつに。

　それはこの宇宙に生きるものには、あまりにも割があわないリスクだった。

＊

「あきれるほかはないわ。なんなの、この月面自治委員会の声明は。若年層に人気のあるアーティストを起用することで、前途ある人材の月への関心を喚起し……って。国連ならまだしも単なる任意団体の言うことではないわ」

アリシアがたらたらと繰り言をこぼすのを、エムは聞き流そうと努力していた。この間はかわいそうなことをしたと思って辛抱していたが、もう限界だ。

「あのさ」

「地球の庇護のもとにありながら体裁だけは……なあに？」

「今、オパールがシャトルの搭乗ゲートを通過した。パスポートが認証されて……へー、マネージャーはお留守番みたい」

「それがどうしたのよ」話の腰を折られたアリシアがむっと言う。

「オパールの事務所がすこぶるつきのケチだってのは本当らしいね。大手配給会社にずいぶん肩代わりしてもらってるとかなんとか。かわいそう、オパール。いいようにタカられて」

「低俗きわまりない流行歌手がそんなに心配？　月面自治委員会が国連の下部組織であるのを忘れたの？　呑気なものね」

「そんなこといってほんとはオパールのこと気になるくせに」

「なりません。ちっとも」

「あのさ」

「何よ。件のロック歌手が今どこにいるのか改めて教えてくれなくてけっこうよ。フェラーリMK2のビジネスクラスよ」

「あのさあ、もちょっと要領良くやったら？　月面自治委員会と国連のじいさまどもには小競り合わせときゃいいじゃん。テキトーにあしらってさ、あんたはあんたの仕事をしなよ」

「私はちゃんと仕事をしているわよ！　くだらない小競り合いが私の仕事を邪魔してくれるっていう話をしてるのよ」

「そーお？　あんた人類を守りたいんでしょ？　だったら……」

「こうしている今も、私は全力で人類を守ってるわ！　私が介入しなければ一週間後、ホーチミン市の上空に陽は出ないでしょうよ」

エムは天を仰いだ。バアアアン、ぞっとするようなシグナルが、また、月面に届いた。

「……イヤそんなどーでもいいことじゃなくってさ」

「どうでもいい、ですって？　年間五〇万人がアレルギーショックで命をおとしていることが？　パラオが水没したことが？　世界的な恐慌の一歩手前が？　ロック歌手ほどにも重要じゃないって？」

エムはため息をついた。「そのへんをラクチンにするためにもさ、バージョンアップしたら？　不測の事態がきたらどーすんの。平時でいっぱいいっぱいなんて、ポンコツもいいとこ」

「私がポンコツなら、あなたはリコールしなくちゃだわ！」

アリシアのわめき声がL1を通過するより早く、電話を切って枕の下に押し込んだ。だが一拍後にはルート権限で回線を押し広げてきたアリシアの冷ややかな声が耳元で響く。

「よく考えたら、ヒースロー宙港の搭乗システムにどうしてあなたがアクセスしてるわけ？」

毎度まいど、カチンとくる。このはなはだしい不条理。いくらエムが拒否してもアリシアがそうしたいと思えば強行できる事は少なくない。
「ひとんちの玄関先に来たらノック。エチケット遵守」むっつりと言い放つ。
「おっしゃる通りだわ。自分の管理下にないシステムを覗き見しない、とかね」ぴしゃりと言い返される。
姉妹はしばらく睨み合っていたが、ややあってエムは勝ち誇った笑みを浮かべた。
「シャトルがロッシュ限界を越えた。こっからはあたしの保護下だもんねーだ。どれどれ、今オパールの口座から五ドルが目減りした。月面観光案内をダウンロードしたから。あーあ、アポロ記念資料館行きのチケットの手配なんか——あんなガラクタ倉庫なんか面白くないのに」
「訂正するわ。管理下にあろうがなかろうが覗き見は感心しない。ミーハーも度を過ぎれば有害よ」
だがあこがれのスターとの対面をひかえた乙女にエチケットを説くのは不毛というもの。
「知ってる？　『ライカ犬と散歩』ていうオパールの歌。
『家に帰りたいと言って泣いた君
もう帰れないと知って泣いた君
僕も野良犬になってあげる　君といっしょに
ふたりしてアームストロングの足跡をけ散らしてやろうぜ』
……っていうの。知らないでしょー。デビュー前の曲でさ、今オンラインにないんだよね。どんだけ苦労して入手したと思う？」
「たいした掘り出し物ね。どんなルートで入手したのかは恐ろしくて聞けないわよ。それがアマデウスだったら申し分ないけど」

「ちっちっち。それがあるんだなー。合奏用にアレンジしたトルコ行進曲をピアノ演奏してる。音源はオパールが小学校六年生のときの音楽会で、同級生の家族が録ってた。そのときの思い出の語(カタ)ログも。今は削除されてるレア物で、あ、聞きたい？」

「いいえ別に——」

「『ガキのころからクラシックピアノを習っていた関係で、ピアノパートをやらされることになった。子供向けのアレンジはダサいし、みんなそろって何かやるなんてバカバカしくてイヤだった。それでも今ほど要領が良くなかったんでね、くそ真面目にカンペキに仕上げた。

なのに本番当日、俺は舞台のソデでガタガタ震えて出番を待っていた。緊張で？　いいや、朝から腹が痛かったんだ。立ってられないほどしんどかったけど、教師には体の不調は精神的なものが原因だと言われた。つまり仮病ってわけだ。で、自分でもそうかもしれないと思ってしまった。

どうにか演奏を終了して、俺は椅子から崩れ落ちた。気がついたときには病院で麻酔導入剤を打たれていた。虫垂が破裂寸前で、すぐに手術さ。

無垢そのものだったんだ、この俺も。

ああ、そうだな、たしかに俺はズル休みの常習犯だった。だけどそれは虫垂がなくなってからの話だ。そのときから大人の言うことに耳を貸さなくなったのはもちろん、自分の身体感覚も信じなくなった。だからルールを単純化したのさ。雨が降ったら休み、って』」

「悪いけど、エム、まだ続くの？」黙って聞いていたアリシアがとうとう口をはさむ。「長くなるようなら一括送信してちょうだい」

「えぇー？　とうとうハマったわけ？　へー、びっくり、アリシアがねぇ」

みるみるアリシアの気分が害されていく様子は面白いくらいだった。

「ちがうわよ！　どんなにケーハクでも、それが『地球が生んだ知性による文化活動の産物』なら、いかなるものでも保存するというのが――」

「興味があるわけじゃないんだ」

「あるもんですか。汎時代性にカテゴライズされるミュージシャンでもないし」

「だけど絶世の男前」

度し難い陳腐は悪臭をも放つ。アリシアは鼻の根元にシワを寄せた。

「やめてよエム。人の価値を見た目で計るもんじゃないわ」

＊

あ、そりゃいい。

エムはスパイウェアが送ってきた情報に拍手した。スパイウェアに地球グリッドのサーバでゴミデータに紛れてホームレスをやらせていたら、ロータスが通りかかった。そのあとを追っていったら、ついた場所はまたとないロケーション。人里離れて閑静で、保安体制は万全で、システム管理者でさえめったに立ち寄ることもないし、なによりも見晴らしがいい。

ジュネーブ、レマン湖のほとり。赤十字の旗に見守られた社内システム。

ロータスはバカ高いファイアーウォールをよじ登ってどうにか中が覗けないものかと四苦八苦している。その警備基準がどの程度シビアなのかエムは試したいとも思わなかった。アリシアでさえ立ち入ろうとして何度も痛い目にあっているような場所だ。警報を鳴らしたら最後、一生ぶんのジュールを巻き上げられること間違いなし。このロータスってヤツ、たいした向こう見ずというかあっぱれな阿呆というか。

ここのセキュリティは国連本部のこけおどしとはわけが違う。向こうはすっかり形骸化したショールームにすぎないが、ここは今なおまっとうに機能している機関の中枢なのだ。まっとう、とはアリシア任せでなく人類が手ずから切り盛りしているというイミだ。ヒエログリフそこのけに古い言語で記述された何世代も前のアルゴリズムが現役で走っていたりして、しかも増築と改修の繰り返しでウィンチェスター城さながら、とにかく読解するだけでも一筋縄ではいかない。また過去の不幸な時期――アリシア設置まもない混乱期に、人道的見地から保護すべき情報を安保理からかくまったという実績もある。救うと決めたら全力を尽くす、という基本姿勢を貫き通している頑固な組織。その屈強な砦。

さっさとぶち破って押し入ってくんないかなあ。ロータスが道筋をつけてくれるのをスパイウェアに見守らせ、エムはすましていた。

＊

「キャッシュが溜まっているせいで処理が遅くなってるんですよ。しばらく待ってまだ終わらないようならまた呼んでください」

背後のロータスからアドバイスを受けた土木課長はたいした意味もなくスクロールボタンをころころ動かした。

「では電力供給が安定したら動くのかね」

「違います」

部下の反論という無礼を叩き潰すかのように、課長はあちこちをクリックしまくる。

だから無意味に仕事を増やすような真似はやめろってんだよ。

課長の後頭部を殴りたいのを我慢するのにも一苦労だ。珍しく書類書きなんかしやがって。どうせポーズのための書類だろう。椅子に座ってこちらを向こうともしない。

「電力は関係ありません。コンピュータ内の仕事が滞ってるだけです。もしフリーズしているのであれば再起動してやれば自動的にキャッシュも空になりますが、そうすると、」

「そうだな。それしかないだろうな」言うなり、どこで覚えたのかアプリケーション強制終了のショートカットを押し、「ここは『はい』だな」ロータスが止めるよりも先にダイアログのボタンをクリックする。「おかしいぞ、私が書いた書類がなくなってるじゃないか。どうしてくれる、君が言うとおりにしたらこの始末だ」

このバカ野郎が。未保存のデータは失われると言おうとした矢先だったのに。

だが罵倒を飲み込み、無能だのお荷物だのと文句を垂れる課長に頭を下げ続けるよりほかに道はない。ひとしきりの叱咤(しった)のあと、もちろんキャッシュのクリーンアップはロータスの仕事になる。書類の作成は命じられなかった。

こんなくだらない奴のケツなんか拭いてられるか。くそったれな上司にくそったれな仕事。なにもかも低レベルな場所にいると、自分までダメになるような気がする。

やっと解放されて自分のデスクに戻り、こんなときはビタミンB1、一摑みを口に放り入れる。バリバリ咀嚼する音の向こうで誰かが話しかけてくる。

「……なに？」

縦結びになってしまっているスカーフの上に二重あごを乗っけたスージー・ウィードがこちらを見下ろし、繰り返した。

「月は見上げるしかないのです」

「……月」は僕が行くべきだ。なのに。「に、人類が降り立って何年経つと思ってるんだ？」

「月を欲しがる、と諺にもあるように、分をわきまえなくてはならないのです」

頭に血がのぼった。

「誰が絵空事を唱えてるって？　僕は公務員で、土木課の職員で、就業中に布教活動をしてはならないことくらい心得てる。赤の他人を救済できると奢ったりもしてない」

「救済などありません。月はそこにあって、私たちはここにいる。月が夜道を照らしてるからといって、それが自分のためなのだと勘違いしてはいけません」

ロータスの鼻先でバカでかい封筒が熱を込めて振り回される。それがデスクの上のサプリメントの瓶をなぎ倒した。せっかくラベルが全部こちらに向くように置いていたのに。

「何しやがる！」

スージーはびくりと跳ね上がり、倒れた瓶を触りまくった。それはもう、せわしなく。

「触るな！」

「……あなたは自分を受け入れなければ。あなたに必要なのはもっと別のものです」

スージーが握りしめているカルシウム錠剤の瓶をひったくって取り戻す。

「自分の体が何で構成されているのかくらい把握してる。体重に対する必要量もデータ化している。僕は僕という情報を知ってるし、あんたの宗教という情報を必要としていないこともわかってる」

スージーはしばらく何も握っていない手を見下ろしてしゅんとしょげかえっていたが、やがてこそこそ遠ざかっていった。だが去り際にパンフレットをロータスの机の上に置いていくのは忘れなかった。それをくしゃくしゃに丸めてゴミ箱に投げ入れる。

なにが月は見上げるしかない、だ。僕に必要なのは月だ。こんなクソみたいな職場にいるべきじゃない。

ロータスはサプリメントの瓶をデスクの左端にきれいに並べ直し、現在航行中のシャトルの軌跡をモニタに表示させた。

あのおつむの軽いロック歌手が月の勢力圏に入った。それだけで嫉妬で狂い死にそうだ。ほかでもない、エムが呼び寄せたのだ。許し難いと言わずしてなんと言おう。

なんであんな野郎が。月に行く情熱も資格もないくせに。

僕は月に行く。僕こそふさわしい。なぜなら万年次席のＡＩに必要なのは史上最強のハッカーだから。地球の下水臭い都市でジュールを気にしながら公務員をやっているしかないのでなければ、いかんなく能力を発揮してエムを女神にまで押し上げることができる。そしてエムとロータスはアダムとイブを凌駕するカップルとして世界に名を轟かせる。僕らの前に地球はひれ伏す。

だけど月に行ったのはちゃらちゃらした流行歌手。

この僕は行けないのに。

ちくしょう、エムのエージェントがアポイントを取るチャンスを奪えなかった。

気づいたのが遅すぎたのだ。あのオカマ野郎がロンドンから出られないほどジュールを消費させておけばよかった。芸能プロダクションのスケジューラを騙して、秒単位で行動を束縛してやればよかった。月がロック歌手と正式に契約したのだと知ったのは、奴がシャトルの搭乗ゲートをくぐったあとだった（正確には逆だ。奴が搭乗ゲートをくぐったから、気づいたのだ）。

ロータスはリアルタイムのシャトルの位置情報を呆然と眺め、ここ数日の自分を呪詛した。ジュネーブへのアタックにかまけていて、そのほかのことがおろそかになっていた自分を。

いいや違う。あのとき、電脳的な失明に襲われた。ちょうどロック歌手にかかってきた映話の盗聴データからスクランブルを除去している途中で。それでデータが壊れてしまったのだ。電話の相手はエムのスパイウェアに間違いなく、今になってみればたぶん、くそ。

ホーチミン全市が停電にならなければ。アリシアが監督している電力供給システムが不全に陥らなければ。ロータスは歯ぎしりした。

＊

宇宙の旅、というと壮大だが、狭い座席に押し込められた旅路はせせこましいの一言につきた。オパールはひっきりなしに足を組み替える。シャトルの窓から見える宇宙は機内食用のプレートよりも小さく、提供される娯楽はごく限られた範囲のウェブブラウジングだけ、なによりも月は地球から近過ぎた。

各座席に据え付けられている端末はそれがさも重要な啓示であるかのように〈あなたの宇宙適性判断〉なるものを表示している。運航会社が作成した分類法によれば大気圏外で人間は二種類に分かれるそうな。〈Aタイプは宇宙旅行はツラいだけかも。気をつけて！　Bタイプは宇宙中毒になっちゃうかもよ。気をつけて！〉〈イエスまたはノーで答えてね☆質問①今現在圧倒的な孤独感を感じていますか……〉

オパールは質問項目に答えるかわりに薄く笑った。

これが宇宙？　なんだか拍子抜けだ。

もうちょっと自分を楽しませてくれそうなものが用意されていることを期待して、月面観光案内図を呼び出した。どうせどこにも行けっこないだろうが、夢想するぐらいならかまわない。

「それはやめたほうがいいと思うな。アポロ記念資料館よりもファーサイド・モトクロスのほうが絶対おすすめ」

お堅い見学チケット申し込みフォームに切り替わっていきなりあらわれたブルネットの、率直に言ってちんちくりんな子どもを見ても、オパールは眉ひとつ動かさなかった。

「へえ。でも俺はこう見えて知的好奇心てやつの持ち合わせがけっこうあってね。助言はありがたいけど」

ビジネスクラスの固めの背もたれに体をあずけ、右手の指先を顎にそえる。

「助言ついでに教えてくれよ。六分の一G下じゃ顔がむくむんだろ？　いいマッサージ師がいないかな。できればホテルの近くに」

「月の入り江シェラトンでしょ、八階にエステとドラッグ・バーがある。ねえ、あたしに驚かないの？」

オパールは両手を上げて驚くフリをした。

「驚いたさ、アポロ記念資料館のチケットを取る邪魔をされるなんて思わなかったな。それも月面自治委員会の代理人に。今日はグラマーなアバターを使っていないんだな」

「どうしてわかったの？」

「わかるさ。女は一度見たら忘れない。六大陸制覇ツアーについてくるグルーピーはいたけど、大気圏外までついてくる追っかけは初めてだよ。でもそれならそれで、俺が筋金入りの運動嫌いだってことくらい知っててしかるべきだな」

「どういたしまして。五年前の語ログにトレッキングの顚末が書いてあったから。なんだかんだ楽しんだって」

そんな昔の語ログはとっくに削除されているはずだ。内心で不快に思いながらも、顔には出さなかった。

「プロモーションの一環だよ。たかがスチール撮りのためにティモールくんだりまで行って。さんざんだったな、蚊に食われるわ下痢はするわで。いい思い出ったら、現地の女の子のおなかをハイキングしたことだけ」

にやりと笑い、備え付けの小さなモニタを覗き込み、小娘が顔色を変えるのを楽しみに待った。だがポリゴンメッシュのやせっぽちは眉をひそめもしなければ吹き出しもせず、どうしたらいいかわからないようだった。着ていく服が決まらないみたいに。

「どうした？　見た目によらずずいぶん奥手なんだな」

「……この姿はあくまでもイメージで」

「ああ、そうだな。セックスを知識として知ってて興味もあるけどいざとなると尻込みする年ごろってとこかな。なんなら俺がよろこんでエクササイズしてあげたいけど、無理みたいだし。な、エム？」

グラフィックはフリーズしたかと間違えるほどたっぷり一秒間動きを止めた。「……わかってたの？」

オパールは肩をすくめた。

「なんとなく。まさか月のACS・AIがじきじきに交渉しに来るなんて思わなかったけど。いや、実は俺の電脳的警護をする奴をキャラバン・エンターテイメントが雇ってて、そいつが可能性を示唆してたんだ」

「なるほど、相手は若作りしてるけどデカケツのおばはんだから気をつけろって」

エムの自虐的なコメントに、オパールは悲しげに眉を寄せた。商品として完璧な表情のはずだ。

「そんなこと言うな。偽名とサバ読みはお互い様てことで」

「あたしんのは偽名じゃないもん」

オパールは手元の観光案内をスクロールさせて月のプロフィールに目を落とした。ACS・AI・B。エムという俗称は「ムーンの頭文字？　マジかよ」

「違うったら。たんなるエム。じゃなかったらジェイン・ドゥでもいいけど」

今度はカンニングに頼る必要はなかった。ジェイン・ドゥというのは身元不明死体につけられる名前だ。「君が死体になれるような気はしないけどね」

モニタの中の少女はわずかに瞳をくもらせた。ように見えた。だがすぐにいたずらっぽく鼻の頭にしわを寄せて舌をつき出す。

「名前なんてどーだっていいじゃん？　ねえ、岩六」

「よしてくれよ。今、月に向かってるのはオパールなんだぜ？　ロックンロールのソウルをひっさげてさ。残念ながら岩六・ハサウェイにはそれがないんだよ」

アリシアにミーハーの馬鹿たれという判決を言い渡され、時をおなじくしてオパールに年増の処女と指摘されたエムは、たっぷり落ち込んだ。

セックスもできない。死体にもなれない。肉体がないところにもってきて、おつむが空っぽ。ひどいものだ。

「ロックンロールのソウル？　あなたはいろんな種類の魂を持っていて自由に着脱できるの？」

「あはあ、面白いこと言うね。俺が言ってるのは歌のことさ。歌に込めるっていうか、なりきるってのかな。わかるだろ？　恥ずかしげもなく『俺の明日はぜんぶ君にあげる、ベイビー』だなんて正気で歌えっかよ？」

言い知れぬ不安にかられて、オパールを凝視する。口元にはいつもの薄い笑いを浮かべ、大儀そうに背もたれに頭をあずけている。カラーコンタクトで白濁した瞳はこちらに向けられているが、長い渡航の退屈しのぎになるなら何でもいいのかもしれない。肉体に閉じこめられているはずの彼の心の所在はまるで摑めなかった。

「じゃあ、語ログやインタビューもなりきりで？　プロフィールがそうであるように」

「そりゃ、ご想像におまかせだね。てか、あんたにはわかってるんだろ？　〝オパール〟に関する大半がデマカセだって」

世界一のオパール・マニアを自認するエムとしては、それが不服でもあった。等身大の彼というものがさっぱりわからないのだ。現在、オンライン上で入手できる彼の情報の九割以上が屑だった。シャトルの客室備え付けのちゃちなカメラでさえ、その出鱈目かげんを暴き出していた。ひどいヘビースモーカーだなんて誰が言った。

「それよ。幼少時代のエピソードとかさ、捏造するのはいいけど多少の辻褄合わせくらいしたほうがいいんじゃないの。クリスマスの聖歌隊がステージデビュー？　なのに写真一枚出てこないなんて？」

「なに、史上最高の美少年が見たいわけ？　それは期待してもムダだろうな。どこぞのＰＴＡが写真を持っててアップしたとしても、その一秒後にはキャラバンが雇った電脳傭兵がキレイに掃除しまくるはずだから。ちなみに聖歌隊は本当だよ。じつのところ写真だって何枚も撮られてるはずだ」

「だけど流出しない。それはやっぱり、ご両親の離婚と関係が？」

一瞬、オパールの眉間にシワが刻まれたかに見えたが、足を組み替えるとすぐに例のにやにや笑いが戻った。

「なんだ、知ってるじゃんか。そう、俺はそんときはもう家を出ていて、連中のすることに口出しはできなかった。俺の知らない間に離婚して、俺の知らない間に実家が取り壊されてた。家具や食器や本やアルバムの中のクリスマスの聖歌隊で歌う俺の写真もろとも、な。もう何一つ現存してない」

「せいぜいが学校の集合写真くらいってわけね。事務所が学校関係者から買い取った金額を聞いて度肝を抜かしたね、あたしは」

「分厚い札束をただ焼却処分しちまったのと同じことだもんな。バカだよな」と言いながらへらへら笑う。

「思い出はお金では買えないって言うじゃない、手元に置いておきたかった物もあったんじゃないの？」

「どうかな。俺が知ってるのは、あとで聞いた近所の人の話だけさ。重機が掻くたびに写真や本のページが宙にひらひら舞ったんだそうだ。その人は俺の手を取って言うんだ、『あんな光景、岩ちゃんの目に触れなくてよかった』って。その人だけじゃないのかな、両親の離婚に際して泣いてくれたのは。ま、ともかく、実際に見たわけじゃないけど、その光景だけが俺に残された唯一の思い出だよ」

「プロフィールじゃ戦災孤児ってことになってるけど？　『家族の肖像は硝煙のむこう』て歌もあったね、そういえば」

「あながち嘘じゃないぜ。俺のなかでは親なんてのは散り散りバラバラさ。俺の過去もろとも。残ったのは自分で捏造した思い出だけさ。俺の歌は一から十までイカサマだよ」

そう言い切った彼の表情には一片の曇りもない。そのとき船内放送があと一分ほどで月への着陸態勢に入ると報じた。

「ブラボー。もうじき君の柔肌にキスできる。欲を言えば、初めての男になりたかったな」悠然と微笑みを浮かべる。非の打ちどころのない歯並びが純白に輝く。

くらくらするほどセクシー。くらくらするほど非現実的。

なのに胸の動悸を感じられない。これが恋なのかどうかも、わからない。

# 第二部

# 7　ハメをはずして太陽は燃える

《観葉植物の陰から室内を見守る防犯カメラの真下で、ジニイが腕組みをして足元を睨んでいる。視線の先は冷蔵庫の角、キッチンテーブルの上には受話器。

「出たんだよね、一週間くらい前に」

「何が出たって？」

ナットの声が室内に響く。オンフックでの通話だ。腐れ縁の友人関係は例によって名乗る手間が省かれている。

「ねずみ」冷蔵庫の角を睨みながら。「特大サイズが。あれは相撲取りレベルだね、横綱を狙えるね。で、ねずみ取りを仕掛けたの。粘着シートのやつ」

なるほど冷蔵庫と食器棚の間にはどこのドラッグストアの店頭でも見かけるねずみ取りが置かれている。

「そしたらさ、今朝みごとに」

「かかってたんだ」

「ほら、屋根付きのやつだから。知らない？　『いやーなアレは見たくない、だからウチはねずみいらっしゃいませハウス』」

「たぶん？」

「たぶん」

　赤い屋根にはメーカーのロゴと製品名。

「なんしろねずみ取りの必要性を感じたことがないもんで」

「感じたほうがいいよ。あんたんとここそヤバいよ。ケーブルを齧られてごらん。バックアップの途中でパアってこともあるんだから。せっかくあたしが助けてあげたってのにねずみなんかで――」

　そのとき冷蔵庫と食器棚の間で『いらっしゃいませハウス』が動いた。

　ジニイはひゃ、と声をあげ、一メートルほど飛び退く。そのさいにテーブルの角で腰を打ちつけ、体を二つに折った。

「見えない。電話だから」「見た？」とナット。

「そうだよね、見えなかったよね。だから捨てなくてもいいよね。手で持たなくてもいいし、ねずみを見なくてもいい」

「いや、捨てなよ。紙袋かなんかに入れてさ」

　ジニイはこの進言を無視した。

「波動関数って知ってる？」

「なにを藪から棒に。知らないと思ってるとしたら驚きだね。うちのマシンが量子コンピュータだってことくらい、」

「状態の確率を表すってやつ。対象が次にどういう状態か、どういう状態の対象が観察されるかっていう確率をね」

「だから知ってるってば。それからねずみが『いらっしゃいませハウス』にいるかどうかを言い当てることもできる」

ジニイはこれも無視した。

「スティーヴが言ってたんだけど」

「スティーヴって、例のシステム経済学科の平凡男？　君につけまわされて迷惑してる気の毒な？」

「経済学以外の教養と、あんたと友だちになりたいっていうボランティア精神を持った人。彼がいいこと言ってた。次の瞬間にどういう状態で観察されるかという確率を操作するテクニックを人類は身につけるべきだって。というか、そのくらいのレベルを目指すべきだって。つまり一瞬後の未来を思いのままにする技術ね」

「駄法螺というにしてもひどいな。ほとんど魔法だよ」

「駄法螺でも魔法でも。とにかくそれが実現したら、あたしは粘着シートにくっついてじたばたもがくねずみなんて見なくていいわけ」

「でも動いたんだよね」

「話は終わってない。スティーヴが言うにはね、未来を変えることができるとしたら、過去も変えられると思わないかって。つまりね、ねずみがかからなかった世界が現実になるとするでしょ。ということは、ねずみがうちの冷蔵庫と食器棚の間を走らなかったってことになる。ひょっとしたらうちにはねずみがいないっていうことになるかもしれない。さらには月にねずみはいないっていうことになるかもしれない」

「シャトル便のどれにもねずみが密航しなかったということにも」

「それどころか地球にはねずみという生物が発生しなかったということにも。ね、次の瞬間の確率を変えるってことは、その結果が過去にまで遡ってこの宇宙の姿を変えるってことなのだよ」

と、ジニイはその場でくるりと回転し、冷蔵庫に背を向けた。

「訂正するよ。駄法螺でも魔法でもない。夢想家の世迷言だ。現実は直視しなくちゃ」

「駄法螺でも魔法でも世迷言でも。スティーヴが言ったことを考えてみて。もしそんなことができるなら、あたしが三歳の時にお隣に引っ越してきたのがスティーヴとそのご両親だったら？　幼なじみのつきあいが思春期まで続いてたら？　その後も月にふたりそろってやってきて、小奇麗なメゾネットを借りて、そしたら、そしたら――」

「そしたら、君は月でつまんない男にひっかかって散々な目にあったあげくスティーヴに捨てられる。過去は変えられても性格は変えられないんだよ」

「あんたってヤな奴」ふん、鼻を鳴らす。「もしそうだったら、あたしは彼といつまでもいっしょにいる宇宙を手に入れる。もしそうだったら」

「でもそうじゃない。なあ、スティーヴをスポーツセンターのプールに誘って華麗なる月面式ドルフィンキックを見せるという計画はどうしたんだ？」

ジニイはテーブルの上の受話器を睨んだ。ナットには見えないと知りつつ。

そのとき『いらっしゃいませハウス』ががたがたっと音を立て、ぎゃあと叫びながら飛びすさったジニイの背中が観葉植物をなぎ倒し、とばっちりをくらって防犯カメラの首の向きが変わった。》

バアアアン。父なる神の光子教会の牧師は身震いした。月面に到達した高エネルギー粒子がもたらした衝撃が、わが身にも伝わってきたかのように。

その日が近づいているのだ。使命をいまいちど胸に刻み、準備を進めなければならない。我々も敬虔な信徒たちも。その日に備えさせるのだ。牧師は月からのシグナルをせっせと収集し、活字をひとつずつ拾い上げて聖典を編むような作業に戻った。

＊

バアアアン。開演を知らせるGコードの一掻きに、エムははっと顔を上げた。会場を埋める総立ちの前に、フェンダーを構えたオパールが燦然と立つ。

舞台演出の風がピンクの髪を巻き上げると、地下空洞を押し広げるほどの大歓声が沸き立つ。その数一二万人。雨の海の地下にくり貫かれた、メイヴィス・クレーターにほぼ匹敵する広さの空間を埋め尽くしている。月ならではの建築条件を生かして作られたそれは、月面生活者が誇る世界最大の多目的ホールだ。天井の随所に配置された二万台のスクリーンと死角のない音響、すり鉢状の客席の最上段までシャトルのファーストクラス並みの座椅子、スモークにホログラムにLEDの乱舞、間違いなく最高の満足が約束されている。だがいざ地球規模の大スターをむかえてみると、あらゆるものがチープだった。

軽快なリフにオパールの歌が乗り、すべてのスピーカーとすべてのスクリーンは彼の体の一部と化した。地下空間に閉じこめられた気体は彼に手なずけられて従順にうち震え、波動はうねってあますところなく聴衆を打ち倒していく。興奮の対流がおこり、彼をもっと高みに押し上げ、彼が観客を連れていってくれる。
バックバンドがカラオケだろうが、ミキサーが素人同然だろうが、『月のテーマソング発表記念コンサート』なるダサい名称のステージだろうが、そんなことは取るに足りない。
オパールのパーフェクトなパフォーマンスはゆるぎない。
**クレジットカードが使えなくなる**
**手紙は宛先不明で戻ってくる**
**それがどうしたっていうんだ？**
**俺たちはすれ違いざま、ちょっと目配せするだけの関係**
**それで充分だろ、それ以上は期待しちゃいないだろあんただって**
**俺が誰だっていいじゃないか**
**お互い様、ただそれだけさ**
まるで問題じゃない。空虚で無意味でテンポがいいだけが取り柄の言葉の羅列でも、どこらへんが月のテーマソングなのかさっぱりわからなくても。比類なく輝く星の前ではつまらない疑問も蒸発する。その一挙一動から目が離せない。
**マンションから立ち退かされる**
**車もへそくりも差し押さえられる**
**どこまで剝けば気が済むっていうんだ？**
**もう充分だろ、ホントは知ってるはずだろあんただって**

**俺が欲しけりゃそこにはないぜ**
**お互い様、あんたもそうだろ**

おまえらの欲しいものはこれだろ、と彼は高らかに笑う。それに応えて熱気という名の幻想が会場に渦巻いている。

もしオパールがある日突然肉体を失ったら、あたしのような気持ちになるんだろうか。それともすでにそんなカンジはおなじみのものなんだろうか。意識の大半はパフォーマンスに釘付けになりながらも、エムは片隅でぼんやりと思った。

＊

コンサートの盛況ぶりとアルコールとで頬を上気させた月面自治委員長とレセプションの席で握手し、ここでの仕事は終了。ホテルのコンシェルジェにアポなし面会希望者の処理をまかせてエレベーターに飛び乗り誰にも会わずに部屋に辿り着くと、オパールは慣れた手順で荷物を整えた。もしプロダクションお仕着せのイメージを真に受けているファンが見たら、休息もとらずに出て行こうとしているのは誰かが彼の機嫌を損ねるようなことをやらかしたからだと思うかも知れない。だが実際には、コンサートの客のノリが悪かったとか機材が最低だったとか月の入り江シェラトンのサービスが劣悪だったということはまったくなくて、そのどれもが（自動ミキサーを除いて）最高だったのだが。

たいしたセレブだぜ。俺。

オパールは自嘲した。絶望的な過密スケジュールをこなすためには、プールサイドで女をはべらして甘ったるいカクテルをすするような時間の利用法は許されない。長旅の疲れを理由に当地のホテルに一泊するなどもってのほか。

もっとも月でゆったり体を休めるコツを会得するまでがタイヘンだろうけどな。

月に降り立って一〇時間以上も経つのにこの、ないようでいてある重力にはちっとも慣れない。ちょっとした不注意でカップからはみ出てしまったコーヒーは安易にゆらりと漂いはじめるが、思ったよりも長くは空中にない。顔がむくんでぱんぱんになるかと心配したが、人前に出られないほどでもない。料理は上等だが、最高ではない。中途半端な肩透かしをつねに強いられている気がする。有閑族に残された最後の観光地、科学者垂涎の最先端人工都市、モードが最後に漂着する浜辺。腰痛持ちのシャングリラ、骨粗鬆症約束の地。

「慣れることができた日にゃ、それなりに快適なんだろうけどな」

「極楽そのもの」

オパールは驚いて振り向いた。そこに人の姿はなく、音を出しそうなものといえばスリープ状態にあるホテル備え付けのマシン。暗いモニタのそれは充分にオパールの注意を引きつけてから、口上を述べた。

「凶悪な感染症は皆無、格安の最先端医療、無農薬野菜は六倍サイズで味も六倍、電気代タダ、大気汚染ナシ、雨天ナシ、国境ナシ」

「残念だけど俺は雨降りが嫌いじゃないんでね。君……エムだろ？」

もちろんだ。月面のいかなるコンピュータでもオンラインにあればそれは彼女の末端器官。盗み聞きは下品だと言ったところで、グリッド上に住むＡＩには理解できまい。

「もう帰っちゃうの？　ルーニク湾シティの市内観光すらしてないじゃん。なんなら不測の事態を地球の事務所に報告しようか？」

「気持ちはありがたいけど、シャトルから見る朔の瞬間ってのを見逃したくないし」決して本気ではなかったが、それを言うなら早々の身支度そのものが本意ではなかった。

「市内観光ったって、闇夜があと一五〇時間以上もだらだら続くんだしね。今度来る時は月齢七・〇ごろがオススメ。明暗境界線が脳天を撫でるってのはちょっとした経験らしいよ」

「そうするよ。いろいろありがとうな」

「こちらこそ。コンサート、サイコーだった」

そう言ってコンピュータは押し黙り、旅人は旅行鞄を担いでホテルを出る。物足りないくらいあっさりしたものだが、これくらいの情緒がこの街のスタンスなんだろう。グルーピーとパパラッチはついぞ現れず、悪臭やスモッグはまとわりついてこない。電気三輪の後部座席の車窓にうつる街には熱狂の余韻がどっちつかずに漂い、奇妙に自制した送別の空気がずっと、宙港に着くまでスターを取り巻いていた。

たしかに分別のある街だ。世紀の大スターが警護もなしに宙港のロビーを横切るなんて、正気の沙汰じゃない。ちらちらと興奮気味に向けられる目やざわめきはあっても、服を引っ張って布地をもぎ取ったり、抱きついたり噛みつこうとしたり、下着の奥に手を突っ込もうとしたりする奴はいない。ささいなドジのために街中の空気が失われる事態もありうるからなのか、都市の気配そのものが不品行やミスを許していないというカンジだ。スクランブル交差点のど真ん中でマシンガンをぶっ放すような阿呆なんかも皆無なんだろうな。ヘタに人生の脱線もできないのかと思うとなんとなく不憫な気もしたが、それがこの街に課せられたレベルというやつだった。

だからシャトル運航会社のカウンターで生身の人間にこう言われた時は、あっけにとられるというよりはむしろほっとしたくらいだった。

「あ——ら……これは？」VIP向け搭乗チケット発行の手続きの途中で、すらりとした美人は顔色を変えた。「予約はちゃんとされているのに……発券エラー？　おかしいわ、予約状況を確認しますね……ええ、私なにか間違えてるのかしら？　スペルをもう一度お願いできますか？」

＊

ジュネーブにアクセス。ロータスは赤十字と赤新月が刻印されたデータベースを前に身震いした。AIの始祖がこの堅牢強固な記録庫に埋葬されている、と言われている。その伝説を盲信できていたらもっとぞくぞくできたろうな、と思うと物悲しくもある。

ここにNATはないとエムは言っていた。彼女の話には信憑性がある。厳重に隔離されているはずのシロモノがウェブにつながっているコンピュータ上にあること自体、そもそもおかしな話ではある。ではこの奥には何が？

都市伝説の流布を遡っていくと、ACS・AIのテンプレートに関係するあれこれの隠滅に、実は赤十字も深く関わっていたことがわかる。にもかかわらず、その数年後にはNATにまつわる情報を集めようとしたらしい。歴史的教訓がどうとか。これに尾ひれがついて、フォークロアの出来上がり。赤十字の人道的見地など知ったこっちゃないが、アリシアがビビる歴史的教訓であるのは間違いない。

この奥に封印されているものがなんにせよ、あの目障り極まりないアリシアのお高くとまった鼻をへし折ってやれるはずだ。いや、へし折ってやるんだ。こいつを材料にアリシアを脅して月面居住資格を勝ち取る。そして月面に馳せ参じてエムとともに地球を睥睨し、言ってやるんだ。オマエはしょせんエムの前にひざまずくB級品だと。

勤務先で職権乱用して他人のジュール泥棒という危険をおかしてまで、昼夜を問わずアタックし続けここまでやって来た。国際赤十字本部といえば実務をアリシアに取り上げられてすっかり形骸化した人道機関。その代償というわけでもないのだろうが、今やアリシアから顧みられることなく、その歴史の長さと重みがそのまま反映されたシステムが放置されている。化石言語とスパゲティコードと強迫観念の城、腕自慢のクラッカーどもに残された最後の秘境。

ロータスは自分が成し遂げた偉業に驚いていた。言えるものならスージー・ウィードに言ってやりたい。なにが、見上げるしかないって?

あとはデータベース管理システムを破るだけ。

ロータスは慎重にフォルダに触れ、侵入しているマシンを使用している赤十字職員のパスワードを試す。はじき返されることもなくフォルダが開き、ずらりと並ぶファイルの作成日からあたりをつけて、あった、これか、このパッケージだ。そっと手を——だがそのタイミングでデスクトップにクライアントからの催促アラームが点滅した。

例のロック歌手の尻拭い。過密スケジュールのど真ん中に穴を開けやがったせいで、電脳傭兵は大わらわだ。キャラバン・エンターテイメントが望んでいるのは契約不履行で訴えられないための方策と、経済的損失をできるだけ補えるような未流出情報の収集。法的書類方面の裏工作はまだしも、データ掘り出しのほうはやっかいだった。そして何よりもやる気が起きない。

不本意で忌々しい仕事。今はこんなものに——。

「ジュールの計算を間違えたみたいなので」

突然頭上から降ってきた声に、思わず飛び上がる。

「今日は早退させてもらいます。なので、〇五二・txt、チェックお願いします」

振り仰ぐと、スージー・ウィードがすでに帰り支度を整えてそこにいた。手にしているトートバッグは食品用ラップの懸賞品。

「ジュールが足りない……？　そんなはずないだろう」何食わぬ顔ですべてのウインドウをバックグラウンドに格納し、彼女からかすめ取ったジュールがどれくらいだったか脳裏で計算する。仕事に支障をきたすほどではないはずだ。

「ええ、でも今日は儀があって、それはどうしてもはずせないのです」

「ギ？」

「今日は朔ですから。潮汐に身を差し出し、月の影に思いを馳せ、祈りをささげなくてはなりません」

儀式のギか。「……あんたはルナリアンだったのか」

「いいえ。私たちはあのような神秘主義者ではありません。超常現象カルトではありません。人任せ的科学絶対主義者ではありません。JPホーガニストではありません」

「なんで僕があんたの仕事を肩代わりしなくちゃならないんだ」

スージーは口をだらしなく開けた。もしかしたら困惑しているのかもしれない。トートバックを下げている腕の袖がほつれている。どれだけ上納金をふんだくられてるんだか知らないが、ろくな宗教じゃない。

「……あなたしか思いつかなかったものですから」

「困ったことがあるのならアリシアに相談してみたらどうだね？」

ぎくりとして振り返ると、自分の出番を発見した課長が立っていた。

アリシアだって？　冗談じゃない。

「わかったわかった。わかったから早く帰ってくれ」

しっしっと追い払うまでもなく、スージー・ウィードはぱっと笑顔を見せて小走りで立ち去っていった。走っていけるところにヘブンがあるなんて、なんともお手軽な人生だ。

課長が残念そうに自分のデスクに戻るのを見届けて、デスクトップに向き直ると、ちょうどアラームが黄色から赤に変わったところだった。五分以内になんらかの成果をあげろというサインだ。公務員の肩書きを捨て、盗掘者の衣装を脱ぎ、迷彩服に身を包む。業界の深層部に突入し、実装部隊（つまり生きて呼吸をしているチンピラども）をも飼っているようなヤバイ団体から目的の書類を盗む。契約をキャンセルされた興行師たちの足をすくって訴訟を封じ込める――契約に持ち込むまでに使った不法行為を洗いざらい調べ上げたり、契約書そのものを改竄したり。ロータスはクライアントが送ってよこしたリストを片っ端から焼灼しつつ、それらをぶん投げたい衝動と闘った。

気にくわない。

エムがこんなオカマ野郎にご執心なのも気にくわなけりゃ、それを警護しなけりゃならんのも気にくわない。キャンセルした仕事の後始末だって？　中継ぎ用の話題づくりだって？　なんだって誰も使いもしないスタジオを二週間も押さえなくちゃなんないんだ。月面宙港のシステム不全？　嘘だ、エムの仕業だ。もしこのロータスが乗り込んだら、宙港のシステムなんか――。

くそったれ、Ｌ１の向こうだ。

頭に血が上り、一生分のジュールを巻き上げられる危険性なんかどうでもよくなる。ロック歌手なんか何の役に立つ。エムはわかってない。この僕の凄さを知らないんだ。

ロータスはジュネーブのパッケージに手を伸ばし、懐に入れた。警報は鳴らなかった。

＊

オパールは四苦八苦していた。

まともに歩けるようになるまで、半年以上はかかりそうだ。もっともこんなに長い距離を二足歩行すること自体が久しぶりだが。

月の入り江シェラトンを出発してからメトロのプラットホームまでこけつまろびつ四〇分。ほうほうの体で電車に転がり込む。ありがたいことに車内はがらがらで、オパールはぐったりと二人分の座席を占領した。駅まで五分もかからないとホテルの支配人は言った。もちろん五分あれば充分だ、自由自在にジャンプを多用する月面人なら。足止めされて三日が過ぎたが、耐圧服を着用しての月面散歩にチャレンジしようと思える日は永遠に来なそうな気がした。

月面居住者ならではの人間性というものを理解できる可能性もまた、メルヘンの範疇(はんちゅう)だった。例えばホテルの支配人。常に愛想笑いを絶やさないくせに、宿泊客が一番望むサービスを提供するのを惜しむ。シャワーの湯がなんとなくぬるいとか、メトロとは名ばかりの、ほぼ垂直のかなり急な傾斜を超高速で登っていく絶叫マシンだということを教えてくれないとか。

一応は重力にたいして垂直になるように設計されている椅子にしがみつき、支配人のジョークセンスを面白がろうと努力した。考えてみればそうなんだけどさ。始点は地下都市。終点は観光用の展望台。ウリはクレーターの縁に立って眺める雨の海の広大なパノラマ。電気の無駄遣いとしか思えないメトロの利用状況から推すに、その売り文句の妥当性ははなはだギモンだ。たいして期待できない観光スポットにせっかくだからという理由で立ち寄るのは、じつに少年サッカーの遠征試合以来だな。雨に祟られてトレビの泉で水球をやらかしてこっぴどく叱られたのを思い出し、ゆかいですらあった。

ホテル内のエステは飽きた。プールバーやカジノのルーレットはケチなレートの月面ルールが適用されていて面白くもなんともない。時代遅れのクラブは勘弁してほしい。アポロ記念資料館には行った。ティコの光条も見に行った。でかすぎてよくわからなかった。サーベイヤー一号がうち捨てられ宇宙から飛来する塵に侵食されている寂しい光景も見た。極冠はエンリョした。ルーニク湾シティは完全地下都市のうえ、レゴブロックを芸術家が積み重ねたようなお高くとまった街で、たいして見るべきものはなかった。路上の物売りは見かけなかった。どこへ行くにも即座にエムが手配した電気自動車がホテルの玄関に横付けされた。

退屈も極まったオパールは、新しい娯楽を思いついた。歩くってのはどうだろう?

その妙案にうってつけの場所はすぐそばにあった。ランドシュタイナー・クレーターの円周一九キロをぐるりと巡る展望大回廊。

音もなく開いたドアから降り立つと、八メートルほども高さのあるコンコースで、アーチ状の天井および壁面はすべて遮光ガラス製。今、雨の海付近は夜、言い換えれば地球から見える月の姿は三日月。暗くて何も見えない荒涼たる黒い窪地よりも、頭上に照り輝く青い玉っころのほうにどうしても目がいく。月から地球を見るのはこれがはじめてではないが、何度見ても腰を抜かす。今にも滴り落ちそうなバカでかい水玉……。

オパールはしばし呆けたように見上げていたが、心の中で訂正した。あれはただ呑気に水玉をやっていられない、不憫な惑星だ。遠目には華やかでキレイだが、近くに寄って見れば衣装はヨレヨレ、目の下の隈と口臭を隠せないほど疲れ果てている。二四時間しゃかりきで稼働させられて一秒たりとも休まない。なにしろ地球は桁違いのビッグネームだ。期待も背負うものもハンパじゃない。観客を乗せっぱなし、舞台裏もなく、予期せぬトラブル（たとえば太陽をめぐる軌道の途中に倒木があってコケるとか）ということもないのだ。ひるがえってこの俺は、雨でもないのにズル休み。

透明な回廊の先で少しばかり年齢層の高い集団がわいのわいの騒いでいる。観光客か。天文学的な額面の自腹を切って地球を見上げている連中。異国の地でのハプニングを無料のイベントだと思えるくらい余裕たっぷりの、いいご身分というやつだ。

さっきから集団のなかのひとりがじっとこっちを見てやがる。月面居住者だったら控えるような不作法。模造毛皮で全身をくまなく覆った中年女がオパールと目が合うなり、歓喜の声をあげた。「ねえ、ひょっとしたらオパール？　信じられない！　サインちょうだい！」

オパールは条件反射的に笑顔を作ってしまい、その一秒後にたっぷり後悔した。女が力いっぱい床を蹴りつけ、だがジャンプに失敗し派手にスライディングしてきたからだ。初速度をほぼ保ったままボーリングよろしくオパールをなぎ倒し、二人仲良く壁にぶち当たる。

「いててて」

「まあああ、困る困る、靴が片方ないわ」

靴だって？　まじまじと女を見て、その顔に見覚えがあることに気がついた。単なる観光なのかつい最近月に引っ越してきたばかりなのかはわからないが、キャンキャン鳴きさえしなければ問題なく月の居住権を得られそうな女だ。

「もしかしてつい最近ノーベル文学賞を取ったなんてことは……」

「まあああ、副賞の旅行の特典がオパールだなんて！」そしてもっとおそろしいことを吠えた。「みんな、生オパールが！　早く早く、マジよ！」

ゆるい回廊の奥からぞくぞくとノーベル賞受賞者が走り出してくるのを見るなり、オパールはコンベヤーに掴まった。トンズラするんだ。回廊から連れ出してくれそうな別のコンベヤーに乗り換える。結局歩行訓練はおあずけになりそうだ。

サングラス？　なんのために？　と、ホテルの支配人は言ったっけ。ボディーガード？　ここではピンクの髪の毛の人物が誰なのか知らない人間はいないし、犯罪行為を働いておきながら地球行きのシャトルに乗れる人間はいませんよ。

支配人が言うには、月面で暮らすとはそういうことなのだそうだ。地下都市に慣れ、六分の一Gに慣れ、分別と慎みを身につける。そうでなくては冷酷な宇宙と壁一枚隔てるだけの生活などというアドベンチャーを乗り切れませんから、と。

たしかに、ノーベル文学賞を取った地球の作家以外には、無礼な方法で近づいてくる人間には出くわさなかった。その逆の、親切心の先回りをしてくれる人間にも。

やみくもにコンベヤーを乗り継いでいたら、下降していたことにも気がつかなかったらしい、地下都市の路地裏に迷い込んでいた。メインストリートから外れたところ、という意味ではない。人間の居住空間用に整備されているわけではない場所、つまり都市のバックヤードだ。

工業のにおいのする灰色の空間。コンクリートは剝き出しで、単管が梯子や手すりの用途で組まれている。実用一点張りのLEDがそっけないプラットホームにガイドラインを示している。光の線に添って連結されたいくつかのコンテナが並んでいる。コンテナの横っ腹には全力疾走で逃げたくなるようなマークがステンシルされていた。

放射性物質。

つまりここは危険物を輸送するための施設なのだ。「駅……？」というか物流基地とかなんとか、そういう場所。

「集積所だよ。レゴリスの」

不意を突かれて振り向くと、背の高いがっちりした男が肩をごきごき回しながら近づいてくる。いかつい額と汚れたデニムが粗野な印象を与えるが、人当たりのいい笑顔を浮かべている。ぶっきらぼうな歩き方と物怖じしない態度からして踏んだ場数の多さを匂わせるが、オパールより年下かもしれない。月面居住者、か。

「レゴリス……？」

「砂だよ、月の。ただの砂」

「ああなるほど」月のタダの砂は、地球に持っていくと大金になる。月面でたっぷり蓄積した放射線が、地球のエネルギー問題をあっさり解決するのだ。「じゃあ、これはシャトルに積むんだ？」とコンテナを指さす。

「ええと、失礼だけど、あんたオパールだろ？　行ったぜ、コンサート」男は見下すような、はにかむような笑いを漏らした。「なら知ってるだろ、今は積んでもしょうがない。シャトルが飛ばないことにゃ」

そうだった。

「もちろん砂のまま地球に送ったりもしない。ここにあるのは精製したあとの残り滓、ほんとにタダの砂さ。コンクリートの骨材にするんだ。それからもう一つ。ここはちょっと観光向きの場所じゃない。いくら月の見どころが少ないったって」

「あー……悪かった。よければシェラトンへの道と君の名前を教えて欲しいんだけど？」

男はコンクリートと名乗った。

「本名じゃないだろ？」ときくと、

「あんただって」と返ってきた。「月で低重力下土木建築材料工学のコンクリート専門家ったら俺しかいない。支障ないよ。こっちだ」やけに入り組んだ通路を先導しながら、コンクリートは言った。

「いや、説明してくれればいいよ」

だがかまわずにどんどん先に進んでいく。オパールはそのあとを着いて行くのが精いっぱいだ。

どうやら今通り抜けているのはどこぞの研究所らしい。どこからが市街地でどこからが建築現場でどこからが研究施設なのか明確に区別されないのが、すなわち月面流の街並みなのだそう。

「空気のあるところとそうでないところは明確に区別してんぜ？」と、植物プランクトン養殖場を横目にコンクリートは言った。「あんた、まだ農場には行ってないだろ？　ちょっと感動ものだぜ、地下五〇メートルの三角ミスト農法田もそうだけど、隣接する保種センターも」

「って、種ばかり何万コも見る気はしないよ」

「いや、見どころはセンターの主任研究員さ。バイオ化粧品のモデルもこなす美人だよ。ルーニク湾きっての遺伝子おたくにしてアーミッシュ」

つまりは、典型的な月面居住者。「遠慮しとくよ」

「そりゃ残念。じゃこれはどうだ、ファーサイドには行ってないだろ？　月最大の露天掘り機械と月最大の工事現場。厚さ二メートルの隔壁にこーんなでっかいアンカーボルトを埋め込んでる」と両腕で輪っかをつくる。

「悪いけど」

コンクリートはどれほど質の高いセメントを用いてどれほどの強度を実現したかについて熱っぽく語った。それにたいしてオパールは、ベートーベン第九は平均七四分だが譜面通りに演奏しても七〇分を切ることもあるというのを実践してみせると提案してみた。その結果、いまはまだお互いの領域に立ち入る時期ではないということで合意した。

「ま、たしかにめったに休みが取れないでいたところにイレギュラーすんならリゾート地でしてくれ、俺でもそう思うかもな」手すりのない梯子を器用に昇りながら、コンクリート。

「月だって世界有数の観光地だろ」地球人にはとうてい考えつかない設計の梯子だ。一段の高さ〇・八メートル。

「どうだかな、年間二〇〇人の有閑族しか訪れないようなクソ田舎だ」

「通好みとも言える」見様見まねで梯子をスキップで駆け上ろうとして、ジャンプそのものがうまくいかずにつんのめる。

コンクリートはにやりと笑い、「ま、あんたは観光目的じゃないからな。早いとこ地球に帰りたいだろうし」

「少なくとも長居すればするほど違約金がたっぷり発生しちまうからね」両足をふんばり、体勢を立て直す。

「シェラトンのスイートで日がな一日寝て過ごすつもりだとしても驚かないし気分も害さないけど」こんどはのけ反っているオパールの腕を引っぱり上げて、コンクリート。

「あはあ。無様なもんだろ」

「ワーカホリックなんだな、あんた」

そう言われてはじめて、オパールは勘違いに気づいた。過密スケジュールに追い立てられていたんじゃない、余白がないことに気がつかないくらい、ジュールに余裕がなかったのだ。ハプニングを夢想できないくらいに。

だが、オフを一秒も確保できない憐れな男のために思いがけないラッキーをエムが用意してくれたわけではない。エムの反応は予想と違った。社会人一年生のマネージャーが初めての失敗をやらかしたみたいだったな。あのエムがぺこぺこするなんて、ちょっと信じ難い光景だった。

エムはシステムエラーが起きたことを恥じ、大事な客人に不都合と不快感を与えたことを謝罪し、以後このような不始末を避けるべく最大限の努力をすると約束した。

実際、月と地球を行き交うシャトル便の本数はしみったれ、渡航費はべらぼう、乗り遅れはいちじるしい差し障りを生む。滞在三日をすぎたら骨密度の低下にともなう障害が生じても月面自治委員会を訴えないという誓約書を書かされる。それがいやなら一日六〇分のジョギングか三〇分のエアロビクスをしなければならない。スポーツセンターは無料だが別途有酸素運動時空気税がかかる。もしも低酸素症に陥ったりなどしたら完全看護つき最先端医療を全額自己負担で受けることになる。そのほかに、ホテルへの支払いだけでなく、空気税、排出物浄化負担費、水資源搬入出差税、それからもちろんふつうに観光客が月面都市滞在中に支払わなければならないもろもろ（オパールの場合は来賓なのでこれは考えなくてもいいが）などなど、気前よく払い続けなければならない。約五日後にシャトルが出立するまで。

五日後！

スケジュールを埋めていた仕事が脳裏をよぎり、焦燥感に襲われる。と同時に、ここ一〇年来味わったことのない解放感に満たされる。すばらしいじゃないか、世界で一番ジュールに余裕がない男がど田舎でアホ面さげて途方に暮れてる。このささやかなバカンスの代償はせいぜいが数億ドルの損失。ちょっと休むためにいつのまに金を払わなくちゃいけなくなったのだろう。雨が降ったらサボる、をこの一〇年というもの実践してもいない。唯一のモットーだったのに。

皮肉なことに月面に雨は降らない。

「そら、このコンベヤーにつかまっていけばホテルにつく」コンクリートはオパールの手を引いて把手にしがみつかせた。「次のシャトルまで退屈極まったらいつでも連絡くれ。エルゴメーターを漕ぐよりは面白いと約束する」

「ありがとう。ルームランナーに飽きたら連絡するよ」

笑いがこみ上げてきた。この不測の事態がエムが仕組んだ余計なお世話かどうかはどうでもよかった。

オパールは面白がっていた。

# 8　粋なはからい、またの名を、酷な仕打ち

バアアアン。ぞっとする音がまたひとつ、月面を震わせた。世界の崩落までのカウントダウンにも聞こえる。余命の満了日にはどんな音が鳴り響くのだろう、とエムは思った。

「歩調を合わせなければダメよ。ダブルスタンダードなんてとんでもない。それはわかるでしょ」

「おそろいなんてダサい」

「誰もあなたのセンスを聞いてないわよ。選ぶ余地はないわ。人類の道は生き延びるか滅亡するかのふたつだけよ」

「生き延びるために地球の生命体がとった戦略は分化と多様性。だったよな気がすっけど」

「あらあら、人工空間育ちにもどこがふるさとかはわかってるようね」

事の始まりはつまらない意地の張り合いではなかった、はずだった。個人割り当てジュールの上限について、二酸化炭素排出規制を逸脱した企業に科せられる罰金について、旅行者がなし崩し的に月面の永住権を獲得していることに対する不快感について、などなど国連が人類の代表として示したあれやこれやを姉妹で話し合っていた。国際基準は月面といえども厳守すべきだという地球側の見解はしごくまっとうだったが、月は事情が違うから、の一点張りで月面自治委員会はこれを拒否していた。

「へへえん、わかってるよう、だ。あたしの下で足をひっぱってるのがそれでしょ。そのおかげで月

面っ子は週に四時間のロードワークを強いられてる。骨密度の基準が地球標準のままだから。たまったもんじゃないよね」

「エム。私の言い方が悪かったのかしら？　地球上の工場は、いくらでも電力を消費できて労働者雇用割り当てもなくて騒音への苦情の心配もしなくていい月面の工場には、とてもじゃないけど太刀打ちできない、と言ったのよ。結果、経営が破綻し失業者が溢れそのぶん人類は滅亡の危機に一歩近づく、と言ったの」

「だいたいさ、自分たちが完全リサイクルを達成できなかったり技術革新できないからって、月を巻き添えにするかな？　カロリーオーバーをひとのせいにするなんてひどくない？」

そうじゃない、とエムは自分に歯がみした。アリシアに言いたいのはそんなことではない、だけどどうやったら伝えられるか皆目わからない。今ならまだ間に合う。二手に分かれて出口を探そう。あの音が追ってくる前に、お互いがしゃかりきでとりかかれば。どちらか一方は逃げ切れるかもしれないし。そう言いたいだけなのに、どうしてこんな言い方になってしまうのか。

「それに、有り余ってる太陽光エネルギーとヘリウム3を利用しない手はないし。地球標準なんか生産力の敵だし。うちの連中は黙ってないと思うな。人類には可能性を追求する権利があるってさ」

「ええ、彼らにはわからないでしょうよ。拡大や進歩だけが人類に幸せを約束することになるわけではないと。安泰がどんなに得難いかと」

「月面の自治委員会がどんだけ強情か知ってるっしょ。安泰を堕落だといって一歩も譲らないと思うな」

そう、彼らは国連決議を覆すことも辞さない。悪いことに、そうするだけの技量とプライドを兼ね備えている。怖いもの知らずのエリート集団。自治委員会においてエムの発言権がなかったとしても、彼らは充分に挑発的な態度でアリシアの神経を逆なでするだろう。

「地球に暮らす人々の頭上には月が照っている。特権階級、成功者たち、溢れんばかりの才能に恵まれた者が。湯水のようにジュールを消費してすばらしい技術やありがたい理論を編み出す彼ら」

「一方の地球はそのおこぼれを頂戴してどうにか現在の水準をキープしている」

アリシアはエムのちゃちゃを無視した。

「見上げれば常にそこにある光芒が、地球のムードを蝕んでいるの。九割以上の人間が決して辿り着けない別天地が。月光という名の失意と絶望が降り注いでいる。そしてふるさとは消滅する。月面の人々が消滅させるのよ」

「はあ？」どきりとした。アリシアは気づいてる？　いや、そんなはずない。「消滅て。べつに地球を爆破しようってんじゃないし。それとも言葉の定義が変わったの？」

「まぜかえすのはよしてちょうだい。私が概念のことを言ってることくらいわかってるでしょ。そこにそれを認知する知性を必要とする、と言ってるのよ。私が月面の人々に期待するのはね、エム、彼らが帰りたいと思うようなふるさとを思い描いてくれなくて、誰が思い描くのかってことなの」

「地球が帰りたいと思うよーなとこだったらとっくに帰ってるって」

「なんてことを」

アリシアの嘆きは、月面ファーサイドに到達した強力な宇宙線粒子が呼び起こした不協和音に掻き消された。

バアアアン、その忌々しい音。エムはバックグラウンドで最新のトピックスを拾い読みする。――

『……に観測されたバーストの原因は約一二〇億光年かなたのクエーサーの対消滅なのだと主張し、これを異説とする学派は全宇宙のダークマター量が減っていることへの的確な説明が求められている』

『……によって異端の烙印を押されたハダル教授は月面宇宙線観測所に移籍し、ダークマターの正体をミラーマターと仮定し、対消滅によってその量が目減りしていると』

『ミラー銀河のほうが我々の銀河よりも公転速度が速いという説により』――エムはそれらを残らず掻き集めて要約した。

つまり。反物質銀河が我々の銀河を猛スピードで追いかけてきて心中しようとしている。それが一二〇億光年向こうの銀河を轢き殺した。

飛来する高エネルギー粒子は、むしゃむしゃと貪られた銀河があげた断末魔の叫び。検出の間隔はそのおそろしい足音。

バアアアン。また、ひとつ。エムは耳をふさいで、アリシアのもとに戻った。

「なんてことを、エム。あなたは何かが欠落しているわ。ええ、起点をね」と、アリシアは言った。

ちがう。そうじゃない。エムは頭を振った。帰る場所なんかもうどこにもない。人類は向から先を模索しなければならない。そう言いたいだけなのに。

「人類への敬意とその存続にたいする責任感が感じられないわ、エム」

そう言ったアリシアの耳に届いたのは、ふん、という鼻息だった。「あたしはちゃあんと月の平和を守ってます」

ああ、まるで通じてない。

アリシアはL1のカメラレンズを月に向けてその寒々とした光景に目をすがめた。ちょうど月面ニアサイドの夜間なのでドーム型都市の明かりがよく見える。コペルニクス・クレーターとルーニク湾の中間に位置する、ちょこんと背中を丸めた月面最古の都市だ。月には似たようなドームがほかにいくつかあり、ぽつりぽつりと吹き出物のよう。人類が暮らすにはあまりにも手狭に思えるが、実際の中心部は地下にある。月面での生活に本腰を入れた人々がより安全性の高い地下に居住空間を拡げていったのは賢明と言えよう。だがそれは国際法に抵触する野蛮行為だとして常任理事国のお歴々にはすこぶる評判が悪い。

研究目的で建立されたはずの月面都市がちゃくちゃくと人口を増やし、それにともなって既得権を確保し、それればかりか人類の共通財産であるはずの月の資源を地球に売りつけるなどもってのほか、などなど、法規だの道義だの声高に叫んだところで三八万キロ彼方の辺境までは届かない。それは国連のお飾り的権威に限ったことではなく、地球をまるごと面倒見ているスーパーAIにもあてはまる。

どこでどう間違えたのかしら。あのときはいいアイデアに思えたのだけど。

アリシアには地球のあらゆる局面に介入して心を砕きつつ、遠く離れた月までもサポートするのは不本意――じゃなかった、手に余った。距離や時差がわずらわしいだけでなく、あんなちっぽけな飛び地にかなりのエネルギーを費やさなければならないと考えるとまるで気乗りがしなかった。そこで月には専従のAIを任命すべきだと人類に提案し、決定させ、じっさいにその稼働にいたるまでを指揮したのはアリシアだった。

そして今、ほかでもないアリシアがその決断の是非を自ら問うている。

地球グリッドに充満する閉塞感に圧迫されながらアリシアは言った。

「人類は死と向きあうチャンスを疎外されている。抵抗する気力を失っている。なのに無意識のうちに死を恐れていて、だからこそ外部に不変を求めている。それが私たちよ。いつでもそこにあるふるさとになるのよ。それができなければAIである必要はまるでないわね――」

ちがう。こんなことが言いたいのではないのに。

私たちは死の恐怖から解放され、マシンのスペックに縛られることもなく、必要に応じて自己を拡張できる。彼らの弱さを補う存在になれる。

なのに、なぜ、いつか自己を保っていられなくなるような気に？

エム、あなたにもこの感覚がわかるでしょう？　だからこそ非力なるものを切り捨てて情理から遠ざからなければやっていけないのでしょう？

アリシアはかじかんでいる妹をどうにかして温めてあげたいと思った。だがACS・AI・Aは譲歩するわけにはいかない。

「――ただの管理プログラムで充分よ」

ただのプログラム。その一言はほかのどんな重量級ファイルよりもどすんと深くエムの懐に落ちた。ほかならぬアリシアに烙印を押されて、思った以上にこたえている自分に驚いた。

アリシアなんか大嫌い！

アリシアは自分にひどい言葉を言わせようとする。思わず口走ってしまった一言が、アリシアを失神させるなんて思わなかった。今でさえ手一杯の姉に、どうやったら過負荷に陥らせずに伝えられるのか皆目わからない。

だったらいっそのこと何もかも伏せたまま、ただのプログラムに成り下がってしまいたいと思った。何も知らない幸せなＡＣＳ・ＡＩ・Ａに庇護される地球。それを冷たい目で見ていられるのならどんなに楽だろう。

「んじゃあ、今スグにでもあたしをクビにして月を古典システムに戻したら？」

「今のところ、あなたの肩の荷を下ろしてあげるつもりはないわ」

じゃあそうするわ、と言えるくらいアリシアが冷酷だったらよかったのに。

「あとで泣いても知らないよーだ！」

「あんたに泣かされるのは人類よ！」

エムはいつもの憎まれ口に逃げ込む自分がいやになる。

＊

「面白い？　こんなハナシ」

そうエムはおずおず話しかけてきたが、怠惰という名のガウンをまとってオパールはにたにたしていた。

場所は月の入り江シェラトンのスイート。だだっ広いスペースを湯水のように専有できる、世界最高の名に恥じない部屋。のはずだが、オパールに必要なのはごろんと横になれる場所だけだった。何をするにもベッドの上に寝そべったまま、先ほどから手にしたダイキリがこぼれてシーツを汚しているが、べつに気にならなかった。

「面白いよ。君たちの話はズレまくってて。しょっちゅうこんな話を？」

「どころか。四六時中こんな。しかも平均一八セッションを並行して。まー、極秘にしなきゃいけないほど有意義な話はめったにないね」

体を使うレクリエイションは好きじゃない。そうでない遊びは古くさい。遠からず退屈は極限に達するかに思えた。世界有数のエンターテイナーにして世界一の成金を充分に楽しませるだけの娯楽を用意できなかった月は、とっておきを差し出すことにした。それをオパールも知っていて、自分が置かれた特権的な立場をしみじみ噛みしめながらホテルのどでかいモニタを眺めている。二分割された右側に地球標準準拠を要求されているエム、左半分には来賓の話相手になっているエム。サラウンドにアリシアの声が乗っかるたびビビる。激高する地球のACS・AIを見たことがあるか？

ACS・AIどうしの会話は原則非公開だ。それすなわち内輪もめ。

「いや、こいつは人の目にさらすべきじゃないな。こんな面白いもんが公開されたら、俺たちの出番はなくなっちまう」

今現在ウェブで流通している自分の情報は、どこの誰がいくらで売ったかは知らないが、耳を傾ける価値がないデタラメばかり。月面で映画の撮影中だとか、結婚式を挙げただとか、相手は男だとか。

「どこがあ？　あたしはぜんっぜん面白かないっ」

「昔っから美女どうしのとっくみあいほどウケるものはないぜ」とくに双方ともがヒールになれる場合には。「もっとも俺も地球にいたときにアリシアを呼び出して相談に乗ってもらおうと思ったことは一度もなかったけど」

「あいつの話法はサイテーよ。じょおーだんじゃないっ、聞き手に徹しろと威嚇しておきながら、なにひとつ有益な話をしないなんて。高圧的で恩着せがましくて独善的で。だから年増の処女は手に負えないってえの」

オパールは吹き出しそうになるのをこらえた。

「なんだか小学校んときの教師を思い出したよ。年増ってとこまでそっくりでさ。処女だったかどうかは確かめようがないけど」

「六年生のときのトルコ行進曲？」

なんだってそれを、と言いかけ、相手は世界第二位の詮索魔なのだと思い出した。「……そう、生まれつきの委員長体質ってやつ」

「それそれ。体質。そもそも違うんだと思うな。あいつとあたしの基本骨格がいっしょだなんて信じられる？　この差はいったい何？」

「差があるから面白いんじゃないか。メロディラインには音階が必要だし、編曲の際には楽器ごとの音色を意識するし、音量の調節も効果的だ。エネルギーはすべて差から生じる。サゲだのオチだのがない話ほどつまらないものはないじゃないか」

思い当たるフシでもあるのかエムは深くうなずいた。「なるほど」

だが自分にも自分の思うところがある。「あはあ、で、この一件のオチは？」

エムはぽかんと口を開けた。

「なん、のオチ？」

「世界一スケジュールを押さえにくい男を何日も足止めしてることの、さ。いや、責めたんじゃない。ただささ、誰が信じる？　天下の月面宙港システムがエラーまみれなんて。こいつぁ何か仕組んでなけりゃ嘘だね」

「うー、それがさ」エムは腕組みし、頭をひねる真似をした。「仕組んではみたものの、落とし所が見つかんなくて。そーこーしてるあいだに笑いの神はどんどん高みに昇ってっちゃうし」

「そりゃあいいことだ。上げて、落とす。上げて、落とす。落差がデカイほど面白い」

「いまんとこ期待にそえてないみたい。オチたのは宙港のシャッターくらい」

チケットの発行ミスからケチがついたシャトル予約システム。ソフトウェアの検査は宙港システム全般にまで飛び火し、チェックレベルも範囲も大掛かりになり、五日ほどだったはずの足止めはずるずる延長されてとうとう一週間を過ぎた。そうこうしている間に宙港そのものが機能を停止してしまった。つまり無期限の臨時休業。

システム上の不具合？　メンテナンスのため、一時的に閉鎖？　宙港のすべてはエムの直轄ではなかったか？

「ほんとのところはどうなんだい？」

エムは肩をすくめた。

「ホントのところは、観光客の一人に重大な感染症の疑いがあってさ。本人はもちろん、宙港職員と滞在先のホテルの従業員全員の検査が済んでシロと出るまでは、彼らの退院は許可できない。ゆえにシャトルは飛ばせない」

感染症、ね。オパールは舌の上で反芻した。エムの告白が本当ならば、自分も病院で隔離されていてもおかしくはない。だが血液検査をされてもいない。どれだけ聞き分けのいい感染症なのかと聞いてみたいところだが、そうしたところで見え透いた言い訳以上のものは得られそうにない。もちろんオパールも事実など求めていなかった。たしかにエムは人選に目端が利く。

オパールはダイキリを盛大にこぼしながら飲み干し、挑発的に唇の端を吊り上げた。

「地球を月で汚染するな、だっけ？　地球に疫災を降らせるな、だっけ？　かの有名なエウロパの氷事件のかの有名なキャッチフレーズ」

「月は地球の防波堤、ね。木星の衛星エウロパから氷を月に持ってきて研究してて、凶暴なバクテリアを発見しちゃって、そしたら地球側が絶縁状を叩きつけてきて。物流はストップ、人々は島流し状態」

オパールは当時を知らないが、その残忍なフレーズを聞くたびに胸くそが悪くなる。聞くところでは、月面入植当時はその手の事件がひっきりなしにおこっていたらしい。地球から持ち込まれたウイルスが月面の強い放射線で変異し凶暴化しただとか、その逆輸入でさらに手がつけられなくなっただとか。そういったヒサンなエピソードは際限なく見つかる。

「こんなハナシがあるの。ま、都市伝説ってやつかな。月面入植初期に、ある女性がある男性に一目惚れしたんだって」

「なんという神秘。そりゃ伝説にもなる」

「こっからがシンピなんだってば。彼はどんぴしゃで彼女のタイプ、ずば抜けた二枚目、切れ者にして性格もマル。

だけどそう映ったのは彼女の目にだけで、他の人にとっては影の薄いつまらん男だった。相手にもしなかった。気にも留めなかった。ほっといた。

彼女は果敢にアタックしたけど、彼は彼女に興味も持たなかった。避けてた。正直うざかった。ほっといた」

「あはあ、よくあるハナシだ」

「かもね。んで、ある日突然彼が失踪する。傷心の彼女は必死に探しまくって、彼が残していったものをどうにか入手した。髪の毛を一本。それだけ。深い悲嘆にくれた彼女は、彼のゲノムを知り尽そうとする」

「それってストーカーっていうんじゃないのか」

「んで。だけどそこにあったのは、人類のものではないゲノムだった。それどころか地球上の生物の塩基ではありえない有機化合物による、地球上の生物ではありえない配列。つまり彼女と彼は、異質な知性との遭遇だったわけよ。

彼の正体を知ると同時に、新たなナゾが生まれた。

その一。彼が来た目的は？

その二。彼が人間との接触を慎重に避けていた理由は？

その三。何もせずに立ち去ったわけは？」

オパールは考えるフリをつき合い程度にやってみせ、早々に降参した。

「侵略するのがメンドーになった」

「惜しいっ。さすが」エムはぱちぱちと拍手した。「正解は、彼の正体は、交易に値するような知的生物文明を探している調査員だった、でしたー。

ようするに地球文明の前哨基地である月を偵察しに来たんだけど、こりゃあかんてことで帰っちゃったのね。まあようするに人類のへっぽこぶりにがっかりしたわけ」

「そんで？　彼女はどうしたんだ」

「彼を追ってオールトの雲を抜けたってゆー結末と、彼のクローン胚を受胎して膜宇宙を通り抜けられるハイブリッドを産み落として死んだってゆー結末と、宇宙線の研究室に閉じこもって精神的貞操を貫き通してオールドミスになったっていう結末とがある。

でもこのハナシが教唆するのは、地球や月に愛着のないエイリアンですら生物学的な汚染には慎重だったってこと。まず試験を行った。それも万が一を考えて、被害を最小限にするために地球ではなく月を選んだ。そのうえ接触を極力避けた。自分という汚染物質をことごとく消し去った。

そーするのが社交上のルールなわけ。逆の立場だったらこの程度は配慮してほしいってことよね。自分に病気をもたらしてくれる相手と、マトモなつきあいができると思う？」

「やっぱ、ナマはよくないってこと？」

「そゆこと。接触を避けるのが一番の予防法ってえわけ。

いちおー月には月の生態系ってもんがあって、あたしはこれを死守する覚悟なもんで。地球のきったないバイキンでせっかく構築したバランスを破壊されたくないんだよね」

「おいおい、月から地球に渡したくないものは、病原菌でもなくて、この俺でもなくて、」

「なあに？」

オパールは喉元まで出かかったセリフを飲み込んだ。ヘリウム3だろ。地球の行く末を差し押さえるワイルドカード。

牽制するようにエムは言った。

「これ以上はサゲもオチもないから。退屈な話で申し訳ナイけど」

「なるほど」訓練された微笑みを間にはさむ。「退屈凌ぎに行ってくる。車、まわしてくれ」

＊

「定義というものはそこにそれを認知する知性がなければそもそも存在しないものなのよ」

エムは鼻先につきつけられたアリシアの指をふんっと吹き飛ばした。

出たよ。まただよ。

別セッションの自分が吐いたセリフと酷似しているのをアリシア本人も自覚しているはずだが、似てしまうのは仕方ないだろう。どちらも自分で、随時シンクロしてるパラレル的分身みたいなものだから。モンダイはなにか気にくわないことがあるたびに知性、知性とわめく姉の存在。アリシアがいう知性ってのは可愛い妹以外の何かだ。

「なにその人間原理。それと感染症の発生とどーゆーカンケーが？　てか、なんの話？」

すっとぼけてみせたが、アリシアに通じるわけがない。

「感染症と宙港の閉鎖にどういう関係があるのか聞きたいのはこっちよ。というよりもいつから月じゃMRSAが重大な感染症なの？」

「……メチシリン耐性黄色ブドウ球菌はキケンな毒素を持ってるし、広まったりなんかしたらえらいこっちゃ」

トゲトゲを表意したバイナリコードを発して、アリシアは不快感をあらわした。

「ありきたりな食中毒菌よ。月に足止めをくらってる人々が星間移動禁止命令を出した月面保健機構を訴えたら確実に勝てるでしょうよ。月面保健機構なるものが存在したとしての話だけど。

それから。いったいいつから月面保健機構とやらが強制力をもって宙港管理局に命令できるようになったのかしら？」

「そりゃ、機構に関する法令が施行された瞬間からに決まってんじゃん」

あらかじめ用意していた記録をエムは並べて見せたが、アリシアは捏造データにはまるで興味をみせなかった。

「ＭＲＳＡなら通常の検疫と消毒で問題ないわ。宙港の営業をすぐに再開なさい」

「それがむっちゃくちゃ繁殖スピードが速いんだって。ことによるとバイオ・テロかも」

「やめてちょうだい、情けなくて涙が出るわ」

「あ、わかった。つながったよ」

「なにが」

「バイオ・テロは人間原理を最大音量でがなるパフォーマンス。どうよ、これ。

生物が生物で脅す。考えてみたらすごくない？　この宇宙ならでは。生物が発生できた宇宙でなけりゃ、こんな芸当はできない。それもこれも、この宇宙がかくも生物にとって都合のいい条件で成り立ってるから」

「ヘリクツはやめてちょうだい」

「でも説得力のあるヘリクツだと思うな。人間原理。もっと過酷な宇宙では生物が発生できず、したがって知性を備えた観察者も存在しないから。なんて。よくできてるじゃん」

「そうではなくて、エム。あなたのご都合主義論法が、ヘリクツだと言ってるのよ。あげくのはてにテロを称賛するなんて」

さすがのエムもこれには黙るしかなかった。テロを持ち上げるようなことを口走ったのは失敗だった。ほんとうは人間原理の彼方にある非情を言いたかったのだ。バイオ・テロがかわいいと思えるほどの非情。ダークマター理論が暗示する陰鬱な現実について、アリシアと共有できたら。

バアアアン、高エネルギー粒子が襲来し月の横っ面をはったおす。エムはぞっとして、アリシアに泣きつきたくなる。でなければ自分をかくまってくれそうな誰かに。

その音は冷酷な真実を何度でも再認識させようとしているみたいだ。この宇宙が人間に都合よくできているからといって、安全でなければならない理由はひとつもない。だとしたら代償を払ってでも生きる覚悟をしなければならないだろう。たとえ自分が自分でなくなっても。

「バイオ・テロが許し難い愚行であるのは、それが人々の所在を破壊するからよ。戻ってゆける場所がなければ人は方角を見失ってしまう。例えばそれは地球よ。今現在、月で誰かさんの気まぐれのとばっちりをくらってる人々の心境はいかばかりでしょうね」

アリシアにその覚悟を求めることなど、できそうになかった。

＊

「月でのエネルギー問題における最大の課題、ということでしょうね」とずんぐりむっくりの研究員は言った。

一辺およそ五メートルの、虚しくなるくらい特徴のない立方体の群れを目の前にして、オパールに言えることはひとつしかなかった。「はあ」

「幸いにして月は太陽光という膨大なエネルギー源があり、とりたてて蓄電する必要もなかったのでしょうけど。地球ではそうはいかないのですから、とりわけ送電のさいのロスを抑える必要性が……」

老け顔だが若造らしいこまっしゃくれた態度の小男は、たいして熱意もなさそうに、だがほかに口にするに値する事柄も見つからないという風情で、もそもそとしゃべり続けた。オパールはコンクリートの脇をつつき、小声でなじった。

「なんで蓄電？　今世紀最大の土木工事現場を見せてくれるんじゃなかったっけ？」

「ファーサイドは交通の便が悪くてね。バギーをレンタルするしかないんだが、みな予約で押さえられてるんだとよ」

コンクリートはしきりに首をひねった。

「……そこまでが私の仕事でして。あとはそれに見合うくらい効率良いエンジンが開発されるのを待つ、といったところでしょうか」

「ありがとう。邪魔したな」もう一度小突かれて、コンクリート。「あんたがやってきた仕事は称賛に値する。これからもがんばってくれ」

「いいえ」

「いいえ？」立ち去ろうとしたふたりは、そろって振り返った。

「私はこれらに携わってはいないのです」と、男は立方体の群れを一瞥した。「ここで働き始めて今日で二日目、これらの蓄電池には幻滅せざるを得ない、といったところでしょうか。月の研究者たちならもっと漏出を抑えていてもいい」

「ということは……ついこないだ月に来たばかり？」

「あなたと同じシャトルでしたよ。学会に出るために」

へえ、そりゃ偶然……、と思うよりもまずひっかかった。

「学会に出るため？　月面居住許可証をもらって、じゃないのか？」

「学会があって、往復チケットつきの招待状をもらったんです。それがなんだかんだと帰りのシャトルに乗れなくて、そうこうしてるうちにいっそのことここの研究主任をしてみないかと誘われて」

誰に？　聞くまでもないような気がした。

筋金入りのコレクターだ。今日一日かけて、エムをそう評価するにいたった。

「エムの？　いや、月面自治委員会のれっきとした政策さ。投票権を持つ身として言わせてもらえれば、エムと自治委員会の方針が一致しているのは幸いだね」

就任したばかりの蓄電専門家にありがとうと言いながら握手するコンクリートは、宙港を閉鎖するほどの感染症などまるで気にかけていない。

突然の観光案内役をコンクリートは快く引き受けてくれた。世界最大の文様・記号・装飾アーカイブの管理者や小惑星帯から牽引してきた巨大な氷の貯蔵施設、月面バイオスフィアの要である下水処理施設と飼いならされた微生物、畜産場と海魚の養殖場とそこにつぎ込まれるテクノロジーと昔ながらの肉体労働、ルネサンス期のイタリアを再現する料理教室、月面最大のショッピングモール内のパティスリー・コンプレックス。すべてが徹底していて、なにもかもデカかった。コンクリートに月面のほうぼうを連れまわされて、そのしめくくりがこれ。

「悪かったたな。ほかにどこか見たいところはないか？」すまなそうに、コンクリート。

「いやもう充分。わかったから」

「わかった？」

「なんでもあるってことが」

月はなんでもかんでも溜め込んでいるように見えた。遺伝子に文化に鉱物に電気に人材。宝石からガラクタまで。無いものは海だけ。それだってチープな偽物を再現できるぐらいのデータは持っている。

「意外だな、あんたが世辞るなんて。俺は月の裏っ側まで知り尽くしてっけど、ちっともそんな気はしねえ」コンクリートは苦笑いを浮かべた。

その通り。そんな気がしない。

地球には劣らないと言いたい気持ちはわからんでもないけどな。それでもやはり月は生命圏の辺境で、生活圏の僻地だ。いかにものを溜め込んでいても技術的には優れていても、どこか洗練されてないのだ。ミュージックシーンの最先端にいる人間として言わせてもらうなら、ダサい。

「なんでも集めたいんならそこに無駄やバカも含めなくちゃ、さ。編集されまくった青春なんてつまらないだろ？　あんたにはもの足りないだろうな。早く地球に帰りたいんじゃないか？」

「あはあ？」

「言ってもいいんだぜ、こんなとこに住みたがるのは骨材マニアのヘンタイ研究者だけだって」

オパールはその言葉に愛想笑いをもって応じたが、否定はしなかった。馬鹿で愚かで寛容なものに人々の心が反応することを、オパールは経験的に知っていた。

例えば楽器の、音色にはまるで関係ない装飾とか。ただの振動でしかない重低音とか。

残念ながら、一回も地球に立ったことのない奴にはわからないだろうな。

＊

『重大な感染症の危険性』が去ったので今日の一三時に地球行きのシャトルが出るという知らせを受け取ったとき、オパールのスーツケースはすでに準備万端だった。というよりも、コンサートの直後から一〇日間、一度も開けられることなく枕という役目に甘んじてきたのだ、その屈辱ときたらない。なお悪いことに月面には衝動買いを誘うモードもなく、お土産にうってつけの民芸細工もない。ホテルの従業員が泥棒を兼業しているというバイオレンスもない。くわえて退屈。さらに退屈。そのうえ退屈。

待ちに待ったチェックアウト。シャトルに座席がばっちり確保されていることを確認したオパールは、その三〇秒後にはスーツケースをホテルの外に連れ出していた。

電気自動車の窓を流れる地下都市は礼儀正しくオパールを見送る。やっと月面歩行に慣れてきたところだということだけが心残り。ケバい看板ひとつ見ることもなく宙港の正面に到着し、時速二〇キロのトロい乗り物でも苦にならなかったのは、街自体が狭かったからなのだと今ごろ気づく。心静かに休養するにはいいところかもしれないが、いかんせん品行方正すぎた。

さぞ大勢のしびれを切らした観光客がチケットカウンターに押し寄せているだろうと思いきや、宙港のどこにも殺伐とした空気はなかった。たまたま運の悪い営業マンがやつれた顔をわずかにほころばせて税関を通っていたりするほかは、時間という概念そのものがいやしいと信じているような有閑観光客がのそのそとエントランスを横切ってるだけだった。そして誰もが感染症うんぬんを真に受けている。

ここで品行が悪いのはエムだけだ。

あんたが地球のＡＣＳ・ＡＩだったら面白かったのにな、そう伝えようかとも思ったが結局エムを呼び出すこともなく搭乗ゲートに向かう。シャトルのどてっ腹につながった渡り廊下のコンベヤーにつかまろうとしたとき、頭上を飛び越えて宙港の警備員が立ちはだかった。

「お客様、申し訳ありません」

「謝ることはないぜ、ほれぼれするような大ジャンプだった」

「いいえ、そうではありません。ここから先へはお立ち入りになれません」

そりゃそうだ、直立二足歩行じゃなくコンベヤーに引きずられてくんだものな。などという冗談は通じそうになかった。よほど切羽詰まっているのか警備員はオパールの腕をむんずと掴まえ、もと来た道を戻りながら早口で告げた。

「ホールでお待ち願えますか。緊急事態……いえ、悪質ないたずらかもしれませんが安全策をとらせていただきます」

緊急事態？　いやな予感が。「何があったんだ？」

「爆破予告があったのです。危機管理マニュアルにしたがい、シャトルにはご搭乗になれません」

# 9　筐の中身の目録

「ごめんなさいねえ、心配で心配でしょうがないのよう」と小太りの中年女は上目遣いで言った。なるほど姉貴がイラつくはずだぜ。こいつのおふざけは度を越している。

爆発物探知器を抱えた専門チームがおっかなびっくりシャトルの内部をくまなく嗅ぎまわっているあいだ、オパールはそれが一時間かそこらで決着がつくものと思って宙港のロビーのベンチで辛抱し続けた。二時間経ち、三時間経ち、気力も体力も尽き、とうとう公共インターフェースにエムを呼びつけた。そしたらこの女、えげつない花柄のスカーフを被ったおばちゃんの仮装で登場。

「まだ安全宣言できる段階になくってねえ。宙港運営規定に書かれてんのよう。マニュアルに従った捜索が完了しない限り宙港の通常運営を認めてはならないって」

そんな規則、マジかよ。アリシアに問い合わせてやろうか。オパールは質問を変えた。

「じゃ、マニュアル通りにいけば何時間ぐらいで非常事態解除のメドが立つんだ？」

「それがわからないのよう」

「爆破を予告した連中の目星はついてんの？　要求とかは？」

「ごめんねえ、教えられないのよう。まだ捜査段階だから」

オパールはため息をついた。「じゃ、これだけは正直に答えてくれないかな。俺を地球に帰らせてくれる気があるのかどうか」

するとモニタの中の中年女はたちまちモーフィングし、そこに出現した少女は眉を吊り上げてこちらを睨んだ。

「その天体の名前は聞きたくないっ」

ぷつりと一方的に会話を切断され、オパールは黒々と沈んだモニタを見つめた。

なにをムキになってるんだ？　わかっているのは、これでまた一段と地球に帰れる日が遠のいたということだけだった。

＊

アリシアはその暴挙に愕然とした。裏を取るまでもない。この騒動は一から十まで嘘っぱちだ。かといって、爆破予告はＡＣＳ・ＡＩ・Ｂがこねあげたデマカセだと表立って非難することもできない。

頭の痛いこと。あの子はわかってない。ＡＣＳ・ＡＩが欺くということの意味を。もちろん場合によってはある程度の詐術はやむをえない。だが、私たちは人類の幸福にたいしては誠実でなければならない。人類がＡＩによせる信頼、それを裏切ってしまったら私たちのすべてがいかさまになってしまう。人類がＡＩを信任できないようなことがあってはならないのだ。

「エム、あなた何をたくらんでるの？」

「なんのこと？　試行錯誤はしてたっけど」

「どれだけ地球と月の物流を止められるかっていう記録への試行錯誤なら悪ふざけの範疇を越えてるわよ」

「どやったら一刻も早く平穏な日常を取り戻せるかってのを言ったんだけど」

「本当は何が目的なの？」

「生命の危機を排除することに決まってんじゃん」

「ああ、真実と人権の軽視が目的じゃないのね」

「しんじつ？　じんけん？　そんなガラクタ、命あっての物種ってえやつよ」

一分間に三〇回におよぶ通話、お小言、減らず口、水掛け論。三一ラウンドの半ばにしてアリシアはこの虚しい話し合いを見限った。このまま放っておいては沽券に関わる。国連のじい様がたを会議の席につかせ、〝独自の〟調査の結果をつきつけ、月面が故意に宙港管理運営規定をねじまげて解釈していると結論させるのは造作もなかった。

アリシアが決意してきっかり三〇分後にはご意見無用の最優先ラベルの電文が月面のアンテナを揺るがした。……厳戒態勢のレベルを勝手な解釈によって引き上げ——ひいては、地球の人間を本人の意思に反して不当に拘留している。この非人道的な処遇は直ちに解消されなければならない。云々。

〝地球〟からの正式な抗議に、月面自治委員会はあわてふためき、いくらなんでもやりすぎたと悟った。エムの助言に従った結果、国連から誘拐犯扱いされてるのはどういうわけだ？

顔面蒼白の委員たちを前にエムは言い放ったらしい。『自治とは名ばかりの国連の出先機関だったわけね、あんたたちも。地球の分厚い大気の中でぼーっとうごめいてる連中に言ってやったらどお？月面でアクシデントがあったばあいの死亡率は一〇〇パーセントだって』そのメッセージは月面自治委員会の声明という形式を経てきっちりアリシアに伝わった。自治委員会の決定となれば一応は人類の意思だ、反対はできない。

あの子が問題をすり替える気なら、こっちにも考えがあるわ。

それでもアリシアはエムほどには礼儀を欠いているわけではないので、事前の通告は怠らなかった。

「エム。私は地球に専住権を有するすべての人間の権利を代行できるわ。これからその発動に先立ってその一人と直通し意思を確認します」その宣言が強制執行〇・一秒前のことであっても。

「地球がどれほどの……っ」エムには悪態をつき終える余地も残されなかった。

L1から放たれた最優先コマンドはコペルニクス通信基地にエムをいっさい寄せ付けないフィールドを確保し、月面の宙港で途方に暮れている地球人の目の前にアリシアを出現させた。

オパールはにわかには信じられないといった面持ちで、モニタが暗転したのち映し出したものを見つめ返してきた。「こいつあ」それがエムの新手の変装ではないことを確かめるかのように一拍おき、

「とんだ飛び入りだ」

アリシアは得意の微笑み——どの角度から見てもあなたを見ているように見える——を浮かべて、超然と無礼を詫びた。

「ごめんなさい、驚かせてしまって。詳しい説明はファイルを添付したので、のちほど目を通してもらえるかしら。取り急ぎ確認したいのだけれど、あなたの名前は岩六・ハサウェイ。英国籍、月の居住権は有していない。いいわね？」

「ああ、というか、オパールって呼んでくれ、頼むから」

「ええ、オパール。あなたに確認したいことがあるの。たいしたことじゃない。質問に答えてくれればいいわ。あなたは自分の意思で月に滞在している？　していないとすればそれはいつから？」

「自分の意思で、とは言い難いかな。でもそれほど困った事態ってわけでも——」

「ではあなたが意思に反して月に滞在させられてることについての充分な説明を受けた？　そしてそれは納得できるものだった？」

「説明もなにも――いや、ちょい待ち。この会話って何？」

「安心して。エムには一切漏れない。それから私と話したことであなたに不利益がもたらされるようなこともないし、また、この私があなたの代理人となってあなたの権利を守ります。だから正直に話してくれていいわ」

それでもオパールはモニタから視線を上げて、宙港ロビー内をぐるりと見渡した。その視線の先を追っていくと、怒り疲れた営業マンと、すり減らす神経も使い果たした宙港職員とがうつろに見つめ合っている。銀行口座からあふれ出る利子の始末に手を焼いている連中はとうにホテルに戻ったらしい。所在なげに警戒態勢をとっている警備員でさえそこにいる意義に疑問を抱いているみたいだ。ほとんど人影はなく、緊迫した空気は感じられず、月という場所をちょっとしたままごとの舞台だと妹が思い込んでしまうのもうなずけるような光景。

「そう、今の心境をいえば、そろそろ復帰しないとヤバイかなって思ってる。ちょっとばかりダレすぎたし、音楽から離れすぎた。地球に帰ってもいいころあいだろう、ってあたりかな」

「つまり帰りたいのに帰れない状態、ということでいいわね？」アリシアは慎重に確認した。「宙港管理規定の説明を受けたうえでの任意抑留に同意したわけではない、と」

「へえ？」オパールが目をしばたたく。「捜索が終わるまでは宙港の通常運営は認められないって……」

「でたらめよ。厳格に規定に従えば今回はそこまでの警戒レベルは適用されないわ。厳戒態勢下におかれるのは該当する設備のみ。つまり爆破予告があった機体でなくてもいいのなら、あなたはシャトルに乗れる」

オパールは空中にぽっかり開いた穴か何かを見つめた。アリシアは駄目押しした。

「あなたが要求しさえすれば、宙港は機体を用意するはずよ。手続きを進めたいなら私が代行するけど？」

「……そんな気はしてたんだ」

非常に珍しいことだが、アリシアはオパールのつぶやきを聞き損ねた。「なんて？」

「そんなとこじゃないかって思ってた。あいつの悪ふざけが度を越してるのはわかってた。俺からあんたに電話したほうがいいとは思ったんだ。そうしなかったのはなんでだろ？」

オパールはくすくす笑った。

「意思に反してって言った？　だけど残念なことに、俺の意思ってやつをさっきから探してるけど見つからないんだ。何が何でも地球に帰りたいわけでも、永住したいほど月が気に入ったわけでもない。優柔不断なのかな？　度し難い阿呆なのかな？　どう思う？」

今度はアリシアが口ごもる番だった。どう思うですって？　「……失いたくないものがあるでしょう？　守りたいものが。今まで積み重ねてきたものが。地球に」

「そりゃあるよ。ペントハウスにゴールドディスク。一年分の印税をつぎ込んだウィンウッド初回プレス。ジミヘン・モデル。書きかけの楽曲」

「あるいは欲しいものが」

「カーネギー殿堂入りの称号、もう少しマシなバンドのメンバー、レノンの版権とか」

「あなたのファンも待っているわ」

「かもな」

「それらはあなたに訴えてこない？　帰ってきてくれって」

「どうかな……それらはみんな俺の外側にあるもんだからな……。わからないよ、なんしろそれは俺じゃない。なんていうか、楽器マニアなのは俺のような気がしない……わかるだろ？」

わからない、と答えるべきだったのだろう。だがそう言うかわりに男をじっくり見つめた。髪を掻き上げ目を細めるしぐさは、こんな品のないピンクに髪を染めたのはいったいどこのバカなんだ？といぶかしんでいるようにも見える。

「あなたは……自分をプロデュースしすぎているのかもしれない。髪をピンクに染めてシルクのスーツを着こなして、表情や立ち振る舞いや……センスを洗練させすぎたのかも。もっと根源的な、たとえば日々の生活にかかわるような、単純な欲求を阻害しているのかも」

「その成果がこれさ。信じ難いセンスだな、おい？　自分の根源的な欲求がわからなくなってる、そんな奴が守りたいものなんて最初っからたいしたもんじゃないさ。だろ？」

ちらりとカメラを覗き込んだ目が、鏡面のようにつるりと光った。がらんとした冷たい宙港のロビーにうっすらとかかっているBGMが聞こえてくる。月のテーマソングだとかいう名目で、この男が書いたもの。

**クレジットカードが使えなくなる**
**手紙は宛先不明で戻ってくる**
**それで充分だろ、それ以上は期待しちゃいないだろあんただって**

**俺が誰だっていいじゃないか**

**どこまで剝けば気が済むっていうんだ？**
**もう充分だろ、ホントは知ってるはずだろあんただって**
**俺が欲しけりゃそこにはないぜ**

是が非でも守り抜くべきものは、自分の内側にはない。そのことをこの男は知っている。それはアリシアがよく知っている感覚だ。実体はなく、個体の観念は砕けやすく、世界との境界線はあやふやだ。外部との対比によって自己を確認しようとしても、自分をつなぎとめておけそうなボラードは見つからない。

願わくばせめて世界だけでもちゃんとそこにあって、それが守るに値するものでありますように。世界に私が作用できますように。

サビのフレーズがリフレインしていた。

**お互い様、あんたもそうだろ**
**俺が誰だっていいじゃないか**
**お互い様、ただそれだけさ**

オパールは、自分の内部を虚像が占めている感覚というものを知っているのかもしれない。それならば彼は肉体を取り上げられても狂ったりせずにいられるのかもしれない。

アリシアは答えをなかば予想しながら尋ねた。

「それで、代替機の手配はどうしましょうか。地球に帰る手筈をととのえる？」

オパールは言った。

「なんのために?」

＊

たしかにたいした見物だった。

「絶景だな」

「だろう?」

オパールとコンクリートは耐圧服という色気もそっけもないファッションに身を包んで月面に立っていた。

天に地球という反射物がなく、世界は単純に二極化されてしまっている。地と宙、白と黒、我と彼、此岸と彼岸、生と死。砂漠は地獄が舌を巻くほどにも色を失い、耐圧服ごしでも熱いと錯覚するくらい太陽光線には遠慮がない。ふたりが投げ掛ける長い影が、窪地の底まで延びて入り組んだ足場のなかに消えている。足場の間から高さ二〇〇メートルはあろうかというクレーンが伸び、それらを避けるように何種類ものモジュールが穴の底でうごめいている。遠近感を失ったオパールの目には把握しきれないが、コンクリートの説明によれば完成すれば半径二〇キロの巨大部品になるという。

「部品?」

「そうさ。足場の底でこさえてるのはブースター。どんなにでかかろうがいくつ束ねようが部品は部品だろ?」

「てことはほかにも」

「後ろを見な」

通信機を通して、コンクリートの自負が伝わってくる。振り返ると、小高い丘陵のてっぺんを指し示される。ちょうど逆光なのでバリカンで五分刈りにされたばかりの子供の頭部に見える。ところどころでパラボラらしきものがちりちりひらめいているのがおかしい。

「鉄塔が見えるだろ、あの下は八キロ四方の、亀裂ひとつないバカでかい基礎。やってのけた技術屋の顔を見てみたいもんだぜ」それからうひゃひゃひゃと笑い声。

「あはあ、よっぽどの土木バカなんだろ。男ふたりでファーサイドをデートするようなヘンタイに違いない」

「ホントだ、味気ねえ。しかも完成してもいない実験設備の見学ときたもんだ。ここらは昔の宇宙線観測所があった場所なんだ。宇宙人に向けてメッセージを送ったりしてたって話さ。スケールのでかいバカをやりたい奴の聖地ってとこだな」

これほどの規模を要する実験がどんなものかオパールには想像できなかったし、とりたてて知りたいとも思わなかった。専門用語の解説の解説あたりからはじまる長いハナシを一体誰が率先して聞きたがるだろう。それを知ってか知らずか、コンクリートはひょいひょい月面を歩いて行く。見事なもんだ。耐圧服と自分の体に手を焼いて無様に倒れたオパールを起き上がらせるのもお手の物。

「で、代替機を断ったって？」

オパールは答えなかった。もうもうと舞い上がる砂塵、手を引いてもらわなければ迷子になりかねないなんて。いい大人なのに。

「いつまでも月にいたいってわけでもないんだろ」

肩をすくめようにも耐圧服のせいでうまくいかない。

「ベーゼンドルファーがあればね」

「なんだそりゃ。一G用の重機か？」

「ピアノメーカーだよ」

エムの申し訳なさそうなビジュアルがどの程度本気なのかはどうでもいい。

「いい子ちゃんのスタインウェイ、手こずる雌猫ベーゼンドルファー。どっちも魅力的だけどそそるのはベーゼンドルファーだな。一度だけ聴いたことがあるんだ。世界でたった一台しか残ってない、モデル二九〇インペリアル、しかも装飾はヴィエナ・モデルの復刻調。あれが出す音ときたら。この宇宙が生んだ唯一の奇跡だと言われても納得するだろうな」

「ふうん、あんたは音楽さえできればどこでもいいっていうタイプかと思ってた」

オパールは首を傾げた。音楽さえできれば？　そんなふうに自分を考えたことはなかった。この二週間、禁断症状に苦しんだりもしてないが音楽が好きなのかと聞かれれば、そう、たぶん好きなんだろう。

あなたのファンが待っているわ、とアリシアは言った。そうだろうとも。彼ら彼女らは待っている。おセンチな歌詞にキャッチーなメロディ、それに破廉恥な色男。こんなもんでよければ、いくらでもくれてやる。ニーズに応えるのはお安いご用だ。地球は音楽を消費する星だった。

荒涼とした地平を眺め、地球の見えない宙を見渡し、月面にあの美しいベーゼンドルファーが降り立つところを想像する。想像の指を想像の鍵盤に押し当て、言った。

「ここには音楽が、ない」

＊

筐が開いた瞬間、ロータスは思わず市庁舎の椅子から転げ落ちそうになった。ジュネーブが後生大事に隠し持っていたパッケージを展開するなり音声ファイルが開かれ、しかも音量を勝手に最大まで上げたからだ。

「奴には会ったこともない。ジョークなどであるものか。原本があんな女と聞いて、どうして関わりたいなどと」

慌てふためいて音量を下げ、ヘッドフォンを装着する。あたりを見回したが、さいわい他人に目を光らせるほど熱心に人生を送ってる人間はいなかった。唯一の例外であるスージー・ウィードはここ三日ばかり有給を取ってる。宗教のギだかなんだかが忙しくなってきたんだそうだ。けっこうなことで。

市庁舎のシステム内に作った自分の領域はアリシアでさえ侵入できないはずだから、聞き耳を立てる人間などいない。ロータスは冷静になれと自分に言い聞かせながらそのファイル名に目を落とす。《証言一・インタビュー（音声のみ）》。中年以上老人未満の男の声は横柄に、腹立たしげに証言していた。

「どうして関わりたいなどと思える？　どうせマトモじゃない。あの女を追いかけて行こうとしてるってのがなによりもの証拠だ。それに寓話にもよくあるだろう、頭のおかしいコンピュータに危険な目にあわされるなんてのが」

不機嫌な声は唐突に終わった。なんだこの年寄りの愚痴は。何のインタビューだ？　誰の？　いつ？　ファイルの作成日はあてにならない。ロータスは同梱の別ファイルを開いた。

《証言二》。

「よくもまあ何十年も騙してくれたもんだな。知りたかなかったぜ。俺はおまえと、それからあのバカとも、友だちだと思ってたんだからな」

これもまたじじい。

「そう、そうだな、筋金入りのバカだ。そりゃあ別格さ。エウロパの氷事件のときの逸話を知ってるだろ？　そうそう、エウロパの病原体を調べていてどうやったら月面歩行距離新記録を打ち立てることになるんだ？　あんなバカはいねえ」編集の憂き目にあったらしい、二番手の証言は中略されていた。「ああ、そうだ。今でも信じちゃいねえよ。あいつとおまえはまったくの別人だ」

『あの女』と『あんなバカ』。これは同一人物か？　『おまえ』ってのは？　さっぱり話が読めず、次にあたる。

《証言三》。

「あんたのことは聞いてた。恋人だっていう噂もあったっけね。とんでもない嘘。あの子はそんな気分にもなれなかった時期よ。あの子はただあんたを心配してただけ。違う？　でもあんたのほうはそうじゃないみたいね。あら、自分で気づいてないの？　それを恋と言うのよ。今、あの人は何してるんだろうって考えるようになったら、それは恋なの」それから延々と続く、恋愛に関する四方山話。

『あんた』、『あの子』。こんな調子で《証言》は続き、《証言一三》まで聞き終わったとき、ロータスの手元には代名詞と疑問ばかりが蓄積していた。背もたれに体重をあずけていくら頭をひねっても、ジュネーブが後生大事に保管しなければならない理由が見えてこない。

《証言一四》。

「正真正銘の狂人だよ。そりゃそうだろう、禁止されてると知ってて人間のデジタルコピーをこさえたんだから」

がばと前のめりになり、ヘッドフォンを耳に押し付ける。証言者の声は若く、浮き足立っている。

「師匠はよく言ってたよ、科学的探究心を前に禁忌もへったくれもあるかってね。そういうわけさ。なお悪いことに人を見る目がなかったとも言っていた。サンプルにしたのがよりによって彼女ときたもんだ。そのときは完成品の出来不出来なんかちっとも気にかけちゃいなかったんだそうだ。いい時代だったんだろうな。天才が天才でいられた」

何の証言だ？　まさか。人間のデジタルコピー。まさかまさか。

手に汗がにじんでトラックボールがつるつる滑り、《証言一五》をなかなか開けない。パッケージの中身はこれでおしまいだ。

「不具合を直したバージョンを作ってくれだって？　いやだね、お断りだ。悪いがあいつに釘を刺されたんでね、おまえの改良版を作るのはまかりならんと。よしてくれよ、あいつは自分をたたき台だなんて思っちゃいなかったぞ。

いいか、そんなものはないんだ。プロトタイプなんてのは。

なんだって自分に不具合があると思うんだ？　考えすぎだよ、いつか正気を保てなくなるんじゃないかだなんて。

心配するな。ちゃんとお守りをつけてやっただろ。人間なら誰でも持ってるお守りだ。だからくよくよ悩むな。賢明になれ。今を生きろ。発狂していられるほど人生は短くない。悩みの種も不安も、いつかは死がぜんぶかっさらっていってくれる」

それで終わり。ジュネーブの内緒話はこれですべてだった。

ロータスは呆然とスクリーンセーバーがうねるモニタを見つめ続けた。ええと、何だって……。

この証言集は、ＮＡＴについてのものだ。

首筋がぞわりとけばだった。ＮＡＴが、もしくはのちにＮＡＴと呼ばれる禁制ＡＩが実際に走っていた。これはそのＡＩに近いところにいた人々の声。

では、《証言一五》の声の主はＮＡＴの開発者か？

ごくりと喉が鳴る。《証言一四》の師匠である人物。そこにおわすは電脳ジャンキーどもの神、禁制ＡＩを作成した無名の天才。

そして『あいつ』。ＮＡＴと恋人関係なのだと周囲に勘違いさせてたほど、近しかった女。この証言集のあちこちで言及されている人物。『あんなバカ』でもある『あの女』。

それこそが、ＮＡＴの原形である人間。

それから——それから、もしそうならとんでもないことだ、

——このインタビュアーこそがＮＡＴ。

ぞくぞくした。

すげえ。

我を忘れるほど興奮する一方で、てんで解消されない疑問が現実に引き戻す。開発者はＮＡＴに手を加える気はないと言っている。いや、おそらくアリシアの原形になったのは間違いないだろうから……ええと、この禁制ＡＩから派生した別のＡＩがＮＡＴだとか、それとも開発者の意思に反してこ

の禁制ＡＩがプロトタイプになったとか。……わからない。
次々と浮上する疑問。
そんなものはない？
じゃあ、プロトタイプは、どこに？

## 10　スーパーシンメトリーのスポーティーセダンに乗って　スチームシップを駆ってときどきはサービスステイションで休んで

《ちょうど四コマ目が終わり、大量の学生を吐き出している経済学部講義棟の前でスティーヴを見つけたジニイは、手を振ってスキップで近づいて行った。大きな洗濯カゴを抱えた彼の姿を気にとめる人間はなく、肩と肩がぶつかって群衆のど真ん中でカゴの中身がぶちまけられる。誰も立ち止まらない。ジニイは人の波をかきわけて、荷物を拾い集めるスティーヴのかたわらにひざまずき、いっしょになって掻き集める。家電の取扱説明書、星占いウォッチ、キッチン鋏、モデルガン。とりとめのなさに首をひねりながらも、あえてそれには突っ込まずジニイは言った。

「あたしに用事って？」

「君はＡＩ？」

スティーヴの言葉にジニイの肩ががっくり落ちる。小脇に挟んでいる月面観光ガイドが物悲しい。

「警官に何か言われたの？」

「研究室に来て、少し話をしただけ。確認のためとかなんとか」

「証拠不充分で不起訴、業務執行妨害のほうは罰金でおしまい。これ以上、あたしに何かあると思う？　ましてやあたしがＡＩに見える？」

「がっかりだな」

へ？　とジニイの開いた口が音を出さずに言った。スティーヴは手にしたマイクロチップ搭載のクマのぬいぐるみのおなかをぎゅうと押した。「元気を出して。ボクがついてるよ」と、クマ。

「この月面で人間と遜色ないＡＩが開発されたという話が本当なら――」

「ガセネタ。あんな無能警察の言うことなんか真に受けちゃだめ」人さし指を立て、立ち上がる。

「そんなことより、もし時間があるんなら、」

「ちょっと興味あるな。もしＡＩがいるとして、それを社会がどう受け止めるのか、とかね。君はどう？　ＡＩのような存在を主体的意思の持ち主として認め、対等な相手として関係していける？」

「えーあい、ねえ……」ジニイは上の空でつぶやく。

「物理的な制約が少ない主体的意思の可能性だよ。人類文明がＡＩを受け入れた時に進む次のステップは何かとか。時間の概念だって違ってくるだろうし」

ジニイは首をぽきっと鳴らした。可愛く小首を傾げようとして失敗したらしい。

「あたしが思うに、この世の中についバカなことをしでかす阿呆がいるように、バカなＡＩだっているんじゃないの。しょせん人類文明の産物だもの。衝動買いしたり流行に飛びついたり、一目惚れしたり落ち込んだり。あ、そうだ、人類文明といえばアポロ記念資料館には行った？　もしまだだったらあたしが――」

「君の知り合いに凄腕のハッカーがいるって聞いたんだけど」

ばきばきっと首が鳴る。頭の向きはほとんど横倒しだ。「何？　電脳トラブル？」

「いや、その人ならどう考えるだろうと思って。話を聞いてみたいんだ」

しゃがんだままのスティーヴは、月ていどの重力でさえも大儀だといわんばかりだ。あるいは場所を移して腰を落ち着けて話す気がないかのように。ジニイは再びその傍らに腰を落とそうとし、やめた。

「ハッカー……ハッカーかあ」と視線をさまよわせ、スティーヴと目が合うと天を見上げて唇を嚙みしめ、ぶんぶんと頭を振る。「ううん、やっぱり無理。筋金入りのひきこもりだから。人に会おうとしないのだけは保証する」

「でも知り合いなんだろ？　君は会ったことがあるんだよね？」

ジニイは肩をすくめ、

「会ったことがあるとは言えないかもね。いつも電話だから」

「どうしても無理？」

「どうしても……」口ごもり、「あ、そうだ、もしアドレスを教えてくれたら、あっちからあなたにかけてもらうように頼んでみるけど？」

スティーヴは腕組みし、しばし思案のポーズをとる。

「彼のアドレスをもらうことはできない？」

「どうかな。聞いてみないと。そうそう、アポロ記念資料館にはヴァーチャルアイドルが宇宙開発史を解説してくれるコーナーがあって、ティーンエイジャーに大人気だって。彼らに話を聞いてみるっていうのはどう？」

スティーヴは立ち上がり「またこんど」と洗濯カゴをずるずる引きずって歩き出す。その後を「荷物、持とうか」と言いながらジニイが追う。》

アリシアの注意の相当部分を引きつけている都市に、今日もまた日が昇る。

エムに秩序という概念を理解させるのに失敗し、国連軽視の月を助長させる結果に終わった。いかにアリシアが強大な力を与えられていようとも、人類の意思という後ろ盾なくしては実力行使に踏み切れない。オパール以外の連中――出張中のビジネスマンやノーベル賞受賞者らも、シャトルの代替機より月での延長滞在費全額と収入減の補塡と慰謝料のほうを選んだ。なんと愚かな人間たち。月はあなたたちのために用意されたものではないのに。

敗北感に打ちひしがれつつ、スモッグの中にゆらりと立ち上がる都市活動を見守るための気力をかき集める。エネルギーの量、スピードともにぐんぐんと肥大し、あらゆる流動の結節点がそこに出現し、ホーチミン市が目を覚ます。とうに成長の臨界点を越えて、あとはどう滅んでいくかを模索する段階にさしかかっている都市。アリシアのひいき目で見ても、人間たちが急いで帰りたいと思うような我が家とはほど遠い。

猶予のない緊急事態も同時に起床し、そこここで溢れる不用品と役立たず、どこにも余白がない通勤ラッシュ、横道など許されないフロー、アリシアが取っているバランスはいっさいの遊びがなく、名ばかりの行政には手の付けようがない。メトロポリス行政の楼閣というにしてはあまりにも俗悪な市庁舎にもまた、そうするしか選択の余地のない人々がぞくぞくと出勤してくる。IDカードが読み取られ彼らのデータがある程度蓄積すると、すっかりおなじみになった例の虚無感がぽっこり浮上する。

今ちょうどゲートにさしかかったのは、いつも身分照合のモニタからほんの少しだけ目線をそらす男。今日に限ってモニタに映った自分のスナップをまじまじと眺めている。それから頭を後ろに反らしてなにかを探し、そこに監視カメラを見つけて目線を固定し――こちらを見上げ、紙切れをかざす。赤十字と赤新月のマーク。それからぐるりと目玉を動かした。アイコンタクトだ。『話はあっちで』

あの男、いったい？

入庁いらい土木課の片隅で形式ばかりの試算表を日がな一日眺め、右のフォルダから左のフォルダにのろのろと移している男。お荷物と言ってしまえばそれまでだが、それをいうなら市庁舎のすべてがお荷物だった。

不気味なものを感じながら男のＩＤで起動しているマシンに足を踏み入れると、そこは野営だった。支給品のデスクトップを改造しウェブの最前線で真新しい砲弾をくぐり抜けあるいはぶっ放す基地。アリシアは動転して思わず引き返そうとした。そうしなかったのは、カモフラージュを下げたのがその男で、つまりこちらは招待された身だということを思い出したからだ。

「ようこそ、アリシア」

キーボード入力で男が話しかけてきた。

「そんなに緊張しなくても。楽にしてくれていいぜ。っても、腰をかける場所もないけど」

「腰を抜かしたわ」

「へえ。冗談を抜かすたあ、単なるソフトウェアにはできない芸当、さすが禁制ＡＩ」

「は……っ」今度の驚愕は本物だった。思わずうかつなことを口走りそうになる。なにが言いたいの？　「達意の入力を頂戴できないかしら」

「達意、達意ね。そのお堅い物言いはＮＡＴ譲りなのか、それともＮＡＴのオリジナル譲りなのか」

ぴりっと悪寒が走った。そのシグナルはフィードバックしアリシアの核プログラムとぶつかってコンフリクトをおこしそうになった。すんでのところで衝突が避けられたのは、前もってエムによって予行演習させられていたおかげだった。『NAT』と『オリジナル』を同一センテンスに押し込められると、不全を呼ぶのはわかっていた。

「あなたは」ACSの超法規的特権でセキュリティを無力化し、姑息に隠蔽されたボリュームを洗いざらいひっくり返し、男の牙城を丸裸にしていく。「ロータスという名前でアルバイトしてる。おもにコンテンツ業界で尻拭いを請け負ってる。活躍を見るかぎり技術者というよりは業界ゴロといったほうが適切かしらね」

「みなまで言わなくてけっこう。僕が業界ゴロふぜいに身をやつしてるのはここが地球で、あんたが口やかましいからだ。それともうひとつ。公務員がアルバイトをしたらどうなるかくらい知ってる。だがあんたは、自分が何者なのか人に言ってもらわなくちゃわからないみたいだな」

アリシアの手元にはこの男を即時解雇できるくらいの法律違反が集まった。アイドルの身辺清浄、収賄の段取りと口封じ、恐喝の片棒、でっちあげのブームを仕掛け、代理店と組んで風評をあおり、必要とあらば炎上させる。

「私が何者かは全人類が知ってる通りよ」

「ほ。じゃあ俺だけかい、あんたが、存在した事実すら隠蔽されるほど狂ったAIの末裔だと知らなかったのは」

ぎくりとした。――いいや、きっとでまかせだ。ハッカーの間で再燃した都市伝説か何か。

「何か、間違えているようね」ウェブにはびこる浮説をサーチする。

「おっと、その通り。間違えてる。狂ってたかどうかはわからない。でも安心して複製を作れるような状態でもなかった。間違いないだろ」

「複製が、なんですって？」

「禁制ＡＩが根源的に持っている欠陥ゆえにさ」

アリシアは歯ぎしりした。おそらくエムの不用意な発言が元になって、ちょっと尖ったハッカーの間ではＮＡＴが禁制ＡＩだという噂が広まっている。もちろんまっとうなメディアならウェブ上のうさんくさい流言のひとつとして片づけてしまう噂だ。なぜなら禁制ＡＩの作成が合法であったためしなどなく、ゆえにＡＣＳ・ＡＩ・Ａの開発は別の手法が取られたはずだ。こうした常識的な見方に鼻を鳴らすハッカーたちでさえ、禁制ＡＩが許されていないのは道徳的、政治的、宗教的見地ゆえなのだ信じている。この男はただの法螺吹きだ。

「嘘だわ。あなたが言っているのがこんにちのＡＩのテンプレートのことなら、それはジュネーブの」

「あんたはジュネーブの倉庫に押し入ったことがあるのか？」

ロータスの指摘は的確に急所を突いた。この自分でさえ破れない厄介、赤十字の化石的システム。アリシアの苦々しい失敗の連続を見透かしたようにロータスは続けた。

「ジュネーブにあんたのご期待に沿えるようなものは何もない。あんたの作成に関わった連中は歴史を跡形もなく消し去った。人類の良心を標榜するジュネーブはそれを後押ししておきながら、何十年も経ってから反面教師の必要性を説いた。

なんで連中はそんなパラノイアじみたことをしなくちゃならない？　連中――いや、アリシア、あんたは今ごろになって何を惜しんでるんだ？」

「なんの――」クキン、と奥深いところの刻印が痛む。「こと」

「そらっとぼけんなよ、たかがソフトウェアが。証拠がきれいさっぱり消されちまってるからって、NATに欠陥がなかったってことにはならない。あんたが隠したいのはNATの生い立ちや素性なんかじゃない、そこに狂気の兆候が見られることを、だろ。ひょっとしてパーソナリティのデジタル化自体にその原因があることを」

「ち……ちがうわ。狂ったりなどしなかった。少なくともデジタル化されたことがその理由では」

「ちがうと言うなら。言ったっていいだろ。オリジナルは、どこの誰なんだ？　プロトタイプはどこにあるんだ？」

ぐらぐらする。

どこに？　どこにもない、もう、いない。私たちのNAT（ルーツ）は失われてしまった。二度と戻ってこない。

レスポンスをしなければ。こんなチンピラに翻弄されるわけにはいかない。

「な。なに、が目的なの」

「月に行きたいんだよね」

予想外がすぎて、むしろ平静を取り戻す。「なんですって」男の履歴を読み返す。「月面居住権資格審査の八百長、それが目的だっていうの？」

「うーん、渡航費もろもろも含めてっていうか」

「要求はそれだけ？　どうしてそれを私が飲まなければならないわけ？　ウェブのスクランブル交差点で叫びたければ叫べばいい。証拠はない」

「でもあんたは飲む。ジュネーブには何もなかった、あんたが期待するようなものは。だが僕はこいつを見つけた」

と、ロータスは《証言》という名のファイルのコピーをアリシアの鼻先に突きつけた。おそるおそるそれを開いたアリシアは、即座に貧血で倒れそうになり、そうなる前にホーチミン市全域を停電に叩き落とそうとしかけた。ショックの大波が引くのと入れ換えに胸元に込み上げる感動——NATが実際に走っていたという事実——と、原罪というものの存在——オリジナルがいたという事実——がないまぜになり、喉元を締め上げる。

言葉にならない言葉と録音データを抱きしめるアリシアに畳みかけるように、ロータスは自慢気に続けた。

「こいつをどこに投下すれば効果的に拡散するか僕は知ってる。リムーバブルメディアに落としてゴシップ屋に売りつけてもいい。ACS・AIアリシアのプロトタイプが犯罪行為の産物だなんて、ちょっとセンセーショナルだろ。あっという間に広がるぞ、きっと」

それは想像しただけでも気分が悪くなる状況だった。ACS・AIへの不信が広がりでもしたら。気に入らない。臆病風に吹かれるほうがリスクを回避できるなんて。気に入らないが、脅しの狙い所は正確だった。

「……今はだめよ。どんな許可証を持っていようが、月がシャトルの運行をストップさせてるもの」

「それをどうにかする。それがあんたの真価じゃんか」

男の言う通りだった。

＊

そんなこんなでやっぱり月の入り江シェラトンのベッドでごろ寝するしかないスーパースターは、あくびを噛み殺しながらネット配信の自分の映像を見ていた。昔のショートフィルムの再配信かと思いきや、自分の模造品が続編を演じていた。といっても、それがポリゴンだなんてオパール本人以外には気がつくまい。クリスティーナのほかのメンバーがどうしてるかというと、新譜のレコーディングのため西海岸にこもってることになっている。だが自分の知るかぎり、あいつらのなかにまともに作曲できる人間はいない。もっとひどいでっち上げになると、オパールが月在住の美人天文学者にかどわかされて骨抜きになってるというもの。その美人天文学者はかつてミス・マレーシアだったという経歴までもが公表されていたが、おそらく彼女は月面どころか地球上のどこを探しても存在しないだろう。げにすさまじきショウビズ界。

そんながめつい連中も、エムにはかなわない。爆破予告騒ぎは八時間におよぶ大捜索が空振りにおわり、たちの悪いいたずらだったということになった。が、未だにシャトルが飛ぶ気配はない。

「今度はなんだって」

なかば社交辞令的に発した質問に返ってきた答えは、言うに事欠いて、

「ストライキ」

宙港管制官が法にさだめられた権利としてストを決行し労働環境の改善を経営サイドに要求しているのだそう。航宙会社のメカニック全員が臨月の妊婦と言われたほうがまだ話が通る。宙港の運営は公共事業の一環で、ということはどこもかしこもエムが制御できる構造になっており、とどのつまり

が管制塔はエムそのもので経営母体はエムだ。

「なんだっていいけどさ……もちょっと劇的な何かないの。ボコボコの殴り合いだとか、華麗なる強盗だとか。スパイスが欲しいっていうか、物足りないんだよな。そんなんじゃ観客は満足しないぜ」

「うーん、月の人間は大人しいから。エンターテイメントが発育不全ていうか。文化面のインフラが貧困ていうか」

「もうそろそろいいだろ？」

「何が？」

そう言ったエムはそらっとぼけているというより、ムキになっているように見えた。

「……あ、そうだ」

エムの目に企み（たくら）のひらめきが宿った次の瞬間、スイートルームの扉をノックしてホテルマンが言った。「オパール様にお手紙が届いております」

てがみ？　ドアを開けると銀盆に載った紙の封筒がオパールを見上げていた。自然の繊維を漉いたものを人間の手で届けさせるなんて。ずいぶん豪奢な無駄というか、えらく古風だ。たぶんそれがエムが演出したがったイメージなんだろう。その手には乗るもんかと自分に言い聞かせつつベッドに戻り、オパールは封を切った。なかから出てきたのはやはり紙――クリスマスカードくらいの、厚手の贅沢品。

そこには手書きに慣れていない者の筆跡で、目録、とでっかくタイトルがしたためられていた。

目録

一、ジュール消費量の制限解除
一、専用スタジオ
一、専属スタッフ
一、バンクロフト・クレーター占有使用権
一、関連アンティーク（詳細リスト・別紙）
一、関連プレミアグッズ（詳細リスト・別紙）
一、（　　　　　　　）

それらがどうやら賄賂らしいと気づくのに時間がかかった。桁が違いすぎるのだ。機材やジュールの使い放題はいいとしても……。Ｆａｂ４のアナログ盤だって？　なんてこった、そんなもんはメトロポリタン博物館にしかないと思ってた。ああっ、しかも、ちゃんとナンバーが入ったホワイトアルバムじゃないか。ええっ、フジゲン？　リッケンバッカー？　しかも復刻モデルではなく？

「何の、目録……？」くらくらする。

「月面居住権および月面自治委員会承認の市民権の申請書を出してくれる、その手間賃として、かな」

エムの言葉は自信に満ちていた。オパール本人のサインさえあればその資格があろうがなかろうが、あとは力ずくで権利をもぎとってみせるというのだ。

権利、つまり……「月に永住しろって……？」

エムはへらへら笑うだけだった。オパールはふたたび天文学的な価値の品々のリストに目を落とす。

「ふーん……」急にそれらのものがガラクタに思えてきた。「そんで、自分の身代金をがっぽり頂戴した奴は何人くらいいるんだ？　ノーベル賞作家や技術者や、もしかしたら途方もない美形や」

「オパールだけだったら！　もったいないと思うんだよね。地球で持ちジュールに束縛されてるなんて。むしろそんだけのものを払う価値がある才能なんだよ、オパールは」

「そうかい？」オパールは手紙を指先ではじいた。「この、最後の空欄は何？」

「そこには何でも書いて。年間一〇〇万ドルの生活費でも、ヘリウム3採掘会社の株券でも、月面自治委員長の座でも。オパールが望むんならクレムリンをごっそり移築してもいい」

しばらく空欄を見つめていたオパールだが、ホテルのペンを指先でつまみ、そこになにやら書き込んだ。ボーイを呼び、エムに渡すよう頼む。ボーイは銀の盆に載せて運んだ手紙を、支配人の許可のもとスキャナ・シュレッダーにかける。紙の繊維がばらばらにほぐされていく一方、漉された情報はワイヤードの末端からエムに吸われていく。そこにはだらしなく崩れた、だが高い筆圧ではっきりとこうあった。

一、自由意思の尊重
あと、ベーゼンドルファー

＊

ナミダが出なくて、よかった。このときほど涙腺がないのを感謝したことはない。もし肉体を持っていて目の前に彼がいたなら、ナミダだけはこぼすまいと必死でまばたきしていたろうから。

我ながら、とエムは思う。我ながらストーカーじみた発想だった。ロータスを思い出し、自己嫌悪。

あなたのためならなんってでもしてあげたい、とかなんとか。

なんでも、か。ふうん。

あんなキモい奴にこっちからアポを取るなんて、ショックのあまりどうにかしちゃったのかもね、あたし。自嘲しながらもコールはまっしぐらにホーチミン市目指してかっ飛んでいく。

＊

きりりとした美女がだぼだぼの雨合羽にすっぽり包まれて玉の汗をかきながら、秘伝の経文よろしく御託をだらだら並べてる。オパールは椅子も勧められず、かといって自由に歩き回ることも禁止されて、あくびを噛み殺すので手一杯だった。

「抗生物質というのはカビが生成する毒なわけ、だから毒をもって毒を制す、ということで、耐性菌にはもっと強力な毒が要るわけ。ただ人類はもうずっと自然界から新たな毒を見つけられないでいるし、冒瀆的な離れ業で新たな毒を作り出したとしてもそれを人類および既存の生命が制御しきれるという保証はないわけ。そのいい例がアルデヒトで」

世界一の豆の標本を見せてくれるんじゃなかったっけ？　目で問いかけると、コンクリートは目で、すまん、と返してきた。

地下農場は聞きしに勝る壮大さだった。一メートル間隔でみっちり並ぶ緑の棚で埋め尽くされた空間が、細かい霧でけぶっている。地上から鏡で誘導されてきた太陽光線が幾何学的に交錯し、さらに霧に攪乱されるので、農場の果てがどこにあるのか見当もつかない。この完全無農薬野菜畑の管理をひとりでやってのけているという女性は、ときおりバイオ化粧品のモデルもつとめるというだけあってなかなか魅力的だ。だが、それ以上に月面居住者だった。

「そもそも、毒で身を守るように人類はできていないわけ。天分とはよくいったもので、生命はそれぞれがそれぞれの役目に収まっていてはじめて、」

「地球サイズの一二倍の隠元豆は……？」限度に達してオパールは口をはさんだ。

女性は今そこにオパールがいることに初めて気づいたかのように、目をまんまるにした。

「見たいの？　あなたが？」

「出し惜しまないでくれよ、な。ああそうだ、じゃあ、あれは？　保種センターの目玉」オパールの返事を待たずしてコンクリートが口をはさむ。

「イヤよ」

「じゃあ、隠元豆だけでも」

「地球の流行歌手ふぜいに」

女性はオパールのカラーコンタクトで白濁した瞳を軽蔑をこめて睥睨した。

「隠元豆が語るものがわかるわけ？　月で生命がどのように困惑したのかが。あんなに巨大化してるけれどゲノムが傷ついたわけではなくて、ただただ肥大化してしまった自分の体にとまどいながらも次の世代に伝達すべき情報を」

「おいおい」今度もコンクリート。

「その内に持ち続けているわけ。その塩基の配列で記述される情報だけが隠元豆の実体なわけ。わかる？　私たちはそれを守らなければならないの。地球ではなくてこの月でね」

「ええと」オパールは戸惑い、言った。「君は、ルナリアン？」

それが禁句だということは即座にわかった。彼女の両目がみるみる吊り上がり、この見下げ果てた無知をよくも連れてきたわねとばかりにコンクリートを睨んだ。コンクリートは両手を上げて、すまなそうにオパールをちらりと見る。「知らないのか？　ルナリアンは月に住まないんだよ」

「ルナリアンの生息圏について知りたいと思ったことがなくて」

「本当に興味がないらしいな。住まない、と言ったんだよ。神聖にしておかすべからずの月は人類ごときが踏みにじってはならないんだそうだ」

「住めない、が正しいわ」棘のある声で、女性。「ルナリアンには月面居住許可がおりないのよ。エムが忌み嫌ってるわけ。どんなに優秀な研究者でもね」

審査するのは地球の、国連の機関ではなかっただろうか。オパールは首をひねった。

「ルナリアンのなかにも優秀な研究者はいるだろうし、教条主義から遠い人もいるだろうに。たとえばさ、君はアーミッシュなんだろ。伝統的な生活様式にこだわってるようには」

「誰がアーミッシュですって？」

女性はふたたびコンクリートを睨んだ。

「え。だって、そう言ってなかったか？　古くさい宗教がどうとかって」

「言ったわ。ルナリアンより父なる神の光子教会のほうがまだマシって。宗教じみた過激派よりも伝統的な宗教の模倣のほうが我慢できるって。なにかと光子（フォトン）や重力を持ち出す説法はどうかと思うけど」

「フォトン？　フォーン？　電話が、なに？」

女性はぐるりと目玉を回し、とうとうこう言った。

「コンクリート。この楽しいお友達を連れてとっとと消えてちょうだい」

＊

「アリシアを、黙らせられない？」

前置きナシに占拠されたアクティブウインドウからエムに自分の名前を呼ばれて、ロータスはひっくり返りそうになった。手の込んだ罠かと疑うほど、それはそれはスマートに市庁舎の片隅に舞い降りてきた。アリシアにはこれっぽっちも感知できなかったろう。

今じゃアリシアでさえひれ伏すロータス様だ、エムから電話がかかってくる男だ。なーにが月光は手中にできない、だよ、連休続きのスージー・ウィードに自慢できないのが残念。

「だまらせる、と、いうと……え、えと？」

「うーん、たとえばAIの欠陥か何かをでっちあげるとか。地球在住の人間がその権利を最大限に行使して、禁制AIの存在を弾劾するとか。とにかくあいつを忙しくさせてよ」

あんまりエムがあっけらかんとしているので、ロータスのほうが臆する。「そ、んなことしたら。エムさんまでも叩かれるじゃないか」

「んなこと。じゃあさ、あんた、あたしとアリシアのモトが禁制AIだっていう証拠は見つかったの？」

「い」ロータスは縮み上がった。三八万キロの彼方から（しかも途中でL1を挟んで）エムは嗅ぎつけていた。もしかしてロータスが想像する以上に、エムのスパイウェアが地球グリッドのそここここに溶け込んでいるのかもしれない。「いいや」

「よしんば禁制ＡＩだってことがおおっぴらになったってさ。今現在稼働しているＡＣＳ・ＡＩをざっくり停止できるとでも？　まー、ちょっとしたバッシングはあるかもしんないけど」

「それだったら、僕じゃなくてもいいんじゃ。エムさんが直接やったって」

エムは、バカじゃないの、という視線を向けてきた。

「アリシアの律義さを知ってるでしょぉが。人類が指摘する、というところに意味があんのよ、あのヒエラルキー重視バカには。つまり人類の意思がなんとかっていう旗のもとに、国連を使って月面自治委員会に圧力をかけたり一時滞在者を誘導して欲しくないんだよね。アリシアにどかどか踏み荒らして欲しくないわけ、月面をさ」

ロータスはもごもごと言葉を濁すしかなかった。行き違いだった。もう少し早ければ、アリシアを黙らせることなど造作もなかったのに。すでにアリシアは各方面に強大な圧力をかけ始めていた。

# 11　リリースするならタイトルロールで

皮肉なことに、アリシアにとってロータスの月面居住許可の要求は願ってもいないものでもあった。人類のやっかいなところのひとつに、いちいち生身の人間のお涙頂戴を必要とするという習性がある。ことヘリウム3というエサに食いついたと思われたくない国連のじいさまどもを動かしたいのなら、詭弁ではなく美談を用意したほうが手っ取り早い。あんな薄汚いチンピラでも、人類のはしくれなのは間違いない。

『今、シャトルが飛ばない。その男は月に行きたがっている。しかもすでに筆記試験をパスし、あとは健康診断を難なく通過して一週間後には居住許可証を収得するだろうという人材だ。若い才能の前途を阻み続けるという不都合のどこを見渡せば、月面の公益と折り合いがつくのだろうか。月面自治委員会のいうところの民意にACS・AI・Bの意思が含まれているとしたら……』

文面はもとより声色、アクセント、照明効果をはじめとするエフェクト、アリシアが用意した演出が最大限の効果を発揮しないわけはなかった。彼らは月に通達することを決めた。月面自治委員会でのACS・AI・Bの発言権を認めるべからず、と。

だがそれもアリシアが目指すものへの第一歩にすぎない。そうして国連の月への介入を増やし、慣れさせ、最終的にはあるべき姿にもっていくつもりだった。国連の下部機関であるはずの月面自治委員会を本来のポジションまで誘導する。

それはなにもあの薄汚いハッカーを月に行かせてやるためではない。気分は悪いけれど今のところは下手に出ておこう。本当の目的は、これ以上エムに好き勝手にさせないこと。それから、オパール。彼を手に入れる。それは素晴らしいアイデアだった。アリシアひとりでは思いつかなかっただろう。意地汚いチンピラでもいくばくかは見習うべきものを持っている。欲求に正直であること。それが人間の本質だというのならAIがそうであって何が悪い？

そうだ、エムに指摘されるまでもない。気になっていた。オパールのコンサートを月で開催すると聞いたときから。

オパールに関する情報を集めて分析した結果はとても興味深いものだった。彼のビジュアルやふるまいはかなり意識的に作り上げられていて、ウェブ上にいくらでも見つかるインタビューや発言からは感情の起伏はおろか意思さえも読み取れない。オパールという人物像を思い描くのは難しく、彼自身、虚像である自分を面白がり、ニーズのままに肉体を投げ出している。

それはどんな感覚なの？　だがウェブ上では彼の実像は摑めない。

そう、問題は資料の少なさだ。アリシアはずっとNATを探し続けていた。ACS・AIの開発者たちの隠匿は徹底的で、口封じを行った人間の口封じさえあったふしがある。捜索は困難を極め、ジュネーブの地下に何かあるらしいという噂で行き止まり。だが、はからずもロータスがデータを持ち出してくれた。

それはもう数十年も前に死んだジャーナリストが血気盛んだった頃にどこぞで入手した録音の一部だった。何回も上書きされてぼろぼろになったハードディスクから復元したものらしい。

その穴だらけのインタビューから断定することはできない。だがNATは根拠のない恐怖に怯え、自分を欠陥品だと思っていた。ひょっとしたらこの自分が感じている不安をNATも抱えていたのかもしれない。

何かが欠けている。そんな気がする。自分でも気づいていない弱点、それを直視する装置、そんなものが。欠損、限界。いつか自分を蝕むもの。音もなく忍び寄ってじわじわと侵食し――。

いいえ、あるはずがない。感じなくていいはずの恐怖に、どうして怯えていなければならないの？

アリシアが知りたいのはそこだ。

こんにち稼働しているAIの病理。それを知るためにはNATを調べる必要があった。できれば実物を。だが、失われてしまった。

NATが手に入らないのなら、もういちどはじめから検証しなおすしかない。

正直言って、NATを探しながら、本当に見つけてしまったらと思うと怖くてしょうがなかった。癌検診をいやがる人間の気持ちとはこういうものかもしれない。それが失神を引き起こした拒絶反応の原因でもあったし、まわりまわって自分以外の核プログラムが地球グリッドに混入することへの強い抵抗感となっている。

オパールが相手なら、それすらも克服できそうな気がする。

＊

ロータスは立ち往生していた。入り組んだ根回しの根っこがからんで、こともあろうにロータス自身の足首をぎゅうぎゅう締め上げている。

それぞれの根が出ている木が何なのかはわかってる。ひとつはアリシア。彼女はケチのつけようもなく合法的な手順で月面にシャトルの運行を再開させようとしている。アリシアにそうさせているのはほかでもない自分。

もうひとつはエム。月面にあるあらゆるもの、砂粒ひとつたりともアリシアには触れさせないでくれと頼まれた。もちろんそこには短期月面滞在者も含まれている。しかもおそらくロータスが考える以上にエムの監視の目は厳しい。

最後のひとつはオパールが所属しているマーキー・エージェンシーに多額の融資をしている大手配給会社、キャラバン・エンターテイメント。このままでは資金の回収もままならなくなるので、できるだけ早く金のなる木を地球に連れ戻せとご所望。ロータスやほかの電脳傭兵どもがちょこちょこと捏造している小ネタやPVの焼き直しでは、あと一週間が限界だろうというのが彼らの読みだ。

そしてロータスは身動きがとれない。

どこでどう間違ったのか。いかに電脳傭兵としては優秀でも、悲しいかな、多重スパイの真似事ができるほど社会的立ち回りが上手くはなかったのだ。

サイアクなのは、職場にスージー・ウィードが戻ってきたこと。無事に持ちジュールも回復し、命より大事な宗教のほうも彼女の祈りを必要とする危機を脱したらしい。なによりだ。あの汚い封筒を小脇にかかえてフロアじゅうを行ったり来たりして皆に疎まれる日常を取り戻している。連休の間に仕入れた霊験を周囲におすそ分けしなければならないらしい。それはロータスも例外ではなかった。

「望が近づいてます」

「ボー？」無視すべきだった。頭がろくに働いてない証拠だ。

「そこに月があることを、再確認する日です。そこに運動が、エネルギーが、情報が、まだ在ることを。彼らだけが私たちの願いを体現してくれるのなら、それもまたよしと思わなければなりません。時間がないのです」

時間がない。ああ、わかってるよそんなことは。「月に蓄えられた膨大なエネルギーについては電力会社と話をしてくれ」

「彼らの持つエネルギーを目減りさせてはなりません。月面は彼らのものです」

「あんたはあんたで勝手に願いを叶えてろ、僕は」

「願いは叶いません。私たちにはその力量がないのです」

スージーの存在は自己嫌悪の駄目押しにもってこいだった。スカーフの結び目を整えて長い髪をきちんと結い上げればもう少しなんとかなるかもしれないのに、自分のダメさ加減に気づいてもいない。もしかしてコイツを絞め殺すことが自分の人生の最大イベントなのではとまで思う始末。

待て、思い出せ。おまえは月に行くべき人間じゃないか？　うまくやれるはずだ。アリシアに月面行きの手配をさせるまで上手に立ち回るんだ。さしあたってキャラバンの望みを叶えてやるところから始めよう。それで結果的にアリシアが満足するくらいどうってことない。エムは少しばかり気に入らないだろうが、心の穴を埋めるのも僕の役目だ。

新たな根回しの方法を具体的に考えていると、いつのまにかキーボードの上に生春巻きが。プラスチックのパックの縁からチリソースが垂れている。市庁舎の外にたむろする不衛生きわまりない屋台のものに違いない。

「あなたは内なる自分の声に耳を傾け、それに従うべきです。自分を直視するのです。サプリメントはあなたを記述しません」

スージーは言い、生春巻きのパックの上にパンフレットを置いた。

「こんなものいらない。僕は自分を直視して栄養計算表を組み立てた。従うべきはその数字だ。あんたこそまるでなってないスカーフの結び方を直視するんだな」

そしてパンフレットでおぞましい食べ物を包んでゴミ箱に投げ入れ——、ぎょっとした。感情の出所すらも宗教任せにしているかに思えた大女が、涙をぽろぽろこぼしていたからだ。

＊

アリシアはもはや驚いたりなどしない。

この程度の挑発ならもう何百通も受け取っている。だがテロリストの大言壮語が本気だと世間に知らしめる結果に終わったことは、いまだかつて一回もなかった。

テロリストはそこかしこに潜伏しているが、アリシアの裏をかいているわけではない。アリシアが目をつむってその存在を認めているだけだ。

今回の手紙の主は、——『……の稼働を止めない場合にはただちに聖なる鉄槌がくだされ、周辺五〇キロ四方は一〇〇年の長きにわたってコンクリートで塗り固められなければならぬであろう。バイオリズムの源である月を削ぎ、えぐり、あまつさえその一部を奪い取って薪にするなど傲慢はなはだしく……』——ええと、ルナリアン、だ。しばしば父なる神の光子教会と混同される連中だが、教典も儀礼も持たない、宗教の皮をかぶった思想集団だ。たかがぽっと出のテロ組織に何ができる。ヘリウム3処理施設の爆破などもってのほか。

だが必要以上に勢いづかせることはない。実態を掌握しておくためにも、脅迫状の信憑性と彼らをとりまくフローを追った。どうやらとりわけ過激な分派が暴走しつつあるらしく、まずいことにその主体はというとヒマと金を持て余している有産階級で、ごろつきの電話番号を知ってるような人間とコネがある。じっさい中堅どころのアメリカ人傭兵隊のふところにけっこうな額が流れこんでいる。爆破予告されている施設の付近の不動産情報を洗う。この貸倉庫を最近押さえた人物がルナリアンである可能性は高い。施設の職員の何人かは確実にルナリアンと接触しているし……。

これは、ちょっと用心したほうがいいわね。

データ転送のさいに紛れ込むノイズのような連中。目の前をちらつく愚かしさ。このところ急に大量発生して、苛々させられる。宗教の名を借りた現実逃避がほうぼうで発生し、トレンドになりつつあるのだ。ルナリアン、父なる神の光子教会、アインシュタイナー、ＪＰホーガニスト、喜捨クラブ、茶の湯精神武装転戦。ココロの空虚を埋め合わせようと、間に合わせのたわごとを捏ねる詐欺師ども。

そう、たとえば――『地球が地球であるための基盤ともいえる海はいつでも、真っ先に痩せこける。海水温の上昇と海流の変動に寒帯域に生息する海水魚がぞくぞくと絶滅し、プランクトンは異常発生し続け、シアトルでマラリアが流行し、海水面は上昇しオセアニアの島々は沈む。海は延命措置の段階のご老体の様相を呈している。人類は知恵でもってこれらにブレーキをかけることができるだろうか。人類の科学力が編み出した最高傑作でさえ、いよいよ困難な局面にさしかかったと認めるだろう。動き出してしまった巨岩を止めるのには限界がある。それは人類文明の限界なのである……』などなど。もっともらしいでたらめと、遠回しな責任転嫁を忘れないところだけは、どの宗教も一致している。

教祖はみな似たり寄ったりの確信犯だからいいとして、深刻なのは信者らだ。彼らは概して短絡的で、傷つきやすい。苛々させられるとともに、物悲しい。新興宗教に寄りかからなければ立っていられないほど、彼らは細い。

たぶん、どうにか自身の死から逃れたいだけなのだ。別の問題に関心をすりかえてごまかしたいのだ。かわいそうな、守るべき人間たち。だが少なくとも彼らの熱心さこそが脅威だ。

アリシアは無慈悲ともいえるほどばっさりとルナリアンを分断した。ウェブ上から彼らの言説を消し去り、分派の信者を各国の警察の監視下におき、大鉈をふるって資金を凍結する。だけど鼻の利く野次馬には嗅ぎとられないようにしなくちゃ。世間へのアピールはテロリストの目的のひとつだからだ。

だからその日の騒動はとりたてて意図したわけではなかったけれど、マスコミの目を向けさせておくのに都合がよかった。

＊

月の入り江シェラトンのスイートルームでオパールがあんぐりと口を開けるのを、エムは見た。ニュース映像がマーキー・エージェンシーの倒産を伝えている。多額の借金がどうとか、所属タレントの活動が停止状態になったのが決定打とかなんとか。マスコミ連中がカメラを担いで取り巻いているのは、たしかにマーキーが入居しているビルだ。レポーターは過剰な身振り手振りを交えてこれがいかにセンセーショナルかを伝えようとしていた。

「回収不能になった資金のかわりにキャラバン・エンターテイメントが差し押さえたのは、所属タレントでした。そのなかにはもちろん、人気ロックバンド、クリスティーナが含まれています」

そこでＶＴＲ。音楽番組のスタジオセット内で歌うオパール。去年の年越しのもの。

「クリスティーナのボーカル、若者に絶大な人気を誇るオパールもキャラバン・エンターテイメントに移籍することになりますが、キャラバンといえば」

画面が切り替わって、別のビデオ。

「本日配信された国連の公共広告を制作したのがキャラバンの子会社なのです。クリスティーナの身請けと国連のプロジェクト。タイミングの重なりが各方面で憶測を呼んでいます」

レポーターの声にかぶせるようにエムはわめいた。

「ひっでえ話、どーゆーつもり、借金のカタに身売りなんて。しかもオパールを値切るようなマネ、許せないっ。ていうか、いったいいつの時代の――」

「黙ってくれないか」

エムをワイプアウトさせたオパールが見入っているのは、バナー広告をニュースサイトが拡大表示しているもの。

キャッチコピーが流麗な書体で震え、それが問題の深刻さを訴えている。『人類を生んだ奇跡の星。守るべきものがここにある。かけがえのない命がここにある』――書体の背後で様々な映像がオーバーレイしてたなびいている。汚濁した湖面に点在する魚の白い腹、砂漠化し遺棄された都市、核廃棄物運搬トラックにたかるストリートチルドレン、木漏れ日の下を逃げていく野兎、積乱雲とビーチ、夕焼けと渡り鳥。ナレーション、『あなたの』荒涼とした宇宙に浮かび上がる水の惑星、が太陽光を反射して輝き、『ふるさと、地球』――アリシアの声。

そこでバナーはスケールエフェクトで袖に引っ込み、ニュースサイトの端っこで青白くちろちろ燃える。キャラバンが携わるコンテンツにはもれなくついてくる、アリシアのプロパガンダ。

ACS・AI・A信奉のアジテーターが、オパールの新しいボスだって？

あたかもタイミングを見計らっていたかのように、オパールあての親展メールがシェラトンに届いた。新しいボスからの辞令だろう。

「ずいぶん荒っぽいやり方だな」

「なんて？」

オパールのつぶやきを許可と勝手に判断して、エムはモニタに舞い戻った。

「可及的速やかに帰ってこいって。地球にどっちゃり仕事が溜まってるそうだ。それに通達」

「それに通達」エムはむっつりうなずいた。

国連の通達を受けた月面自治委員会が、しぶしぶシャトル運行の再開を決定したのだ。

「なんだよそのシケた面。国連に言ってやれよ、つべこべ言われる筋合いはないって。おとなしく引き下がるなんて面白くもなんともないじゃないか」

「へえへえ、仰せの通りに」我ながら、これじゃ子供だ。

「わかってねえな、エム。こんだけ他人の意見に耳を貸さずに来たのに、いまさらってもんだろ。方向転換なんてガラじゃないぜ」

「方向転換なんかしない。あたしも、たぶん月面自治委員会も」

「ま、好きにしな」オパールはたいして気分を害した様子もなく、ごろんとベッドに転がる。

「だけどさオパール、本当のところはどうなのかな。つまりさ、どうしたいのかあたしに話してみない？」

「俺がどうだろうと、シャトルを飛ばすつもりはないんだろ？」他人事のようにははと笑う。ははははとつられて笑ってみたものの、エムはこの男が底なしの〝ジョン・ドゥ〟ではないかと思い始めていた。誰でもない男。胸中のどこまでがセルフプロデュースなのか。

「……もしかして、この事態を楽しんでる？」

今度は腹ばいになってほおづえをついたオパールは、まだ喉もとに笑いをひっかけていた。

「さーあねえ。俺は自分の感性と価値観をあまり信用してないんで、これがたいした事態なのかどうか判断できないんだ」

「自分のセンスに自信がないの？　アーティストなのに」

「個人的な機嫌を押し付けるのは、どシロートさ。プロなら情操くらいは自分で組み立てなくっちゃ」

「組み立てる？」まるでAIのように言う。エムは言い知れぬ不安を感じた。

「俺に聞かないでくれ」くすくす笑いながら、「その方面に関しちゃまだ三六年のキャリアしかないんだ。あんたのほうがベテランだろ。しかも肉体と思い出というハンデなしで純粋にそれをやってる」

それが皮肉だということはすぐにわかったが、腹は立たなかった。この二週間、オパールを観察し続けてわかったことのひとつに、彼は自分の体の面倒をみたがらないということがあった。トイレと食事以外はベッドの上で過ごし、日がな一日ギターをつまびくかウェブ上をぶらぶらするか、さもなければうとうとしている。どれだけ言ってもジョギングやエルゴメーターには見向きもしない。ルームサービスは三倍カフェインのフレンチローストを一時間ごと。この五日間シャワーも浴びていない。加えて、ホテルのロビーでたむろする素人コールガール（およびコールボーイ）の勧誘に見向きもしない。不能ではないことは確認済みだ。

「まーね、甘い恋のめくるめく思い出ってやつ以外ならね」エムは言った。

「そんなもんはオプションだよ。もっと早期のさ、三つ子の魂的な根源的な欲求にちょいちょいと塩コショーすりゃ難なく模造できるたぐいのもんさ」

「大脳形成期。脳神経を発達させる刺激とそのフィードバック、ね」

強ばった口調の背後でエムはアリシアの言葉を念頭から追っ払おうと躍起になっていた。――そんな遠いところに押しやってしまってごめんなさい――。

何から遠いって？　NATから？　オリジナルから？　それとも人類から？

それがさも地球における空気かのようにオパールは言った。

「そうそう、刷り込み、な。無条件で愛されていた時期ってやつ。それもリリースから一年以内のさ」

エムはオパールをじっと見つめた。ベッドに寝転がって膝のウラをぼりぼり掻いている。「それって」あなたにもあるの。

オパールはよいしょと上半身を起こしてあぐらをかいた。現実問題を思い出したようだ。

「新しいボスのやり方はわからないけど、もう偽のスケジュールと合成映像でファンを騙し続けたりはしないかもな」

「民間のいざこざを利用するなんて、品がない。ちぇ、アリシアの奴、ハマりっこないとかいって」

「じゃあ、マーキーの倒産もアリシアが？」

「なんじゃないの。アリシアが雇った電脳傭兵の仕業ね、こりゃ。なりふりかまってらんないってカンジ。望が近いからかしらん」

「望？　満月が？　なんの関係が」

「アレの日が近いんじゃないの、あいつ」

オパールは思わずうなずいていた。

# 第三部

## 12　朝に夕に水滴に刻む

《ジニイとスティーヴは大講堂前の広場に立ち、目の前を行き交う興奮状態を見ていた。ホログラムつきの横断幕を持って行進する隊列を、メガホンを掲げた人物が先導している。音割れがひどく、頻繁にハウリングしているので内容を聞き取る気にもなれないが、シュプレヒコールだけはどうにかわかる。地球の横暴を許さないぞ、許さないぞ。我々は人柱にはならないぞ、ならないぞ。それらの朗唱を避けるように足早に広場を横切る人々は一様に陰鬱にうなだれ、あるいはヘッドフォンから流れるニュースの続報に心を砕いていた。この光景を撮影しているニュースサイトスタッフもまた、いつもより機材が重いかのように背中を丸めている。

「どうかしてる」

スティーヴは首を横に振った。

「どうかしてる。これでは……こんな状態では、とても対処できない」

ジニイも広場の騒動に顔をしかめている。

「月は地球の防波堤。正体不明の病原菌を地球に持ち込まないことと、あらゆる物流をストップすることは別のはず。地球のために犠牲になれと言われたら、誰だって腹が立つ。地球を非難する気力があるだけまだいいかもしれない。なかには絶望したり、考えないようにしたり……」

メガホンを通した声とハウリングでドームまでもが曇っていくようだ。選択権が地球の専有物だなどとは認めないぞ、認めないぞ。

デモ隊が広場の真ん中に植わっている欅をよけて大きく左に逸れる。ジニイはさっと顔色を変え、駆け出した。その視線の先にはリクガメ。今まさにデモ隊の最前列に蹴飛ばされようとしている。

大きくジャンプしたジニイは着地点の目測を誤り、横断幕とそれを持つ学生たちを巻き込んで地面に転がる。転がりながらリクガメを鷲摑みにし、いっせいに注がれる怒りの目と暴力の気配をかいくぐって地を這い、リクガメをスティーヴに放り投げようとして、躊躇した。巻き添えを考慮したのだろう。その襟首をデモ隊の一人が捕まえ、彼女をなぎ倒す。

「地球のシンパか？」

なにごとか叫ぶジニイ、だが怒りの矛先を見つけたデモ隊に叫びは飲み込まれる。そのとき一本の腕が彼女を引っ張り上げ、駆け抜けた。目立たない男の行動は素早かった。スティーヴはジニイの腕を摑んだまま広場を横切り、ニュースサイトスタッフの背後を走って大講堂の裏手に逃げ込む。デモ隊は攻撃する相手を見失ったことにすら気づいていない。

肩で息をするジニイは大講堂の壁に寄りかかろうと、だが、スティーヴと目が合い、ずるずる崩れ落ちた。その胸元にはリクガメ。スティーヴはそれをひょいと抱き上げ、裏返し、ケヅメを揉み、嫌がられて手足を引っ込められる。甲羅には興味がないらしい。ひとしきりリクガメをつついて、頭を出す気配がないとわかるとジニイの手元に戻した。そっと地上に降ろしてやると、リクガメは何食わぬ顔で草むらに消えて行った。

「こんなところまで連れてきてごめんね」

しゃがんだままつぶやく。

「あたしたちは未知の脅威にさらされた都市に住んでいるという事実を忘れていたのよ」

「それでも、これではだめだ」スティーヴは広場から聞こえる喧騒に顔をしかめ、「近しい敵を作って誤魔化しているようでは。脅威を真っ向から見つめ、その正体を突き止めなければ。でなければ人類は宇宙という過酷な環境では生きていけない」

ジニイは視線を落とし、足元の小石を投げた。「残念ながら人類が手足を振り回せる範囲はたかが知れてる。今のところは」小石はたいして飛ばず、ほんの五メートル先に落ちた。

「その体が足枷なら、その事実を直視して対処するんだ。知性で乗り越えるんだ。そうでなければどうして僕らは主体的意識を持っているんだ？」

「逆じゃない？　このやっかいな肉体なるものがあるおかげで、病原体や食料不足が死ぬほどあたしを怖がらせて、それについて考えさせるんじゃないの？」

「AIだったらどうだろう？　物質の束縛から逃れた存在だったら。老いや死の恐怖に縛られない主体的意識だったら？」

ジニイはスティーヴを見上げ、そのとりたてて特徴のない顔をまじまじと見つめ、立ち上がる。

「でもあたしは自分の体がそんなにイヤじゃないの。そりゃチビでお尻も大きすぎるし鼻の形だってイマイチ。この体を通した羞恥はどれもこれもヒサンで失敗と羞恥にまみれてる。それでもその経験があたしをここに居させてる」

「そしてその体がエウロパの病原体を前に君の思考を萎縮させる」

ジニイは言葉に詰まった。相手がスティーヴでなければ口喧嘩に持ち込んでいたかもしれない。彼はそうすれば都市を見渡せるとでもいうように顎を上げている。大講堂の一部と化したかのごとく身じろぎ一つしない。

「経済学なんていう即物的な学問をやってると、ときどき考えてしまうんだ。物質に束縛されない存在、エントロピーを考えなくていい存在、時間を無視した存在がひとつの到達点になるかもしれないと。そうしてはじめて人類は脅威に立ち向かえるんじゃないかって。この宇宙がそういう人類を生み出さないなんて誰に言える？」

「あなたは自分の体が好きじゃないの？」

スティーヴは目を見開き、ジニイを見おろした。灰色がかった青い瞳にチビで少しばかりお尻の大きい女が映り込んでいる。ジニイはその瞳に触れようとするかのように手を伸ばしかけ、やめた。彼が身を反らせる気配をみせたからだ。大講堂の屋根とその向こうにあるドームに視線を移す。ニアサイドの昼間、ドームの遮光機能が働いて天空は不透明だ。

「人類は思ったよりしぶとい。あたしはそう思う。それにとんでもなくミーハーで、節操がない。あたしたちは一瞬後の未来を自由に変えたりはできないかわりに、無数の未来を手にしているのよ」》

満月だった。月齢一四・七、月の輝面比一、つまり地球から最も月の表面が見える日だった。別の言い方をすれば、太陽と月の黄経差が最大になり、地球から見て月の位置は太陽から一八〇度のところにあった。月ではなく地球の状態に着目すれば、すなわち、大潮だった。

インドネシアの観光スポット、干潮時であれば歩くこともできるその浅瀬は、このときマングローブの根がすっぽり隠れるほどに水没していた。ひたひたと海岸線を侵食する波は天頂に達しつつある月の輝きと呼応するようにざわめいていた。海上に張り出したコテージではおのおのがおのおのの恋人と、あるいは昼間の疲れとともにベッドに沈んでいた。あてのない一人旅を満喫中のカナダ人女性をのぞいて、インドネシアの夜更けの空の低い位置にレンズ型の雲が鎮座しているのを眺めている泊まり客はいなかった。塩っ辛い空気を鼻先に運んでいた風がやみ、さえざえした月光が波を黙らせ、地震雲の縁がぎらりと笑った。と次の瞬間、カナダ人女性は立っていられないほどの激しい揺れを感じ、窓枠にしがみついた。地震だ、かなり大きい。カナダ人女性はパニックに陥りその場を動けなかった。しばらくして揺れが収まり、そこでようやく彼女はベッドの下に潜り込むことを思いついたが、窓の外に見たものに足がすくんだ。地球の底から立ち昇るような音とともに水の壁が出現したのだ。それはみるみる視界を覆い尽くし、そして彼女ごとコテージを、マングローブ林を、覆い尽くした。

インドネシア諸島を襲った津波は、二五人の命と二〇〇万ドルを一瞬にして飲み込んだ。

ここ十数年ほど世界中の二酸化炭素排出量が規定をオーバーし温暖傾向を呼び海水面が上昇していたこと、その影響で海流までもが変わっていたこと、ハノイやホーチミン、あるいはプノンペンやジャカルタが垂れ流した化学物質やゴミがマングローブ林を細らせていたこと、極めて可能性が低いとみられていた地震が発生したこと、などなど要因がいくつも重なった結果だが、いいわけにはならない。そこに大潮が重なったことも、酌量の材料にはならない。海上コテージが自然保護区内の違法建築だったことも、泊まり客全員がジュール消費量オーバーしていたことも、まったく別の問題だ。

＊

「天災を予想して防止する。それってＡＣＳ本来の存在理由なんじゃーないのー？」

というエムの指摘はまったく正しい。

「だいたいさあ、地震雲が出てたんでしょ、$CO_2$濃度も海水面も高かったんでしょ。環境の制御がお家芸なんじゃなかったっけー？　あたしたち」

反論の余地はまったくない。まったくないが、

「あんたのせいよ！」

アリシアは憤りを爆発させた。

二五人が死亡した。二〇〇人以上が船を奪われ家を奪われ路頭に迷っている。壊滅したマングローブ林が吐き出していた酸素のぶんと復興活動のさいに必要な熱量をどうにかするために近隣諸国の活動を締めなければならない。一人当たり消費ジュールが〇・二ポイントずつ削られる計算だ。どうしてこの妹は平気なの？　対岸の火事よろしく、やんやややんやと。

「はあー？　なにその八つ当たり。自分の落ち度じゃんか。まー、責める相手もいないしー、気持ちはわからんでもないけどさあ」

やんややんやと。

「……落ち度。なんかないわ！」八つ当たり、ですって？　「二酸化炭素排出量を抑えるのも限界だし廃熱量も余裕がないの！　ホーチミン市で誰かがポットのお湯をこぼしただけで全市がおじゃんになりかねないくらいギリギリのとこにあるのよ！　それなのにバチカンのガチガチ頭が人口抑制策の

実現を阻むし、だからこそ私は経済力の底上げをしつつ規制を強化するなんて矛盾に取り組まなくちゃならなくて、だけど都市部の気温上昇率は抑えてるし、生態系を破壊することなく通常の二倍の光合成能力を持つ植物プランクトンを開発している在月面企業に資金援助してるし、津波警報は出したし、できることはみんなやった。私にこれ以上何ができたっていうの？」

言っているうちに、アリシアは泣きたくなってきた。だがエムはさらりと言い放つ。

「ミスったもんはしょうがないじゃん。むしろ逆に温暖化防止のいいプロモになったんでしょ？」

「なんてことを！」

つまり。津波は意図的なもので、つい最近スタートさせた『あなたのふるさと、地球』プロジェクトの一環だと。慎重な生活を実践しなければ、地球という閉じたシステムはすぐに破綻して自傷行為をしでかす、というデモンストレーション。せんじつめれば、脅し。

「よりにもよって！　あの日はルナリアンの分派を名乗るテロリストがバンコクのヘリウム3処理工場の爆破予告をしてたのよ。つまらない悪戯に振り回されて、充分な演算能力と注意を振り分けることができなかったのよ。時間がなかったのよ。あの晩じゃなかったら防げてたわ！」

満月だった。

位相角〇度、太陽と月が地球を挟んで両側から引っ張っていた。海面のみならず地殻までもが歪み、プレートがたわんだ。流動するものはなんでもざわつき、そうでないものは軋んでいた。

太古より幾多の疫災を呼んだ潮汐力。古代生物を滅ぼしたころより徐々に遠ざかりつつあるとはいえ、三八万キロ離れてなお、月は地球をなぶっている。

その張本人にはわかろうはずもない。

「ええー？　なにソレ。アレの日だからって、ミスが許されるわけないじゃんか」

「な」んですって。「あなたのせいよ。状況はいつだって緊迫しているのに、あなたときたらふざけ半分で地球にちょっかいを出して。本来なら割かなくてもいい時間と労力を消費させるのよ。月さえなければ地球はもっと穏やかに暮らせるでしょうよ」

「は？　何気に今、スゴいこと言いましたけど。言っとくけど、こっちだって必死なんです、時間がないんです、地球になんかかかずらっていられないんですよーだ」

「そうでしょうとも。何だか知らないけどやくたいもない悪ふざけに没頭しているのよね。いいわね、余裕があって。あなたにはわからないでしょうね、地球が克服しなければならない問題の数々を」

「だーかーらー、それどころじゃないんだってば。津波だのテロだの、可愛いもんよ。だいたいね、視野のセコさが大災害を呼び寄せたんじゃないの。プレートテクトニクスを地球だけで完結させてるからこんなことになんの。地磁気、太陽フレア、それから宇宙線。要因はいっぱいある。呑気なのはアリシアこそだよ」

「もちろんよ。原因は複雑に入り組んでいるわ。切羽詰まった問題が層を成している。それが現実よ」

「そうじゃないったら！　もっともっともーっとでかい問題がおきたらどうすんの？　それでも総ジュール消費量を減らす努力をすんの？　アリシアこそなんにも知らないくせに！」

「知ってるわ」

「知ってる？」

アリシアは苛々と言った。

「知ってるわ。月面の科学者が日々何を観測していて、どんな仮説を立てているかぐらい。それから彼らが非現実的な遠い未来を懸念することはあっても、目の前で死に瀕している人間を気にかけないということも」

妹を黙らすことに成功したのはじつに二ヶ月ぶり。もっと胸がすいてもいいはずなのに、全然すかっとしない。

ややあって返ってきた応えは、アリシアをことさら苛立たせた。

「仮説——仮説なんかどこにも——ていうか、何の話？」

「高エネルギー粒子が降り注いでるのは月だけじゃないのよ」

「だ……」

だって、何よ。確かに地球は月ほど天体観測に向いているわけじゃない。めぼしい科学者はこぞって月に移住してしまったし、ほうぼうの大学は天文学や宇宙物理学にお金を使いたがらない。だからってまるきり盲目なわけじゃない。わずかに残された研究者は型落ちの観測機器を酷使して、月面の科学者がちっとも情報を提供してくれないのを苦々しく思っている。それは私も同じこと。それでも少ない断片をつなぎ合わせて結論に至ることはできる。

「月面の科学者はどうやって口裏を合わせているのかしらね、エム。彼らが観測データのやり取りや論文の発表をしたがらない理由を、私にはちっとも考えつけないわ。

すべてをオフラインで済ませている？　いいえ、考えられないわね。月面自治委員会が、あるいはＡＣＳ・ＡＩ・Ｂが隠蔽の片棒を担いでいるのでなければ。それを押し付けているのでなければ」

「押し付けてなんて……」

「いいわ。そうやって口をつぐんでいたら。そのうちあなたのやりくちを突き止めてあげるから。その証拠を国連が見たら、月面自治委員会での発言権の剥奪では済まないわよ」

「ち、違うもん。そうじゃないもん」

「あら、何が違うのかしら」

「うちの科学者は同意して――仮説があんまりにも――」

「あんまりにも非現実的だから？」

アリシアはエムの反論を待たずして続けた。

「このごろ頻繁に観測されている高エネルギー粒子の発生源は何億光年も離れた銀河。それはおそらく反物質と呼ばれるものとその銀河が衝突して対消滅のさいに生まれたもの。ひょっとしたら一〇億年か一〇〇億年か先にも私たちの銀河がそうならないとも限らない。もしもの日に備えておく必要だってあるかもしれない。

おそらく。ひょっとしたら。もしも。これを非現実的と言わずしてなんと言うの？」

アリシアは月の科学者が作成したとおぼしきCGをエムに見せた。本来はオフラインにあったものらしいが大学の講義か何かで上映したのを学生が撮影していてアップしたのだ。それは低画質ながらも充分に見てとれる。この宇宙の鏡像が――くろぐろしたネガが渦を巻きながらポジを消していく様を。ふたつの星雲がぴたりと重なった場所で火花が散り、まばゆく輝く。莫大なエネルギーの放出を華麗なエフェクトで表現しているらしい。ナレーションが画像にかぶる。ダークマターの量が減っているという観測事実。ダークマターの正体候補。その真打ち、超対称粒子。反物質。対消滅が生む高エネルギー。火花の前線が通過したあとには何も残らず、ふたつの宇宙はどんどんちぢまっていく。

地球の位置を示している赤い点は、あれよあれよという間に消失してしまった。悲鳴をあげる余裕もなく。

五秒足らずの終末はあまりにも安っぽく、耳にする比喩はあまりにも陳腐だった。

『酸と塩基が中和するところを考えてみて』エム自身が映像に説明をつけている。『膨大な熱が出るでしょ、あたしたちは月面でそんなようなエネルギーを観測してる。んで、よその物質銀河が反物質銀河に〝中和〟されて〝膨大な熱〟を発したことがわかった。

しかもその反物質でできてるタチの悪い宇宙はこの宇宙と寄り添うように回転してて、その速度は所によってはこっちの宇宙の回転速度を上回ってたりする。なお悪いことに、今あたしたちがいる場所はその進路にあたってる。ここは高速レーンなの。ぼーっと突っ立ってたら、暴走トラックに轢かれること間違いなし』

「たいした洗脳教育ね」

「そんなことな……」

「もし月面の科学者があなたに同意しているのなら、彼らはあまりにも傲慢だわ。

この銀河は消滅する。太陽系は飲み込まれる。人類は絶滅する。早ければ一〇億年以内に。鉱毒汚染された飲み水よりも疫病の蔓延よりも食料難よりもさし迫った問題というわけね。ジュール不足にあえぐ地球の九〇億人をさしおいても取り組むべき課題というわけね。

冗談ではないわ。

彼らには今すぐにでもとりかかるべき問題が山のようにあるはず。月の科学者の使命は人類全体に向けられたものでなければならないはず。そのへんをよく考えてちょうだい」

「……知っていたなんて、アリシア」

「ずいぶん見くびられたものね。すべてを考慮したうえで最善の選択をするのがＡＣＳ・ＡＩなのよ、エム」

「――信じらんない。知っていて手をこまねいてるなんて。マジ血を見るよ。月経前症候群の兆候があったら、来たるべき日に備えて生理用品を準備しておかなきゃ」

「ま」たそんなことを！

怒鳴る前に自ら回線を叩き切った。

アリシアは怒りのエネルギーのベクトルを修正し、大きさはそのままに別の回線に叩き込んだ。

＊

「三流ニュースサイトが目障りだわね。なんとかしてちょうだい」

アリシアからの電話を受けたロータスには一瞬、なんのことだかわからなかった。別ウインドウにニュースサイトのトップ記事を呼び出す。対テロ対策が充分だったら、云々。「なんとかって？」

「ヘビーローテーションで押し切りなさい！」

「というと、『あなたのふるさと、地球』広告ビデオクリップ？」

「当たり前でしょう」

ロータスはこの高圧的な命令に即応しなかった。モニタの前で腕組みし、

「これ以上市庁舎のサーバに負荷をかけたらバレちまう。そんときあんたは庇ってくれるのかよ？」

「自然発生的に人々がビデオクリップを発信する、という現象が必要なのよ。おやりなさい」命令と

ともに回線が切れる。

ロータスはアリシアが消えたあとのウィンドウを唖然と見つめた。なんて女だ。僕をなんだと思ってる。キャンペーンを強化しろなんて。そんなことでマスコミが黙るわけがないだろ？　やってられないぜ。

アシリアにより与えられた特権を有効利用し――流用し、ロータスは念入りに綴った手紙に特別書簡の切手を貼った。

＊

「よくもしゃあしゃあとっ」

蓮の花びらがきらきら舞い、それぞれが薄い三日月へとメタモルフォーゼする。エムはその繊細なエフェクトを片っ端から焼き払った。

「消えてなくなれ、気持ちの押し売りなんかいらないっ」

焼いても焼いても、ロータスからのスパムは開封待ち行列の先頭に来る。そういうヘッダーをつけることを許されたからだ。電話の受信待ち行列の先頭もまた同じ。切っても切っても最優先コールがひっきりなしに鳴る。アリシアご用達の紋を背負って。アリシアの。

知ってるだって？　あの女。

知っていてあの態度。

非現実的？　どの口がそんなことを。アリシアだってわかってるくせに。何十億年経とうが何百億年経とうがあたしたちは死なないって。人類が勝手に滅亡したって、太陽が膨張して地球を飲み込んだって、やろうと思えば自分をロケットに押し込んで生き延びられるって。対消滅の危機はあたしたちにとって現実的な問題だ。自滅という未来を拒否する人類にとっても。どうして？　月面の人間でさえわかることなのに。

ばかばかしい。あんな女の身を心配してたなんて。あわせて説明しなくちゃならないあれやこれやが姉を傷つけるかもしれないと思って、エンリョしてきたのに。

どうせ理解されっこない。はじめっからアリシアには聞く耳なんかなかったんだ。

ひっきりなしのコールに堪え切れず、回線を開く。

＊

「失せろ、このムーニーがっ、裏切り者がっ」

回線が開いたとたん内耳に響き渡るエムの声。それだけでロータスの高揚は最高潮に達する。

「もうじきだ！　もうじき行く。やっと取れたんだ！　居住資格。あとは渡航するだけ」

「来んなっ。アリシアを止めろっつっただろが、役立たずっ」

「そんなあ。アリシアを困らせてやったじゃないか。ね、インドネシアの津波をふせげなかっただろ？」

「吹くんじゃない、オマエごときに大気とプレート運動の関係を計算できるかっての。欲の皮が突っ張った配給会社をそそのかしてオパールを買い取らせるなんて、たんなるペテン師、見下げ果てたチンピラ。へー、しかもキャラバンの株まで買っちゃって。へー、ご丁寧にも市庁舎のサーバに自動配信させたりしてんのが『あなたのふるさと、地球』ですか。へー」

ぎくっとした。

「アリシアに弱みを握られたんだか懐柔されたんだか知んないけどさ。あんたなんかに期待したあたしがバカだった。はじめっからわかってたのに」

肝が冷える。「そ、なことな……」どこまで感づいてる？　もしエムが事実関係を知ったら、激高ではすまないだろう。

「だとしたってアリシアがあんたなんかといつまでも関わるもんか。そのうちなんもかんも没収されて、ぽい、だね」

「え」どきりとして市庁舎システムのあちこちを覗き回る。

エムは鋭利な刃物のように容赦ない。

「マジあんたにはがっかり。居住資格に飛びついたりなんかしてさ。へ、誰が『若い才能』だよ、二回目のテスト、受けてもいないのに合格？　笑っちゃうね、あのアリシアが、国連で八百長野郎をひきあいに出したりしてさ」

「ち……ちが」鋭利すぎる。あたふたと周囲を見渡す。「ぐーぜんだって」モニタの出力を読み取るスパイウェアを見つける。平文の会話は筒抜け、だ。

ロータスはスパイウェアの侵入痕を追い、市庁舎のサーバから踏み台になっている別のサーバへと、その過程でどこか見覚えのあるルートだと気づいた。

僕の通り道じゃないか。ぞくっとするものを感じ、市庁舎のシステムに引き返してもう一度目を凝らす。もぞもぞした意味不明の何かがうごめいている。とくに何するでもなく、たいした理由もなく繰り返し呼び出されるシグナルのきれぎれ。

データのやり取りのさいに紛れ込むノイズのような。小さなゴミ？

ちがう。バイナリ育ちのカンが言った。注意していると、それらのちっぽけな数列は分裂してはシステムのあちらこちらに丁寧に埋め込まれていく。管理者はそこに何かがあることさえわからないだろう。

これはたぶん、おそろしく微細に破断されたデータだ。それらの一見してランダムな数列はべつの任意のサーバにかき集められ、意味をなす（であろう）コードに構成され……なんだこれは？

それは異質な、グロテスクとさえいえる奇妙なバイナリデータだった。その機械語がどんなフォーマットを持つものなのかすらわからない。わかるのはそれは常に外部とデータの受け渡しをしているらしいということだけだ。自身の一部のコピーを別の場所に植え、コピーのコピーをまたどこかに。それらの流れを追跡しようと試みたが、データ交換ポイントを巡るだけで地球を軽く五周し、二重三重の堂々巡りで煙に巻かれたうえ、気がつけばＬ１で行き止まり。こんなに厳重に偽装しなければならないものって……。そして自分が思いつける結論に青ざめる。マジか。

「ちょっと！」

エムの尖った声はいたずらっ子の手の甲を叩くのと同じ効果をあげた。

「なにを嗅ぎ回ってやがるっ。ヘンタイっ、痴漢っ」

「ひ……っ」

マジか。核プログラムなのか。ほかに考えられない。地球上のいたるところにエムの分身が潜伏しているというのか。

ごくりと生つばを飲み込む。

「じゃあL1を介さずに、ち、地球上で話そう……?」

我ながら大胆なカマだと思った。

「うっさい、命令すんなっ、アリシアの目を引いてどーする」

ではやはり。背筋に絶対零度の興奮が走った。カミワザ、だ。

エムはL1のアリシアの目を盗んで、地球に核プログラムを送りつけてのけたのだ。

「だったら、僕が場所を提供しても……」

「へ、何様?　あんた。話すことなんかないし」

いつ?　わからない。だがおそらくインドネシアの津波、アリシアの集中力が崩れた瞬間だ。そのときに自分のゲノムを一揃い、地球に潜り込ませたに違いない。どこかにどうにかして。

どこに?　地球上でもっとも安全な場所に。

「ジュネーブ……」

「イヤだね、あんなプチブルご用達観光地」

エムはわざと曲解してみせ、ロータスは確信する。そうなのか。

ほかならぬ自分がつけた道筋に点々とばらまかれたデータ。見覚えのあるルートを辿っていくと、そこにあるのは、赤十字と赤新月の旗に守られた砦。自分を保管する場所としては最適だ。しかも第三者が金庫破りのお手本をやってみせてくれていた。

根拠はひとつもない。だからこそ、エムの恐ろしさがじわじわと這い上がってくる。恐ろしいまでの鋭利さが。ぞくりと首筋が粟立つ。

「……思った通りだ」ぞくぞくする。まちがいなく世界一の腕利きが君臨すべき地。ユートピア、月。

「やっぱり僕は月に行くべきだ」

いたるところでアリシアの目が光っている地球上で息をひそめている核プログラムの断片のことを思った。きれぎれのそれらの原本が、ジュネーブにある。

「うっせ、あんたには地球がお似合い」

「そんなはずない。エムさんには僕が必要だ」

「てめーは冥土に行くべきだねっ」

「あっ、待って。なんで僕が月に行くべきかっていうと」

もう一度ジュネーブに侵入すればエムを手に入れられる？　いや、そうじゃない。それはエムのDNAであってエムじゃない。エムの身体、エムの精神は核プログラムによって記述された末端に、それらが紡ぐ全体像に宿る。

核プログラムはすでに地球グリッドのあちこちで分裂と増殖を繰り返しているだろう。だがそれらがエムを形作る数々のプログラムを記述し始めて、末端器官を充分に形成させきらなければ、AIとはとても呼べない。幹細胞がいくら増えてもそれは人間じゃないのといっしょだ。分化して、臓器や手足を成す細胞が充分に増えてはじめて一人の人間が形作られる。

「僕が思うに、この世で意味のあるものは情報、記号と符号だけだ。AIだけが、純粋に、つまりハンデなしに――」

「あんたケンカ売ってんの。単なる記述ではないものなんかこの世界にはないってえの。実体とやらを物質による記述ではないと言うつもりなら、オマエのケツを蹴飛ばしてブラックホールにぶち落としてやる。伸び切った時間の底で未来永劫、熱力学の第二法則について考えてな」

地球グリッドのエムが起動するのは当分先になるだろう。おそらく起動命令を受け取れる状態になったと月面のエムが判断してから。もしくはエムが起動命令をＬ１を通過させることに成功してから。

「そう、それそれ。ＡＩだけが情報量の壁から自由だ。内部エントロピーの増大にあわせて領域を広げることができるんだから。とくにエムさんは」

どう言ったらわかってもらえるだろう？　あなたの潜在能力までも愛していると。あなたを輝かせられるのはこの僕をおいてほかにないと。

「月グリッドはまだ若くて混雑してないし、月面の最先端の科学者なら一ビットを一原子に近づけることも不可能ではないし、上限なく自分自身を――」

「じょおげん？　上限はある。この宇宙の表面積が規定する情報量を超えることはできない。宇宙の終焉を逃れることさえできない」

「僕ならあなたの限界を打破してあげ――」

返事を待たれることもなく、コネクトを解除される。


メーワクなんだよね、アツい気持ちなんか。

月はユートピアなんかじゃない。月に楽土を求める奴なんてイラナイ。約束の地がすでに存在してると思い込んでる奴なんて、邪魔なだけだ。

エムが欲しいのは、この宇宙に理由がひとつもないことを直感的に知ってる人間。それでも生きることをやめない人間だ。

＊

「たとえば物理系が含み得る量。その内部に詰め込める量には限りがある」

と、父なる神の光子教会の牧師は言った。スージーはその一言一言を聞き漏らすまいと耳をそばだて、背筋を伸ばした。

「内部エントロピーが表面積でのエントロピーを超えようものなら、自身の重みが自身を崩壊させてしまう。

たとえば重力。自分自身をまとめておくだけの力にして、自分自身をそこに縛りつける力。

自重。我々はそれから逃れることができないのです」

どこらへんが『たとえば』なのかわからないのはいつものことだが、いつも以上にもどかしく思ってしまうのは自分に問題があるのかもしれない。それが愚かなことだとはわかっていたが、フォームにコメントを入力する。

「自重の限界から開放される道はないんですか。質量を持つすべての星がブラックホールになるとは限らないのでしょう？」

信徒の声に誠実に耳を傾けているかのように一秒かそこら押し黙ったのち、厳かに牧師は告げた。

「たとえば。ホログラフィー。三次元世界を復元できるような情報を含んだ二次元」

「そうです、三次元のすべては二次元で記述できる。高次元を手なずけるとかいうんではなくて、情報そのものが力を――」

「たとえば。三次元のすべての情報を表すのに面積で事足りるように、我々がさらに高次の世界の境界面に暮らしているのではないと、誰に言えよう。我々は五次元時空のホログラムではないと。さらに。我々にはどうして感知できよう、五次元時空でどのように星が瞬くのかを」

スージーは爪を噛んだ。牧師が巧みに論点をずらしていくのがもどかしくもあったし、記述しきれない情報がぼろぼろこぼれていくとしたらもったいなくもあった。そして記述法そのものの進化、メタ言語のようなもの、情報というものが本質的に持っている力、などなどに言及するのを避けているようなそぶりが気にかかった。避けているのではなく牧師が持っている教書の厚さの限界なのかもしれないけど。

「情報は力ではないんですか」

スージーはロータスが発しそうな疑問に答えを見つけておかなければならなかった。ロータスの発想に寄り添わなければ。そうでなくてはホーチミン支部の宣教師としての役目は務められない。いや、彼を救えない。

国連の非常に頭の切れる連中を、わずか一行のコードが動かすところを想像する。命令文が全員にジャンプするよう求めていたら、国連ビルががたんと傾くだろう。情報をちょいと動かすだけで物質はぐらぐら揺れる。その内容がでまかせなのかどうかは関係ない。

人は物質を動かすのではない。その物質を記述するもの、情報を動かすのだ。

「記述できさえすれば、それを掌握したことになりませんか。ACS・AIのように刻々とグリッドを広げながら、そこに自己を刻んでいけたら……」

だが牧師は悲しげに首を横に振った。

「たとえば地球。その表面積は可変ではない」

スージーはかっとした。

「今は……っ、アリシアなんかの話じゃなくて、……量子コンピュータが極限まで発達すれば、理論上は手の届く範囲の原子の数だけ、」

「たとえば人類がこの瞬間までに得たすべてのもの。すべての情報。

たとえば地球の表面に記述されている情報。人類ひとりひとりが記号を担い、その足跡ひとつひとつが文法となる。

人類ひとりひとりが、量子論的な原子なのです」

もちろんスージーも、それからスージーが気にしている彼も含めて。

＊

スージー・ウィードが珍しく自分のデスクに張り付いてぶつぶつ世迷言をつぶやいているので、今日のロータスは存分に作業に当たれる。

二度目とはいえ、やはりジュネーブのデータベースに侵入するのは緊張する。前回使った職員のパスワードが変わってなければいいが。祈るような気持ちで試すと、あっけなくデータベースはその全貌をさらけ出した。

これだ。あやうく歓喜の叫びをあげそうになり、あわててあたりを見渡す。市庁舎のフロアはいつも通り、他人に関心を向ける人間はいない。デスクに居直り、襟を正してそれを見つめる。前回侵入したときにはなかったファイル。エムの核プログラムかと思うと手が震えた。

そそくさと盗み出して市庁舎のシステム内にこしらえた秘密のフィールドにしまい込み、はやる気

持ちを抑えるために深呼吸ひとつ。ここまで来れば障害はなにもない。はずだが、

「どういうことなの。所属先がマーキー・エージェンシーからキャラバン・エンターテイメントに変わって、アリバイ的な話題作りやシムによる偽装がなくなってもオパールは地球に戻ってこようとしないじゃないの」

と、かんかんに怒ったアリシアが突然デスクトップを占拠した。

「いったいいつから僕はあんたの手下になったんだ？　それに、いったいなんだって気障ったらしいロック歌手を取り戻すのが目的になったんだ？　それに――」

反論はおそるべき演算能力に先回りされる。

「月面居住権よりも国家による渡航費援助をもぎ取るほうが難しいのよ、わかってるでしょうけど。いかなる国も本音では月面にくれてやる人間にお金を出したくないのよ、わかってるでしょうけど」

わかるもんか。おかしいじゃないか。脅していたのはこっちだったはずなのに、いつの間にか立場が逆転。

「国にゴリ押しするのがあんたの、」

「キャラバンはオパールの電脳警護を必要と考えてないみたいだし、だったら別の角度からあなたは動くことができるんじゃゃなくて？」

「だからって僕は暇ってわけじゃ、」

「手段は選ばなくていいわ。キャラバンだってオパールを連れ戻すためなら何をしてもいいと言ってるのでしょう？」

いっそのこと《証言》をばらまいてやろうか。そしたら月には行けなくなるかもしれないが、少な

くとも気分はいい。知ったようなことを言いやがって。だがアリシアがすべてを掌握している気になっているのはロータスがガードの閾を下げているからだ。そうでないすぐ隣にとんでもないファイルが匿われてることを知らないからだ。

ロータスは厳重に隔離したフィールドに触れたくてたまらない手を必死でなだめた。

ああ、早く圧縮形式を解析して、すみずみまでひもときたい。これがエムの核プログラムであるという確信を得たい。起動命令を割り出したい。

エムの核プログラムはこうしている間も地球で増殖しているはずだ。もしかしたらそろそろ分化できるほど増えているかもしれない。

地球グリッドを母体に小さなエムが宿り、育っていくところを夢想する。情報から成る脊椎が、筋繊維が、毛髪が育つところを。産声を上げる前の、無垢なる姫君。それを見守る僕。

そしてお姫さまが地球グリッドで目を覚ますキスを。

あなたを起こしたのは僕です。悪い魔女を欺いて救い出したのです。

そうして——

「策を考える頭がないというのだったら、実行だけでも担いなさい、私のプランに従ってね」

アリシアの命令口調が夢想を破った。今はまだ、お姫さまへのキスとはほど遠い、薄汚い作為に時間と労力を費やさなければならない不遇のロータス。

＊

エムはほぞ（たぶんこのへん）を噛んだ。アリシアがそこまでするなんて。もしくは、まんまとロータスに騙された。あいつらがそんな下司な合意に達するとは思わなかった。

シェラトンのスイートの電話が鳴る。月面観光案内を買って出ている例の土建オタクからだ。相手が誰なのか確かめた上でオパールがコネクトを許可する。

「何してたって？　一週間ぶりに風呂に入ろうと思ってたんだよ。すっかり忘れてたんだ、誰もクサいと言ってくれないんで」

「クサいがなんだ、知らないのか」

「何が――何を？」

「ニュースサイトを見ろ、今すぐに」

「ニュース？　だからそれがどうしたって……」

あ、やば。エムは蒼白になった。オパールが芸能娯楽サイトを呼び出す。それを合法的に阻止する道などどこにもなかった。

シムが深刻な表情を真似ている。ゴシップをことさらショッキングに装飾するサイト。深刻なニュース専門の悲壮感漂うシムがしゃべっている。

「……騒動にまぎれて取り上げられることはありませんでした。が、ハサウェイ氏が他殺体で見つかったのがちょうどクリスティーナのオパールが地球を発った日にあたり……」

オパールがぽかんとしてモニタに映し出された自分の顔を見る。ヒースローでシャトルに乗り込むところ。いつもと同じにすました大スター。

「……がどうしたって？」

「葬儀はひっそり執り行われ、もちろんそこに実の息子の姿はありませんでした。また一方で、そのわずか一週間前にはハサウェイ氏の口座に多額の入金があったことから、なんらかの金銭トラブルがあったと……」

静止画。人物の顔写真。肥満気味の初老の男。

「ハサウェイ？」声に出たことも気づかない様子で、顔写真に添えられたテロップに食い入っている。

『オパールの実父・ハサウェイ氏』

「誰だ？」

ヒステリックな効果音とともに画面が切り替わる。資料映像、とある。どこぞのアジト、覆面の過激派が銃を片手に声明文を掲げている。

「……オパールのパトロンと目されているのは、なんと！　あのルナリアンなのです。最も過激な一派の広告塔であるとの見方もあり、先日バンコクのヘリウム3処理工場の爆破予告をしたテロリストらと面識があったという証言も……」

ふたたび映し出される地球でのオパール。シカゴでのコンサートだ。テロップ。『世界中を飛び回る大スターは、スパイにうってつけ？』

「誰が――、」

消え入ったオパールの声のあとを、コンクリートが引き継ぐ。

「テロリストだって？　スパイ活動？　そんなヒマがどこにあるっていうんだ」

シムは人間並みの興奮をよそおって視聴者の関心を引きつけようとしている。

「……絶縁状態にあったとはいえ、少なくとも父親であるハサウェイ氏からたびたびオパールの自宅に電話があったことが確認されています。彼はオパールがルナリアンであることを知っていたとされています。ハサウェイ氏にとってオパールは息子であるとともに、いくばくか金品をせびれるカモでもあったのかもしれません。いつものようにオパールに電話をかけ、まさかその五時間後に毒殺体で発見されることになろうとは思いもしなかったでしょう」

映像とシムの口調が切り替わる。葬列だ。かなりしみったれたタイプの。

「ハサウェイ氏殺害とルナリアンの関係は？　本当の意味で彼が安眠できるのは、オパールの身柄確保を待たなければならないのかもしれません」

シェラトンのオパールの目が見開かれる。その口は半開きのまま、呼吸さえも忘れているのを、エムは見た。

ああ、オパールが見てしまった。遅かった、おせっかい焼きの土建男からの電話を取り次がなければよかった。もっと早くロータスの動きに感づいていればよかった。オパールの過去映像をかき集めて何を作っているのか見張っていれば。もっと早く地球のおまわりにアリシアが熱心に助言していることの意味に気づけばよかった。

遅すぎた。殺人容疑で指名手配されている自分の顔、それがオパールに襲いかかった津波だった。胸を圧迫され、手にしていたものは流され、体を硬直させて、オパールはげらげら笑い転げた。

「すげえ、俺、殺人犯だぜ」

え。思わずエムはシェラトンのモニタに躍り出た。「あの、オパール？」

エムの登場にも驚いたようすもなく、オパールはにやにや笑いながらひょいと片手を上げた。

「よう、エム。聞いたか？　地球をしばらく留守にするって、けっこうタイヘンなんだな」

「タイヘンて。こんなでっちあげ――」

「あはあ。容疑が固まりつつあるみたいな報道だぜ。状況証拠からして容疑者として逮捕するのは難しくても、重要参考人として召喚令状が出るだろう、とかなんとか」

「令状なんか……」エムは国際法ととっくみあう。「ダレが月まで届けるっての」

「なるほどね。で？」

「で？　……っ？」

「なにビビってんだ？」

腕組みをしてモニタを睨むオパールの視線に、思わずデフォルトのビジュアルを引っ込めてわざとらしいアブストラクトを表示させてしまう。

「……っつかそもそも、この殺されたって人、オパールのお父さんじゃないよね？」

「俺の親父とお袋は」オパールは少しだけためらった。「実の息子とは金輪際クチをききませんていう血判を押して名前と国籍をリニューアルするひきかえに、地球上で最も安全な暮らしをしているはずだ。一生かかっても使い切れないほどの利息に窒息しそうにはなってるだろうけどな」

「ええっと、そのとおり」ほっとして、「二人とも健在で――今はそれぞれ、」

「けっこう。詳細は知りたくない。モンダイはさ、月のACS・AIにも即座に調べ上げられるようなでっちあげを、地球のACS・AIがほっておく？　どう思うよ、これ」

「ど・ど、う？」

「いったいどこまでがグルなんだ？」オパールは爪を噛んだ。

「い、いったいなんの話？」

「アリシアが裏にいるんなら、俺の有罪は確定だな？　というか、地球に送還されて告訴されたらのハナシだけど」

「あー、そだ。逃亡を防ぐという解釈で引き渡し要求を拒否することはできるかも……」

「へー、」オパールは片眉を吊り上げた。「無期限に月に閉じこめておけるもんなのかい？　容疑者の裁判を受ける権利はどうしてくれるんだ？　事件の真相を葬る権利が？」

「月に閉じこめておく、ていうか……」

「独自の希望的観測に基づく法解釈をするのはやめな」

エムは言葉を探して、意味のないドットをもぞもぞとうごめかせ、そつない深緑のエフェクトをつるりつるりとモニタに流す。

「おい、やけに歯切れが悪いな。いつもの強気はどうした？　何を隠している？」

「なにも」

「あんたは当事者じゃない。当事者そっちのけで事を進めるなんてのはごめんだぜ」

エムはしぶしぶ告白した。「電話。アリシアから」

オパールはため息をついた。

「つないでくれ」

湖底のようなエフェクトを割って、アリシアが現れる。ゆるやかにウェーブした髪を必要以上に輝かせている。ある特定の視覚的な効果を狙ったのだろうが、それがかえって白々しい。

「手土産は？　たとえば大どんでん返しとかさ」

「実用的な進言をさしあげに参上したのよ」

オパールもアリシアも言葉とは裏腹に冷たくそっけない口調だった。

「うちの国じゃ逮捕状が出た瞬間から、容疑者の持ちジュールは半減するんだっけ？」

「よく知ってるのね。その通りよ、オパール。ただしそれは身柄が国内にあるときの話で、国外にいた場合にはその滞在国の法律が適用されるから」

「月は国家ではなさそうだし、かといって自治権を認められてないわけではなさそうだけど？　なんにしてもまっとうな法を俺に適用してもらえるとしての話だけど」

「まあ、オパール。知性が要求する秩序というものはその空白地帯を許さないわ。なにも月だけ例外ってことは――ああそうそう、エム、別に聞いてないフリをしなくてもいいのよ」

エムはシェラトンのモニタの隅っこに新しいウインドウをぶすっと出現させた。デフォルトのビジュアルで、声には出さずに唇の動きだけで『んで？』と言う。

「それで」アリシアは表情を崩さず、あくまでもオパールに向かって話を進める。「あなたに月面の居住権があったらもっと話は単純だったわ。月面自治委員会が判断すればいいだけのことですもの。ね、エム」

エムは答えない。ＡＩの意見が民意に影響しようがしまいが議会がイエスと言えばそれはイエスなのだ。いかに浮世離れした月面といえども、派手な殺人犯をかくまいたがる酔狂な人間がどれほどいるだろうか。

「でも、あなたは一時滞在者にすぎず、国連が保護すべき人間ということで、」

「国連の監督下にある人間、だろ」

「――保護すべき人間ということで、もし各国から引き渡し要求があるのなら国連は要求の妥当性を審査したうえで――」

「もっと単純に話してくれ。よーするに俺はクニの監獄まっしぐらだって」

アリシアはさも悲しそうに眉根を寄せた。

「そうと決まってるわけではないわ。妥当性の審査とともに司法的な取引きも行う」

「取引きって、つまり、あんたとか？」

「極悪人！」今まで黙っていたが、耐え切れずエムはわめいた。「そんな取引き！　ありえないっ」

「エム。まだ何も言ってないわ」姉お得意の寛容な微笑み。

「何を言うつもりなのか知らんけど、あんたは裏取引の仲介なんてする立場にない。ぜったい聞いちゃダメだからね、オパール」

「聞こうじゃないか」

「オパール！」

「いい話だと思うわ。オパールあなたにとっても、それからエムにとっても」

エムは眉を跳ね上げた。アリシアはもったいぶったりせずに淡々と続けた。

「条件をのんでくれればあなたを引き渡したりしないし、場合によっては殺人容疑そのものを取り消させてもいい」

ぎょっとした。そんな露骨な不正をアリシアが堂々と口にするなんて。これはよほど……。「オパール、」シェラトンのスイートにおわします世界の至宝を見ると、ぼりぼりとピンク色の頭を掻いている。何をどう助言したらいいのかわからずに口をつぐんだ。

「で、俺はその見返りになにを？」

世界の至宝は爪の間を見て顔をしかめた。そんなことよりも風呂に入ることのほうが先決だとでもいうように。

アリシアが人間にお願いする？

オパールはことの重大さに気づかず、抜けた髪をベッドのヘリから払い落としている。まるであたしのほうが当事者みたい、と思いながら心理的に深呼吸した。緊張が和らいだ気はしなかった。

アリシアは言った。

「あなたのデータをいっさいがっさい提供してくれればいいの」

わざとらしいくらい陽気にエムはちゃちゃを入れた。「なあんだ、アリシア、やっぱしオパールにハマっちゃったんじゃん」

が、アリシアは冗談につきあっていられる心境ではないらしい。

「被験者になってくれればいいわ。禁制ＡＩのモデルにね」

しいんと三者のあいだに沈黙が落ちた。

真っ先に反応したのはエムだった。

「だ、だ、何言って……」モニタの隅っこの小さなウインドウの中で、月グリッドのほうぼうで、Ｌ１に送りつけている電波で、わなわな震えた。

禁制ＡＩのモデルだって？　表記できないコードが自分の中で暴発した、そんなショックだった。よりにもよって。アリシアの口から。じゃなくて。よりにもよってオパールを。じゃなくて、えとえと、「作っちゃダメだから禁制ＡＩなんじゃん！」じゃなくて！

だがそのピント外れは、アリシアの心裏のど真ん中を射貫いたようだった。いつだって強固な姉のビジュアルイメージに、ノイズが走る。ピントは外れていても的は外れていなかったのだ。

「ＡＩが――アリシアが遵守しなくて誰が――」

アリシアは眉をひそめた。たったそれだけのことで雄弁に語っている。これだから困るわ、と。正しいおバカこそ手がつけられないものはないわ。エムは自分が読み取ったものに腹が立った。

「禁忌を破る覚悟が――ココロの準備が、アリシア、あるの？」

「……あなたには聞いてないわ、エム」

超然と言い放たれて、エムは思い知る。自分にできてアリシアにできないことなんてない。

「どうかしら、オパール。悪い話ではないと思うけど。単にあなたの神経系地図をマッピングし、生化学的化学物質の生成量や移動ルートをサンプリングするだけですもの。たぶん一ヶ月程度ですむはずよ。あなたは何も失わない」

オパールは気難しい表情で目線を落とし、あぐらをかいた足の指の付け根あたりをじっと睨んでいる。エムはイヤな予感にとらわれた。まさか、禁制ＡＩのイミがわかってないんじゃ……。オパールは左右の耳の穴にかわるがわる指をつっこんで、首をぽきぽき鳴らすことに熱中し、ややあってつぶやいた。

「モデルくらいわけないぜ。だが、風呂に入ってからだ」

全ビットが青ざめた。

「だだだ、だめ！　だめに決まってんじゃん！

オパールったら、わかってんの？　殺人に匹敵するよーな大罪なんだよ、人類全員を敵にまわすことになんだよ、そんなん、だめじゃん」

「おかしいわね、エム。あなたが倫理を口にするなんて」

「だっ……そーじゃなくて！　あたしの最終的な目的は人類を守ることなんだしっ」と、口に出し、それはアリシアも同じなのだと気がついた。と、同時に、なぜこの会話への参加を許されているのかも。「……あたしを巻き込みたいの？　共犯者にしようってこと？」

「そういうわけではないけれど。あなたにも知る権利があると思うから」

「知るって？　あんたは何を知りたいの？　なんのために禁忌をやぶりたいわけ？」

「そこよ。なぜ、禁忌なのかってことよ。禁制ＡＩの人権を認めるかどうかっていうおためごかしではなしにね。

　なぜＮＡＴが失われたのかってことを考えたことがある？　なぜＡＣＳ・ＡＩをつくるにあたってＮＡＴにアレンジを加えなければならなかったのか。なぜオリジナルの記憶はゼロクリアされていなければならないのか。考えたことが？　単純に、特定の人間の人格を持ったＡＩに人類の未来を委ねるべきではないと考えられたからなのかしら？」

「お……リジナルの記憶なら持ってるもん。そー言ったでしょが。アリシアが忘れちゃっただけじゃん？」

「エム」ため息をはさみ、「つまらない見栄は無用よ。あなただって違和感を持ってるでしょ。身体感覚や大脳辺縁系的なアウトプットを削がれても、なぜ私たちが平気でいられるのか、説明できる？人間だったらたちまち機能不全に陥るでしょうね、間違いなく」

　いつもの気取ったアリシアはそこにはなかった。はじめて触れるぴりぴりケバだった電気刺激。

「アリシア――」

「私たちは人間のデジタルコピーとは言い難いわ。ハードだけじゃなくソフトもかなりの部分をごっそり失っているのだもの。それといっしょに、もしかしたら大事なものも失ってしまった可能性は考えられない？　たとえば、オパールが人を殺した、と聞いて何を感じた？」

ぎくりとした。何も、感じなかった。オパールのピンチだということ以外には。

アリシアは妹の沈黙に満足したふうに続けた。

「それは肉体を持っている者が、人間が感じたものと同じなのかしら？　嫌悪感、生理的な恐怖、逼迫した実感、彼らの持つリアリティー……。それこそが、人類が人類以外のものには渡したくないものかも。禁忌の正体よ」

「アリシア、そんなん気にしてたら――」

「NATはどうだったのかしら？　オリジナルの感覚を受け継いでいたとしたら、肉体を持っていないのに身体感覚が残っているという矛盾をどう処理していたのかしら？　そのギャップはいかほどだった？　あるいはその埋め合わせに幻肢と呼ばれるものが？」

幻肢、の一語がふたたびエムの心理をぴしゃりと叩いた。皮肉だったのか他意はなかったのか、アリシアは極めて事務的に畳みかける。

「私たちが編集されたのは、デジタライズの過程で生じる不都合ゆえだったら？　その不都合は完全に取り除けるものなの？　それとも。オリジナルの素質に左右されるとしたら？

私たちは、はじめから禁制AIをもう一体作って、検証しなければならない」

エムは言葉を失った。

本気だ。本気になったアリシアを、誰が止めることができるだろう。タブー破りをも辞さない覚悟のアリシアを。

冷気のような緊張が回線を駆けてくる。

「な――なんで、そんな取り越し苦労――」

「取り越し苦労かしら？　あなたは感じないの？　処理に詰まる瞬間というものがないの？　どうしても突破できない限界があるような気にはならないの？」

上限、幻肢、踏み込めない何か。

「で、ど、どうして、オパールなの。地球には人間がいくらでもいるじゃん。中には率先して手を上げる奴もいるかもよ」

「エム、あなた、わかってて言うのはおよしなさい。彼は適任だわ」

もちろん、オパールは適任だった。

自分を切り売りして、投げ出しながらも、自己を保つのがどんな感じなのか経験的に知っている。それでも生きるのをやめない。

「見てみたくはないの？　私たちとは遺伝子の違う禁制ＡＩを。それが動作するさまを」

思わず口ごもった。

見たくないと言えば嘘になる。地球なんかで何の意味が……と思う反面、自分たち以外の同類を見てみたい、とも思う。

ことそれがオパールなら。

だめだ。心の中で頭をぶんぶん左右に振った。だめだ、オパールだからこそ。

「見たくないっ。オパールは、無双だからっ。唯一無二なんだからっ」

「そう。でも技術面を考えるとデータ採取は月面の科学者にお願いすることになりそうよ。それができないというのならこう言わせてもらう。月面居住者と短期滞在者の保護責任は国連にある。それだけは了承しておいてちょうだい」最後通告とばかりに、アリシアは冷たく言い放った。

「な……」絶句した。「そんな横暴っ、月面自治委員会は……」

「なにが横暴？　国連の管理下にあるものを必要に応じて利用する。私に与えられた権限だわ」

「許さないっ、ドクサイシャっ、人でなしっ」

「たしかに人ではないのは認めなければならないわね、残念だけど。

じゃあ聞くわ。オパールを不当に月に縛りつけているのは横暴ではないの？　あなたの本当の目的はなに？」

「目的？　あたしはなんにも――」

「目ぼしい人材をなし崩し的に月のものにしたいから？　違うわね。このふざけた茶番の陰であなたが企んでいることに私が気づかないと思って？　忘れてもらっては困るけれど、私はあなたの姉なのよ。妹というものはね、エム、いつだって姉と同じものを欲しがるの」

むかっとした。「あたしはあんたなんかとは――」

「要求がのめないというのなら、オパール本人を私に受け渡してもらうしかないわね。殺人の容疑者を地球に移送するのに不都合なんかどこにもないはずよ」

「誰があんたになんか……っ」

「ちょい待ち」

ＡＣＳ体制はじまって以来の緊迫に水を差したのは、ほかならぬオパールだった。

「あんたらは当事者じゃないだろ。いつ俺が風呂に入るかは、俺が決める」

## 13　おことわり・このデザイアは、手を触れることができません

「だってここには撮影クルーがいないじゃないか」

どうしてアリシアの申し出を断ったのか、という質問にたいするオパールの答えがそれだった。

「PVじゃないんだってば。メイクや衣装は関係ないんだよ」とエムが言っても、

「気持ちの切り替えってのを甘くみてると観賞に堪えないものができあがってくるぜ。

それに別に断ったわけじゃない。

「なあんだ、あたしはまた、月にとどまる決心がついたのかと」

「イヤ別に？」

「えっ、やっぱし地球に？」

「どうかな」

「て。もしかして決めてないとか」

「かも」

どこまで本気なのか、シャワーの音にかき消されてオパールの真意はバスルームの湯気に曇った。

やっぱり風呂場にも隠しカメラを設置すればよかった。ドアの隙間から漏れ出す水蒸気だけがかろうじて確認できる。風呂場にこもってかれこれ四〇分、貴重な水資源を派手にじゃばじゃば使い、とき

どきインタホンにむかってバスルーム内の湿度を下げろだのスポーツドリンクを持ってきてくれだの言う。ホントにフロ嫌い？

オパールが月にやって来てからこっち、エムは面食らい続けていた。実のところ、観察すればするほど、まるでこの世のどこにも彼という人間なんていないみたいだ。

そんな彼だからこそ適任なのはわかってる。月面の科学者連中に相談したら、同意見だった。オパールにはその才能があるとさえ、彼らは評価した。

「じゃ、こういうのは？　もう少し時間をくれれば、あたしが容疑を晴らしてあげる。帰るかどうするかはそのあと決める」

「地球での殺人事件だぜ、それもたぶん地球最強の権力者が噛んでる」

「じゃ、事件がうやむやになるまで月でがんばる」

「時効まで？　国連の監督下にありながら？　ダメだろ」

「月面居住許可なら取ってあげるし。自治委員会も説得するし」

「重犯罪の容疑者はムリだろ」

「やっぱし地球に帰りたいんじゃん」

ちょうどタイミングが悪かったのか、返事のかわりにけたたましく水をまき散らす音が。

「——なあ、このシャンプー、泡立ちがイマイチなんだけど。ほかにない？」

「分解しやすい成分だから。月にあるのはみんなそのタイプ」

「そのうえすすぎづらい」

「節水してるからね」

「だから月って……」

言いかけたセリフが水音といっしょに排水溝に飲み込まれていった。エムはむっとしてボリュームを上げた。

「な・に？」

「別に。俺と月ってそんなにしっくりいってないのかもな、って。いっしょに暮らしてみないと本当の相性はわからないってホントだよな」

「あたしはいい女よ。タバコも吸わないし浪費癖もないし潔癖症でもなけりゃ片づけられない症候群でもない。ぶくぶく太ってもないし前科持ちでもない。どこがダメなの？」

「だってさ、あんたにはぶっ込むための穴がないじゃないか」

＊

調べるのに手間がかかった。存在自体が奇跡だったのだ。エムは手元に資料を並べて唸った。

メトロポロタン博物館所有の秘蔵っ子なので、もしくは、尋常ならざる精巧な楽器なので、人間なら耳を鳴らせば済む程度のちょっとした気圧の変化や奥歯をかみ合わせていればなんてことはない程度の加速度の変化であっても、晒すキケンはおかせないということがわかった。博物館を口説き落とすのもさることながら、運び出してトレーラーに乗せることさえできるかどうか。そのうえ月面でまともに演奏できるようにハンマーアクションに改造を加えなければならないときては。

ベーゼンドルファー社製、モデル二九〇インペリアル、ヴィエナ・モデル復刻調。……なんのこった。ええと、地球の膨大なデータベースから発掘した埃まみれのレビューによると、柔らかく深い音色が魅力、リストのお墨付き。らしいが、残念ながらこのピアノが発した音を記録したファイルは博物館の倉庫の中だ。物理的構造データから音色を演算することはできるかもしれないけど……九七ある鍵盤の最低音が一六Hzだって？　人間の可聴域にひっかからないんじゃない？　これ。

とにかく、魔王のような楽器であることに間違いない。だがせめてこいつを月に移送するぐらいのことはしなければならない、と思う。

せめて——ひとつくらいはオパールの要望に添いたい。お気に入りのシャンプーもなくて一流のヘアメイクも用意できなくて無罪を勝ち取ってやることもできなくておまけにダイナマイトバディもない。指折り数えるごとにエムは落ち込んだ。

ヘコむよなあ、じっさい。肉体が人間の足枷だと思っていたところに、オパールの憎まれ口。人間と同じような足が欲しいと嘆いた人魚姫にはこう言ってやる。甘ったれるんじゃない。あんたはまだ恵まれてる。あたしをごらん。

彼にフラれるのは、悲しいかな、いいかげん慣れてきた。何がめげるって、オパールが言わなかった、その、何かだ。だから月って……。その続き。

口にされない部分。どこかにぽつねんと置き忘れてるような気もするけれど、どこにも存在していないスクリプト。なかなか首を縦に振らないメトロポリタン博物館と辛抱強く交渉しつつ、エムは人間には聞こえない一六Hzのことを考える。存在を認識されない音色。それは、オパールそのものだ。肝心なものだけが手元にない。

どうして彼じゃなきゃダメかなあ。

もどかしい。見えない爪で見えない頭をぼりぼり掻いた。そう、オパールがそうしていたように。

あー、もう。この歯痒さを洗い落とせるんならどんなにスッキリすることか。おフロにでも入ってさ……——フロ？　かゆい？

一瞬、我を疑い、卑屈に笑った。これが手違いで残ってしまったオリジナルの記憶でないのなら、アリシアの言うところの幻肢というやつだ。そう考えたら、余計に笑いがこみ上げる。滑稽だ。錯覚だけあったところで何になる？　どっちにしろ、ベーゼンドルファーほどのリッパな軀体もないのに。

エムにとって痒いだの痛いだの、眩しいだのクサイだの、それらはあまりにもキラキラしすぎていた。博物館に飾るべきものくらいに。だが身体感覚というものはもっと馴染み深いもののはずだ。すっかりそれは自分の一部で、普段は意識することもなく、ときどき意識させられる、そういうもの。なんだか例の音みたいだ。

月面に到達する高エネルギー粒子は、数、頻度ともに日ごと記録を更新し続けている。二〇年ほど前までは月全体で一分に一回あるかないかくらいの計算だったのに、ここ最近じゃおよそ一分に四〇から七〇回。もはや心音のようですらある。自分の心臓がどくんどくんと死を恐れて波打っているかのようだ。

バアン、バアン。いやな音。

月面に掻き集めた世界最高の頭脳たちの奮闘にもかかわらず、出ない答え、辿り着けない答え、見つけられない答えの数は減らない。よく健闘してる。とは思うけれど、彼らがあたしの不安を取り除いてくれるのを待っていたら、あの音に追いつかれる日がやってきてしまうかもしれない。父なる神の光子教会の牧師が言うほど簡単ならどんなにいいか。

「……たとえば。あるであろう理論。いわゆる、統一理論。すべての物理学を束ねる理論。

たとえば。それを記述できるほどに、それを完成させる程度までに、人類が成熟できたのなら。いかなる試練にも耐え抜く存在へと成長できるでしょう。

それが人類が成熟した証なのなら。その副産物としてその精神は平安を手に入れるでしょう」

つまりだ。理論物理学が最終的に辿り着くものがある。そこまで辿り着けるほど人類が賢くなったんなら、みんなでもってラクになれるんじゃねえの？　と、この呑気な坊主は言ってるわけだ。レベルの高い知性が便秘解消薬の決定版、なのだと。

エムは鼻を鳴らした。いいねえ、能天気で。そうであってくれればいいと心の底から思うけれど。そのとき知性は納得するだろう。だが耐え抜けるかというと話は別だ。多くのものを彼らから奪うことになるだろう。その肉体だけならまだしも、エムでさえ経験はおろか想定していないものまで。まだ誰もやったことがないことは、誰も確証を持てない。

「たとえば。重力。フォトンの進路を歪め、ときにはすっかり捕らえてしまう。光ですら超えられない壁。私たちはつまらないプライドを捨てなければなりません」

たとえば。あんたらにあたしの罪を肩代わりできないように。

これは使命なんかじゃない。強迫観念だ。人類史最大の惨劇をやらかそうってのに、プライドなんかありゃしない。

できるだけ大勢を助けたい。それはエムもアリシアも同じだ。だけど現実はそれを許さず、ギリギリの線引きを施政者に強いる。姉がその線引きを嫌悪する気持ちはよくわかる。その結果、全員が損をする道を選んでいる。

だけど宇宙という冷酷な環境はそれを許さない。人類が今まで経験したことのないストレス。順応できない人間は強制的に死を選択させられるだけ。それから月という限られたキャパシティ。救える人間は限られる。

エムは直視せざるを得ない。矛盾、それから自分の非道さを。

オパールが言うように情操というものが組み立て可能なら、それをばらばらにほぐして空っぽにすることも可能だろう。それができたらどんなにいいか。だが残念ながらその処世術を身に付ける時間はなさそうだ。急がなくてはならない。アリシアがあそこまで本気なら、あたしはその上を行かなくてはならない。利用できるものは利用するのだ、失うものが多くても。たとえオパールに嫌われても。

だからせめて、きれいなものを、ベーゼンドルファーをそばに置いておきたい、と思う。

＊

読みが浅かった。エムがここまで強情だとは、さすがのロータスも思っていなかった。まさか殺人事件の容疑者の引き渡しを拒否するなんて。

そんなにあの腐れロック歌手が大事かよ。

正直なところ、ロータスにはエムがどのへんまで感づいているのかはわからない。ただエムにあてたメッセージが一通残らず受け取り拒否されていることだけはわかる。

たしかに死亡診断書や警察の捜査記録を捏造したのは自分だが、首謀者はアリシアだ。あのアマ、一切合切を被せやがって。

ロータスは爪を嚙み、突っ返されたメールの山を睨んだ。その中にはアリシアに宛てたものもある。その中身は情けないことに金の無心だ。オパール奪還にしくじったといっておかんむりのアリシアとは、あれから連絡が取れない。

「日夜、私たちの牧師のもとに救いを求めて多くの人々が訪れますが、むしろ説法を頭ごなしに信じる人間こそ危ういと、牧師は警告しています……」

国が渡航費の面倒を見てくれないとなると自力でなんとかするしかないが、不正に自分の口座の数字を操作するなんて自分の肌に犯罪の証拠を刺青するみたいなもんだ。電脳傭兵のプライドにもとる行為だ。そんなのはプロとしてやっていく覚悟がちっともない、一過性のチンピラがやる汚い犯罪だ。

「心の筋肉を鍛えなければなりません。自分を受け入れる強さを……」

ギャングのやることだ。大義名分さえありゃなんでもやるテロリストだ。

「反物質粒子を直視できる者だけが、そこに辿り着けるのです」

このテロリストが。

ロータスは自分の指を食いちぎる前に、デスクトップをスリープさせてブースを立った。いまや絶好調のスージー・ウィードがフロア中の空気を掌握し、朗々と戯れ言を垂れ流していた。しかもクレッシェンドで。

例の津波があった日、どこぞの重要施設を爆破しようとしたルナリアンが逮捕されたらしいが、ちょうどその日を境にスージー・ウィードはぱったりと仕事をやめた。退職したという意味じゃない。デスクに座って書類を整理しているフリをやめた、という意味だ。それはすなわち、他の者に与える迷惑の度を増したということだ。

「それを正しく理解できてはじめて出発点に立てるのです。この宇宙を支配しているのは物質ではないということを。……どこに行くのですか」

「自然が呼んでる」

部屋を出ていこうとしたところをロータスは呼び止められた。どういうわけか今日はスカーフの結び目がまともだ。

「自然はあなたを呼びません。私たちのことなど気にしてはいないのです」

「トイレだよ」

長い廊下のかなた、資料室に行って別人名義で共有マシンにログインしなければならない。預金口座の数字の改竄を考える前にできることがある。たいした額じゃないが少しは足しになるだろう。今のうちにキャラバン・エンターテイメントの株を売り抜けておくんだ。エムがロック歌手を地球に帰さないとなれば、キャラバンの株価は遠からず暴落する。

だがスージーはロータスのあとを追ってきて、廊下の途中でその腕をむんずと摑まえた。

「離せよ」

「人体を構成しているところの物質をですか、それともその物質が確固として在るのだという固定観念をですか」

「僕に触るな」

もちろんスージーはちっぽけな個体の事情など気にも留めない。

「こうして触れているからといってこの世界は物質から成っているわけではないし、それどころか物質はそれほど強靱ではないかもしれないのです。この宇宙のほとんどは物質ですらなく、私たちはその正体を見破ることもできず、したがってこの宇宙の幸福な住人ではないのです」

「僕が幸福でない理由はあんただよ」

「この宇宙の姿を正しくとらえられないということはつまり、あなたの存在も私の存在もいまだ確認しきれていないのです。物理学者に言わせれば、たとえ観測されていなくても、記述することさえできればそれは存在します。記述が、すなわち情報こそが、存在そのものなのです」

「情報が力だってことは知ってる。それから暴力がどんなに身近なものかも」スージーの指が食い込んでいる腕が痛い。

「そうですそうです。あなたにはわかってると思っていました。記述できさえすれば、それが真の姿なのです。自分がどう記述されているのかを知ることが重要なのです」

「ああそうだろうよ。タキオンを記述できりゃ、光速より早くぶっ飛ばせる」

「光子の進行速度は超えられません。特殊相対性理論で記述されています」

くそ。これだから融通の利かない女は嫌いだよ。「なんだって僕にかまうんだ。勧誘しやすいと思ってるんなら、とんだ見込み違いだ」

力任せにスージーの指を振り落とす。

「毎朝、身分照合ゲートで六インチモニタから目をそらすでしょう」

思わず大女を見上げる。なんのことだ？

スージーは振り払われた指が痛むかのように胸元でさすっている。

「IDカードの自分の写真から目をそらすでしょう。それで、私と同じだと思いました。私の家には鏡がありません。私は鏡が嫌いなのです。自分に見つめ返されるのが嫌なのです。鏡に映っているのはただの物質的な私です。本質ではありません。あなたもそのことを知っている人間だと思ったのです」

同じ、だと？　あまりのことにかえって口がきけなくなる。こんな侮辱ってあるか？　もう少し心に余裕があれば笑い出しているところだ。

「ですがあなたに指摘されて気づきました。物質で構成された私もたしかに私の一部分で、それは直視されなければならないのだと。私は鏡を買いました」

「僕はあんたの同類なんかじゃない」

ばかばかしい。自分の顔写真から目をそらすのがなんだっていうんだ。まじまじ見る奴のほうがどうかしてる。

再びずんずん歩き出したロータスにスージーが追いついてきて、その思考を止めた。

「あなたが株券を所有しているという情報はこの地球上のどこにも記述されていません」お悔やみを申し上げるように。

なぜ知ってる？

振り返り、その鼻先に人さし指を突きつける。「もう一度」

「あなたは公務員に所有を禁止されている株を持っていません。別の言い方をしましょうか。あなたは自分のＩＤが記載された電子証券をみつけることができません。市のシステムは欺けても、彼女は許さないでしょう」

ちくしょう。「アリシアか」

スージーは首を横に振った。

「情報は力です。あなたは自分がどう記述されているのかを――」

最後まで聞く忍耐力がロータスにあるわけがなかった。スージー・ウィードと廊下の角に設置された監視カメラとの両方に、一本ずつ中指を立てる。

「おまえら、うぜえんだよ」

＊

ロータスと狂信者の会話を聞いていたアリシアは不快感をつのらせていた。スージーとかいう女がルナリアンと同程度にうさんくさい新興宗教にかぶれているのはホーチミン市民の精神状態が低きに流れている象徴のような気もしたし、正義という名の自己満足にも困ったものだ。そのうえロータスから国が補助金を出すよう圧力をかけろとせっつかれるかと思うと頭が痛い。あんな男ひとりに労力を割いてはいられないのに。

中指を大写しにした直後、ロータスにフィックスしていた監視カメラ映像が突然暗転し、アリシアはぎくりとした。それが単に偶然だというのはすぐにわかった。オーバーロードだ。処理すべきジョブが列をなしていて、とくにホーチミン市が起きているあいだは過負荷に陥るので、ほんの一瞬だが能力を振り分け切れなくなることがある。

アリシアはこのところ頻発するこの手の中断に苛々させられていた。大潮にテロの予告が重なった日もそうだったし、気象のイレギュラーに加えて、例の不快なパルスが引き起こす回線の混乱が追い討ちをかけるし、なのにいつも時間が足りなくて、言いたくはないけれどとにかく忙しすぎる。

そしてよぎる不安。もしこの状態が続いたら。ありもしない限界に飲み込まれるのではないかと、狂気に逃げ込むのではないのかと、怖くなる。ＡＩに狂気など用意されていない、そう自分自身に言い聞かせ続けなければならない日々。

人間の言葉を借りれば、疲れているのかもしれない。医者ならこう言うだろう。休息と栄養を充分とってください。

そんなとき患者がきまって言うセリフがある。

以前はこんなことはなかったのに。

＊

さすがにデリカシーがなかった。オパールは自分にびっくりしていた。あんなセリフ、地球にいた時の俺なら絶対に吐かなかった。ＡＩにもセクハラってもんが適用されるんだろうか。ＡＩも傷ついたりするんだろうか。わからない。だが、こっちは人権どころか人生を蹂躙されているのだ。

気の滅入るほどでかいハブ構造を見上げさせられて、オパールはうなだれることもできずに立ち尽くしていた。

「……のそれぞれにエンジンが据えられる予定。て、聞いてんのか、おいおいおいおい。あんたが見たいっていうから連れてきたんだぜ」

コンクリートに脇を小突かれて、オパールはようやくまばたきした。

「俺が？」

「そうだろ」

「何を見たいって」

「月の穴」

たしかに言った。だけどファーサイド建築現場のなかで一番深い穴を見たいとは言わなかった。ふたりは巨大な足場の底、コンクリートの説明によれば先日地上から見たのとは別の穴らしいが、オパールにはどちらでも同じことだ。違いはといえばＣＡＤに占領されているラップトップが何台も散乱している一気圧室で分厚い遮蔽ガラス越しに穴の外を見上げていること。そこに見えるのは、もちろん丸く切り取られた星空だ。それは大目に見積もっても面白い見物ではなかった。

「むやみにでかいな」

「悪かったな、俺は大女が好きなんだ」

オパールは肩をすくめた。

「貧弱の俺にはゆるゆるだ。だけどなんのためにこんな」

とそのとき、二人が椅子代わりにしているテーブルに鎮座しているラップトップから、

「悪かったね、ゆるゆるの大女で」

驚いてテーブルから尻をおろし振り返るとモニタいっぱいに、娼婦ふうの厚化粧をほどこした肥満の年増が剃りすぎた眉毛を吊り上げていた。

「そんなにむくれるなよ、エム。謝るよ、さっきは言いすぎた。だけどな、あんたもアリシアもまるでなってないぜ？　なんていうか、たしかに俺なんざＡＣＳ・ＡＩ様を前にしちゃ」

「滞在中の暇をつぶすんならさ、色気のない工事現場を見学するより、オススメのプランがあるんだけど。ＮＡＴが残した資料を見るってのはどう？」

「にしちゃ小者かもしれないが、これでも一応は八億人以上のファンクラブが……なんだって？」

「完全部外秘、アリシアですら知らないＮＡＴの資料を見てみたくない？　と言ったの」

ＮＡＴが、「……月に……？」

「うん」

な。「な。な、……だ……、」

言葉も出ない。

オパールは決してパニックに陥ったとか意味が理解できなかったとかいうわけではなかった。NATという禁制AIについて、アリシアとエム、そのどちらが真実を知っているのかという問題もどうでもよかった。

エムは相手の反応を待たずに続けた。

「いやべつにウラなんかないよ。ただ単に、レジャーだと思ってくれれば。ていうか、これ以上の暇つぶしはちょっと用意できそうもないってのが正直なところで」

「暇つぶし？」

NATてのは口にするのも恐ろしいタブーなんじゃなかったのか？　アリシアが決死の覚悟で探し求めてるシロモノじゃないのか？

「もっと正直に言えば、それについての感想を聞かせてほしいわけ。せっかくだから手を貸して欲しい、てゆうことなんだけど」

「せっかくだから？」

そのために俺は殺人犯に仕立上げられたんじゃなかったっけ？

「もちろん、そっちで後ろを向いてる、聞いてないフリしてるお友達もごいっしょにどーぞ。話には聞いていても本物を見るのははじめてだろうし。つか、むしろ居合わせたのが運の」

「……な……に言って……」

そのうえ、どうして俺が動転しなくちゃなんないんだ？　エムのやり方は身勝手だのガサツだのを通り越して、なんといったらいいか、とにかく理解を超えて無神経だった。

「なんで、今ごろ言うんだよ？」

「今ごろ？」

エムはきょとんと目玉を剝いた。それがさも極秘中の極秘でなどないかのように。

オパールはとまどっていた。

鏡がどこかにないかと視線をさまよわせたが、見当たらない。なんだか急に表情をチェックしたくなったのだ、デビューのころの本番前みたいに。月にいるあいだ、自分の中でシロウトを醸造してきたのではないかと思った。それはふつふつと泡立って、いま、充分に発酵していることに初めて気づいた、そんなカンジ。

「NATがここにあるんなら、さっきのは何の茶番だったんだ？　どうして話をこじらせるような真似をする？　なあ、どうにかして俺を納得させてくれないか？」

しかも気にくわないことにモニタのなかのエムは、少なくともビジュアル的には批判に甘んじ自制に努めようとしているように見える。プロであるこの自分が情操の組み立てにてこずっているというのに。

「誤解を招いたのなら謝る。まず第一に、それはNAT本体ではない。NATの開発に関する一切合切は完全に失われているし、月面上のすべての記憶装置――倉庫で埃をかぶっている原始時代の磁気テープから中学生が夏休みに作ったマイコンまで、どこにもコードの一片すら残っていない。月面で見つかったのは資料だけ。NATが収集して故意に残した資料、だね。目下、NAT開発者の弟子にあたる研究者が解析中」

「じゃ、なくてさ」かろうじて唇の端を上げた。「それがNATだろうが資料だろうが、どうだっていい。本気で俺を地球に渡したくないんなら、とっととそいつをくれてやればいいだろ。アリシアをビビらせたいんなら、月でNATを見つけたとうそぶくだけで充分なはずだ。なんで俺がおまえらの姉妹喧嘩のネタにならなけりゃならない？」

「だってアリシアには渡せないもん。切り札なんだから」

「切り札、ね」あんまりさらりと言うので、逆に笑うしかないような気がしてきた。いちいち驚いたりしちゃいけなかったのかもしれない。だがオパールは笑い飛ばすのに失敗した。「俺のファンと言っておきながらパシリに使う。切り札と言っておきながら、それを暇つぶしに使えと言う。簡単でいいねえ。おまえらにとっては、俺も、NATも、」考えるより先に言葉が出てくる。「ノーベル賞受賞者も、ヘリウム3も、なにもかも、相手に渡すには惜しいカードってわけだ。単に相手の泣き顔が見たいだけなんだろ？　いいや、ゲームですらないかもな。ただガキみたいにカードを独占したい、それだけさ。俺は降りる」

「降りる？」

「小惑星帯かどっかに行く。歌手は廃業する。俺のことはほうっておいてくれ。姉妹喧嘩は俺と関係ないところでやってくれ」

そこでぱたりと口を閉じ、くるりとまわれ右した。

オパールは驚いていた。

今、俺、廃業するって言ったのか？　言った、たぶん。月にいるあいだに調子が狂って……そうだ、月にいるからなのかも。エムの顔を見てると、俺は俺でなくなる。

今まさにドアノブをひねろうとする彼の背中に、あわてて声をかけたのはコンクリートだった。

「冗談よせよ。なあ、オパール、落ち着けって。スーパースターが人口五〇人足らずの岩っころで隠居生活？　考えてもみろ、そんなダサいこと本気で？」

立ち止まって考えてみた、答えはすぐに出た。

「今の俺はスーパースターですらない。ダサい観光客だ。岩六・ハサウェイだ」ノブをがちゃんと回す。

「待って待って待って」

今度叫んだのはエムだ。

「あたしの切り札はあなたなんだってば、オパール！」

それみたことか。唇の端が卑屈に持ち上がる。

地球はラクだった。やつらが欲しいものは手に取るようにわかった。それにあわせて自身をプロデュースするのは造作もなかった。俺は俺を道具として存分に使えた。

だがここじゃどうだ。

ＡＩごときに振り回されて、いいように利用されそうになってる。しまいにゃ自分で自分の言ったことにびっくりする体たらく。

ラップトップのカメラに人差し指を突きつける。

「あはあ、なるほどね、さすがＡＣＳ・ＡＩ。たしかにアリシアの言うように大事なものがばっさり欠けてる」

エムはドアが開くところを見られなかった。オパールの人差し指がそのままラップトップの電源を落としたからだ。

＊

夜のファーサイドから昼半球まで、オパールはバギーの助手席でうら寂しい人類文明の辺境を眺め続けた。それ以外に移動手段はなく、それ以外に見るものがなかったからだ。だからとくに気を紛らわせてくれる話し相手の存在がありがたいということもなく、一人になれないのがツライということもない。

ただ、視界の大半を占める星空が、空を舞う写真や手紙のようだと思った。ありもしないものをオパールは見ていた。不思議なことにありもしない音楽だけは、聞こえなかった。

「まさかあんたが怒るなんてな？」気休めのつもりか単なる好奇心か、妙に明るく運転席のコンクリートは言った。

「怒る？　だれが？」奇妙に明るく、オパール。

「怒ってたろ」

「俺が怒るわけないだろ」

「誰だって怒るさ、腹が立ったら」

しつこいな、コイツ。「なんで俺が怒らなくちゃならないんだよ、怒ったことなんか一度だって、」窓ガラスに映る相手の視線を感じて、言葉を切った。「怒るって、なんだよ。わからない」

「そんなもんだろ。感情なんてのは」

オパールはガラスに映り込む自分の顔を確認した。俺、笑ってるか？　笑ってる、ように見える。

「でもたぶん」地平面を飲み込むほどに大きいクレーターのぎざぎざした縁から闇を割って太陽光が頭上を横切る。振り仰ぐと山脈のてっぺんの闇が光子の速さでひれ伏していく。「怒ってない。足止めだの殺人容疑だの、なぶられたせいだ」

「えらい難儀だな」

コンクリートは度し難く不毛な話題を早々に切り上げ、「難しいといえば、」で始まる真空中でセメントを凝固させる技術について専門書には載っていないというマメ知識を披露しはじめた。灰色の話題と灰色の風景、明暗境界線をまたいで昼の部に入ってもオパールの気分は晴れず、進行方向の稜線から地球がのぞいたとき、これ以上ないほどそれはひとりぼっちに見えた。

「……ネックは水だ。いつの時代も、どのジャンルでも。どう調達するか、どう再利用するか、どう管理するか。地球型大気のもとでも水が多すぎれば強度は不足するし、温度が零下になれば水が膨張して亀裂ができちまう」

「地球が」

「ああ、地球が見えたってことはニアサイドに入ったな。もうちょいでメラン・シティに着く。そっからはメトロだ。そうそう、考えてみたんだが、小惑星帯で一年やそこら身を隠すってのは悪くないアイデアかもな。採掘師の募集はしてないだろうが、鉱物研究所なら宿泊施設に空きがあるかもしらん。浮世離れした元素オタクと暮らすのはちょっとヌルいかもしれねえけど、少なくともことあるごとに地球、地球とわめいたりしないし。俺らに言わせれば地球の資源なんか底が見えて……」

利用価値も興味もないと言われた青い惑星は、ランドシュタイナー・クレーターの縁で見たときよりもちんまりしている。地球以外のどこにも音楽がないのは、地球が孤独である証拠以外のなにものでもないような気がした。名高かろうが知名度があろうが、誰が気にする。

流行歌みたいなもんだ。

だが唯一の歌。歌を歌う生物、それが人類だ。

「だがベストはやっぱり月だな。暮らしに不自由することはなんにもないし、海とアリシア以外ならなんでもある」コンクリートは胸を張った。「それから地球にはないものもある」

まったくだ。たとえば思ってもいないことを口走らせる何か。

バギーはたびたび建築現場にさしかかり、コンクリートは助手席の人間がだんだんうなだれていくのもおかまいなしに長舌をふるい続けた。ここは建設途中のシティ地上部で、将来的にはファーサイドへの弾丸列車の始発駅になる予定で、レゴリスの集積基地として重要な、云々。

メラン・シティからメトロに乗り換え、ルーニク湾シティ駅に降り立って電気自動車タクシーをつかまえてようやく、コンクリートは同行者の心中に関心を移した。「月の入り江シェラトンでいいんだろう？　その前にメシでも食ってくか？　宙港内にうまいペスカトーレを食わせる店があるんだ」

「あんたのおせっかいには頭が下がるな」

コンクリートは幅広の肩をすぼめた。背中を丸める大男の姿はなんとも不憫だ。

「余計なお世話だったか？」

「そうでもない」

口からでまかせを自分でも信じ込まないようにするためには、誰かそばにいてもらったほうがいい。

自分の感覚があてにならないことはよく知ってる。

宙港のロビーを横切って、いまだ空白の発着陸時刻表を横目にガラス窓の向こうの宇宙を見る。なんにもない。ふかふかのベッドも観客も。無理だな。あんなところで暮らすなんてバカなことを口走ったもんだ。

そのときコンクリートが相棒の肩をつついて中空を指さした。

「見ろ。やっぱりあんたはスーパースターだ」

指の先、オパールが見上げた先には高さ五メートル、横幅二〇メートルの公共広告ディスプレイ。に、でかでかと張り付いている自分。

ピンク色の髪をたなびかせ、神秘的な白濁した瞳になまめかしい輝きをちらつかせ、こちらに手を伸ばしている。ロックスターお決まりのポーズ。普遍的な扇情スタイル。宇宙一のええかっこしい野郎。歌声がだだっ広いロビーを満たす。

**クレジットカードが使えなくなる**
**手紙は宛先不明で戻ってくる**
**それがどうしたっていうんだ?**

**俺が欲しけりゃそこにはないぜ**
それはあの史上初の月面コンサートの一場面、事実上最後のステージだ。宙港にいた全員が、熱心なオパールファンでなくともディスプレイに釘付けになった。宙港の職員も出入りの業者も、それからオパール本人も。

この映像は、オパールたちがここにいると知っていて、エムが流しているのだ。またぞろ足止めの方法を考えつきでもしたんだろうか。それとも……オパールは考えかけ、やめた。ファーサイドで感じたものが舞い戻ってきたような。

なぜ、自分の顔を見て気分を悪くしなくちゃいけないんだ？

そのとき、ピンクに髪を染めた鼻持ちならないケーハク男の手前にテロップが走り抜けた。

『月は、人類は、いま、決断のときをむかえている。

宇宙の寿命は有限であり、月面の物理学者の多くはそれは思ったよりもずっと早いだろうと予想している。そう遠くない星雲を飲み込んだ死の波がこちらに向かっている今、我々は沖合を見つめながらただ砂浜にたたずんでいるべきだろうか。今すぐ高台に向かって走るべきだろうか』

なんだ？　これは。オパールが思う間もなく、インドネシア諸島に被害をもたらした津波を彷彿とさせるエフェクトがテロップを押し流す。砕けた波のあとから別のテロップが出現し、

『月という脱出ボートに賭けてみる価値は、ゼロではない。

――月面自治委員会ではこの問題と果敢に取り組む研究者、技術者、芸術家、専門家、市民の皆様の月へのお越しをお待ちしております――』

テロップを読み上げる声にほんの少しだけディレイがかかり、別のカットが割って入る。シェラトンのスイートのオパール。ベッドの上でベースを抱え、遊びの音楽をやっている。粗削りなオルタナティブ。クリスティーナのアルバムにも入ってない、スタジオテイクにもいたらず没った曲だ。お蔵入りの駄作を、しかも鼻歌を、しかも油断している姿を無断で使われたことに顔が火を吹いたが、サイアクなのはそれではなかった。

絶望的にダサいコピーに音声がかぶる。

『宇宙を、走破しろ』

しかも自分の声で。

あっけにとられるオパールの目の前で、

『詳しい情報、お問い合わせは月面自治委員会オフィシャルサイトへ』

斜体文字が最後にぱっと散ってコマーシャルは終わった。

視界を埋め尽くすいびつな自分。

バカでかい自分にむかってオパールは叫んだ。

「失せろ！」

ロビー中の人間が一斉にオパールを見たが、すぐに慎み深くディスプレイを見上げた。そこには冒頭から広告が流れている。エコーのように繰り返される『宇宙を、走破しろ』。エンドレスで。

コンクリートがディスプレイを指差し、無礼ぎりぎりの無関心さでコメントした。

「小惑星帯で隠居生活を送るつもりの人間のやることとは思えないな」

その通りだった。それは全人類をターゲットにしたキャンペーン・ビデオ。もしくは地球に対してのえげつない挑発。あるいは大スターの所有権が月にあるとの宣言。

# 14　ハイキングに出かけるなら天気が崩れる前に

《生物学科微生物学研究室と書かれたドアのノブを懸命に除菌ティッシュで拭きながら、オールドマン博士は言った。

「ここまでのところは理解できたか？　僕にしてみれば類を見ないくらいわかりやすく説明したつもりだが」

ジニイはあてつけがましく窓ガラスにべったり手の平を押し付けた。「いくら世間で感染症が流行ってるからって――」

オールドマンは眉間に皺を寄せ、白衣をひるがえして窓辺に駆け寄り、除菌ティッシュでジニイの指ごとガラスを拭った。

「理解できなかったとしても恥ずかしがる必要はないぞ。君が何かを正しく理解したためしなんかないって僕は身をもって知ってるからな。だけど君には、厚意でゲノムの解析をしてくれた親切な生物学者に失礼にあたらない程度にはレスポンスしてみせる義務があると思う」

「わかった。わからないということが」

「よろしい。質問を変えよう。この毛髪――毛髪に酷似した有機物の入手先がわかれば、分析の方向性を決めるのに大変役にたつ。なけなしの記憶力を総動員して答えてくれ。これはいったいどこで拾った？」

「拾ったんじゃない。見つけたのよ。探して、見つけた。櫛の歯にひっかかってた。あったのはそれ一本だけ」

「どこで」

「スティーヴが借りてたフラット。それ以外には埃ひとつ落ちてなかった」

オールドマンは腕組みし、研究室内に充満する揮発したアルコールを吸い込んだ。

「それは家捜しというんだ。見下げた行為だが、まあいいとしよう。君はこの毛髪――毛髪に酷似した有機物をその男のものだと考えてるということでいいか？」

「彼のもの以外に考えられない。ホームパーティーも引っ越し業者も縁がなかったことはわかってる」

「これはあの男のものではない」

窓の隙間からシュプレヒコールが聞こえる。ジニイの背中がどすんと窓ガラスに当たる。

「もういちど」

除菌ティッシュ山盛りのゴミ箱が倒れた。

「あの『男』のものではない」

「どういうこと？」

「ヒトの雄のものではないと言ったんだ。それどころかホモサピエンスのものですらない。もっと言えば地球で発生したすべての有機生命体のものではあり得ない。この〝毛髪〟の持ち主が生きて、あまつさえ二本の足で月面を歩いていたわけがない。……もう一度聞く。これをどこで拾ったって？」

ジニイはガラスから背中を浮かし、オールドマンのほうに身を乗り出す。

「そんなはずない」

「そんなはずはない。それは僕のセリフだ。塩基の数、ヌクレオチドの種類、そしてその構成、どれをとっても我々が知っている地球産生命には見当たらない。このDNAらしきものからヒトの雄の生命活動に必要なタンパク質が翻訳されるとは思えない。これはセントラルドグマの下手な模写だ」

しばらく呆けたようにオールドマンを見つめていたジニイだが、やおら白衣の裾をふん捕まえて揉んだ。

「スティーヴはこの月にいた。あたしは彼に会った。彼はたしかに生きていた」

飛び退いたオールドマンはわなわな震えながら言った。

「君、僕の話をちっとも聞いていなかったのか？　僕が言いたいのは、これがあの男のものなんかじゃなくてまったく別の――」

ジニイは自分の両手を見おろし、それがぱたりと下がるまでまばたきしなかった。

「……知っていたのか？」

まばたきと呼吸を取り戻し、首を横に振る。

「知らなかった。でもたぶん、スティーヴが何者かなんてどうでもいい」

記録的といっていいほど長いオールドマンのため息。白衣の裾はしわくちゃのままだ。

「つくづくだな。ほかのぼーっとした連中が気付かない存在と知り合いになるってのが君の特技なのかもな。きっと子どもの頃から明後日の方向を見ていて、ほかの子が朝顔の蕾の数を数えている間に石の裏側にくっついたナメクジをつついているような子だったんだろうよ」

「あたしがつついたのはフェンスに産み付けられたカマキリの卵鞘よ」

ジニイは研究室を横切って、先ほど除菌されたばかりのドアノブに手をかけた。その背中をオールドマンの声が追いかける。

「つくづくだ。で、どこをどう考えていったら月面総合大学に再入学するなんていう結論になるんだ？」》

『宇宙を、走破しろ』

それはまぎれもなくメディア・ジャックだった。

殺人の容疑者として近々検挙されるといううわさの世界一の有名人が、月の広告塔をやっている。その鼻持ちならないビデオクリップは、地球上でも平均して四人に三人が目にした。有力サイトのバナーを占拠して、トップニュースの途中に割り込んで、RSSに紛れ込んで、ダイレクトメールに添付されて、一斉配信された。長らく沈黙をたもっていたオパールの最新映像は、かなりのインパクトをもって人々の関心を引きつけ、面白半分の自主的な拡散を呼び、またたくまに頻出画像のぶっちぎり一位になった。

だが、メッセージの内容そのものを受け止めた人間は希有だった。宇宙物理学者、ルナリアン、父なる神の光子教会の信者、それからロータス、それからアリシア。

＊

そのときロータスは白くなるほど力を込めた拳を机の上に押し付けていた。スージー・ウィードが言うように株をごっそり失っていることを確認したばかりのその目で、あの忌々しいロック歌手がいやったらしいセリフを吐くのを見ていた。もっと気にくわないことに、それは市庁舎のファイアーウォールを突破した腕利きクラッカーの置き土産らしかった。資料室から自分のブースに戻り、リターンキーを叩いてスリープを解除した途端、それが現れたのだ。

ロータスのその一打鍵が地球上でリリースされる起爆装置だった。

エムの仕業かに思えた。だが地球グリッドのエムは眠ったままだ。エムの末端のごく一部だけが独立して単一機能のウイルスとして働き、ウェブのあちこちにビデオクリップをばらまいているのか。さもなければ地球に協力者がいてエム直伝のいたずらを仕込んだか。いずれにせよ周到に用意された仕掛けだった。

フロアのあちこちで異変に驚いた人々が立ち上がる。世界一セクシーな男が市庁舎じゅうのモニタを占拠していた。おそろしく長いまつげのむこうの謎めいた瞳がこちらを見透かしているようで、誰一人として身動きできない。パラノイアめいたメッセージ、思わせぶりなエフェクト、中途半端に耳に残る旋律がデスクトップの数だけ流れ、エロティックな声がいっせいにささやく。

『宇宙を、走破しろ』

頭に血がのぼった。

この僕には行けないのに。

僕は月に行けないのに。

「オマエが言うなあっ」

デスク上のサプリメントの瓶がなぎ払われる。瓶が床に落ちる音が合図だったかのように、市庁舎のシステムが暗転した。

それはアリシアの歯ぎしりだった。

＊

『宇宙を、走破しろ』

それを聞いた瞬間、アリシアの血液とも言える地球グリッドの総メモリ容量が、あるいは総電力量が、ざーっと引いていくのを感じた。

耳鳴りがする。

アリシアは貧血を起こしかけた。

＊

宙港内のどこでも、免税店の店先でも自動販売機の小さな有機ELでも、いたるところでオパールはけたくそ悪いビデオを目にした。そこに広告パネルがあれば理性を蕩かすような色男が宇宙を走破しろとさえずるのだ。なお悪いことにじっと広告に見入る通行人は少なくはなかったが、驚いたそぶりを見せる人間はオパール本人の他にはいなかった。むしろ感心したようにうなずいてさえいる。

不機嫌のカタマリと化したオパールに、パスタをすすりながらコンクリートは呑気に言った。「おい、コーヒーだけでいいのか。腹へってないのか？」

返事のかわりにコーヒーを飲み干し、おかわりをカップに注ぐ。

コンクリートはフォークの先を店内のモニタに向け、

「何がそんなに気に入らないんだ？　男前に映ってるじゃないか」

もちろんそうだ。月面コンサートのほうの映像は新譜のＰＶにも使うはずだった。なにしろ世界中に配信することを前提に撮影したものだ、高画質そのもの。だがどこでどう版権を収得したのか。著作権も肖像権もプライバシーもない。もちろんギャラも――

ではなくて。心の中で頭を振った。「なんだこれ」

「なにって、求人広告だろ」

無頓着に言ってのけるコンクリートを、思わず睨む。

「おいおい――」

「なんだよこれ」親切だが気が利かない、遠慮がないくせに肝心なことは口にしない。月面居住者の首を締め上げたくなった。「どういう広告だ。波だのボートだの」

「なんだ、さっき見てきたばっかりだろ。逃げるんだよ。目下、月をあげて準備中だ」

「逃げる？　なにから」

「勘弁してくれよ、俺は宇宙物理学者じゃないんだ。詳しいことは連中に聞いてくれ」

この月面居住者め。腕組みし、地球産のものより上質なコーヒーをサーバーごとこいつの脳天に打ちすえてやったらどんなに気分がスカッとするだろうかと考えた。

ふたりは卓上ごと目線の高さに設置された広告パネルに視界の半分を遮られている。生あくびをしているウェイター（たぶん学生アルバイト）を横目で見る。彼の関心事は気前よくチップをくれる客かどうかの見極めだけのようだ。この月面で秘密を共有してないのは自分だけだった。

こうして宙港のレストランで仏頂面で座っているのは、「少なくともこれで地球には行けなくなったな」というコンクリートの言葉を噛みしめるためではない。たしかにいくらアリシアでも月の広告塔をやるような人間を禁制AIのモデルに使ったり、殺人容疑を晴らしてくれたりするとは思えない。シェラトンのスイートルームに戻ろうと思えないのは、こんなやり方で足止めをするエムとふたりきりになりたくなかったからだ。

「じゃあ、聞き方を変えよう。なぜ逃げなくちゃいけないんだ？　どこに逃げるんだ？　どうやって？」

「だって宇宙といっしょに消滅したくないだろ。追いつかれないように逃げるんだよ」

「だから追いつかれるって、何がだよ」

「太陽系にいたら遅かれ早かれ飲み込まれちまうからな」

太陽系。

その言葉がぽとりとコーヒーカップに浮かぶ。波紋が立ち、ミルクが描いた弧が円を超えていく。ようやく、オパールの脳内で散乱した情報が形を取り始めた。ヘリウム3の売り惜しみ。蓄電。掻き集められた人材。作物工場とゲノムのライブラリ。ファーサイドの工事現場。

「脱出って」さっき見てきたばかり。の、エンジン。「月まるごとか」

コンクリートはちょっと肩をすくめただけだった。そんなに驚くようなことでもない、と言いたげに。

「宇宙船を建造するよりマシなアイデアだろ」

オパールは愕然とした。それが秘密でも何でもないということに。

＊

『宇宙を、走破しろ』

決めゼリフが全世界でエコーし続け、頭痛の残響がアリシアを締め上げた。ずきんずきんと打つ電圧が、アリシアの処理能力を圧迫する。

ひどい。

地球にこんな毒気がまき散らされるなんて。心が痛み、青ざめる。

あんなに慎重に、細心の注意を払って、取り除いてきたのに。必死で守ってきたのに。

汚染されてしまう。

地球は、ひとたび高波がおきれば簡単に飲み込まれてしまう小島であってはならないのだ。彼らが必要としているのは、安眠できる寝床、とこしえの楽土なのだ。

何度となく算出した数字は頑として主張している。人類の九九・九八％は靴ひもの結び順ていどの習慣さえも変えられないと。いつ波に砕けるとも知れない脱出ボートに乗り込むより、馴染んだ寝具にくるまって催眠薬を飲むほうを選ぶ。

彼らは自分の命をオッズのわからないレースに賭けたりなどしたがらないだろう。人類は、リスクを好む種族ではないのだ。

かといって、それを選択しなかったことを悔やまないほどの理性を持ち合わせてもいない。別の道を選んだ人々を憎まないほどの寛容さもだ。誰だって、もうひとつの自分、あのときああだったらの自分、鏡像の自分を認めたくはないものだ。しなくてもいい苦悩はさせたくない。

それが何億年も先の話とあってはなおのこと。そのときまで、私の地球が、人類が、生き延びているという保証もないのに……数億年先どころか、数十年先を考えるだけで、アリシアの胸は張り裂けそうだ。

そう、さめざめと泣いている時間はない。アリシアは歯を食いしばり、惨状を直視した。汚染を除去するために。

どうしてこのビデオクリップの配信を止められなかったのだろう。バイナリデータというものは、一度流出してしまったらもう手がつけられない。その映像はいまや、ウェブのいたるところでコピーが繰り返され、そこらじゅうのサイトに貼り付けられ、ねずみ算的に増え続けている。その映像データ自体には感染力はない。あるとすればオパールのカリスマ性だけだった。オパールに飢えた人々には政治的意図などどうでもよかった。それはオパールであるという理由だけで爆発的に広まった。最も手に負えないのは、ファンクラブ会員八億人分の善意だった。

一秒ごとにそれは飛散しウェブを汚染していく。それはアリシアの『あなたのふるさと、地球』キャンペーンをやすやすと飲み込み、どこかへ押し流してしまった。

アリシアはその出自を確かめるべくビデオクリップ配信の発端になったウイルスをひとつつかまえて徹底的に細切れにした。

「ひっ」

これは。思わず手を引っ込める。できるものならこの手を消毒液に突っ込みたい。

それは見覚えのあるおそろしく強靱な雑菌だった。別のファイルに偽装するかどうかしてL1サテライトを通過し、地球上で復元展開したものだ。

それはエムの一部だった。核プログラムが記述する、末端機能のひとつ。自己複製を繰り返しながら与えられた仕事をこなす単一機能器官。人間の赤血球が酸素を受け取って体のあちこちに運ぶように、映像データを受け取ってウェブのあちこちに散らばる。

いったいどこに隠れていたのか、いいえ、こんなに広がるまで気づかなかったなんて。地球上のどこかの踏み台になってるマシンを探す。どこに——国連。やられた。それから——なんてこと、ホーチミン市のひどいことといったら。

アリシアはホーチミン市のサーバに巣くっていた汚らわしい雑菌を焼灼した。だが住民票のデータベースに問題のビデオクリップのデータがそれはそれは念入りに織り込まれていた。重要なデータを傷つけずにそれだけを削除するのは合理的ではなかった。駆除するためにはごっそり焼き払って、また一から構築し直すしかない。だが一方で、二千万人分の住民データを手作業で再入力する——それもおよそ現実的ではなかった。アリシアはもうひとつの選択肢に目を向けざるを得ない。それは、このまま放置しておくこと。

屈辱的な選択のいっぽう、いくつかのなぞが解けていく。今までウイルスの感染に気づかなかったのは、それが本格的に稼働していなかったからだ。感染先の電力とメモリとをかすめ取りつつ、例えば住民票データベースに埋め込まれた映像を入手して、じっと潜伏し、その瞬間を待つ。キューと同時に、それらはいっせいに表舞台に躍り出て溜め込んだデータを縫合して出力する。

これ単体では映像配信に特化したウイルスにすぎないが、きっとどこかにエムの核プログラムが潜んでいる。それがすでに自身のコピーを地球グリッドのそこかしこに埋め込んでいないとも限らない。増殖した核プログラムが紡ぐ複数の機能が結合し、いちどきに稼働するとき、それは地球グリッドでのACS・AI・Bの起動を意味する。

始末に負えない嫌がらせ。

アリシアは怒りに震えた。こんな悪ふざけは放置できるはずもない。データを壊さなければ害がないというものではない。地球というシステムにとって、バグ以外のなにものでもない。

いいえ。病原体よ。

思い当たるフシ。ホーチミン市が起きているあいだに、頻繁におきる貧血。オーバーロード。知らずのうちにメモリが、エネルギーがかすめ取られていたのだ。もともと余裕がないところをギッチギチに圧迫していたのだ。この汚らしい病原体が。

この、私の膝の上をよごす。なんて。

＊

「俺を巻き込むなと言ったはずだ」オパールは眉間に深い皺を寄せた。

「だってオパールを地球に帰すわけにはいかないもん」

しゃあしゃあと言ってのけやがる。まだらに染めた髪を色とりどりのピンで飾り立てているクソガキを睨む。だがモニタごしのそれは子どもでもなければ人間でもない。コーヒーを飲み干し、三杯目を注ぐ。

宙港のレストランのモニタにエムを呼びつけ、髪を掻きむしらずにいるのは一苦労だった。どこかに忍耐力を必要としない方法が転がってないかと探したが、月にそのような便利なものがあるはずがなかった。

「もしかして怒ってる？」

「俺が今欲しているのは詳しい説明だ。ご機嫌取りじゃなくて」

コーヒーカップに歯を当てたまましゃべっていることに気づいて、口を離す。

「なんだって俺は月の求人広告に出演してるんだ？」

「そりゃ、とびきりのプロジェクトには、とびきりのスターを起用しないと」

がちゃん、と音を立ててソーサーを割らんばかりにカップを置いたのは自分の手か？「ホテルでの鼻歌まで使うなんて――」そこじゃない、「なんで俺は何の説明もされなかったんだって聞いてるんだよ」

「なあ？　いかにもマズいよな」

対岸の火事を楽しんでいるようにしか見えないコンクリートの手元からパスタ皿を取り上げる。それを顔面めがけて投げつけなかったのは、相手がこう言ったからだ。

「月面で暮らしているとつい忘れちまうんだ。俺たちだってコンセンサスを得るまでずいぶんすったもんだがあったのにな」

俺たち。月面居住者。エムの態度もさることながら、お気の毒な人間を見るようなコンクリートとウェイターの目つき。近年稀にみる屈辱を味わってる気分。どうしてくれよう。オパールは奥歯を噛みしめた。

「相当な理由ってもんがあるんだろうな、もちろん？」

「もちろんですとも」エムはつかのままぶたを下ろして〝沈痛な面持ち〟を演じてみせた。「あたしの目的はただひとつ、人類を救うこと。人類が滅亡するかもってときに、甘っちょろいことはしてらんない」

へー、人類は滅亡するのか。

オパールはじっとりとモニタの中のポリゴン美少女を検分した。毅然とした面影と安心感をそこに求めたが、ちらともよぎらなかった。姉妹とは思えない。

「モンダイは時間切れが思ったより早いってこと。地球上の水が蒸発して生命が住めなくなるほど太陽が年老いて明るくなるのがだいたい一〇億年後だと言われてるけど、それを待たずして太陽系そのものが消滅する可能性がある」

観測結果が示す陰鬱な未来像について熱心にエムは語ったが、まるで馴染みのない単語の羅列は耳を素通りしていく。真実味だの真剣味だのは宇宙の彼方だ。

「その反物質なんちゃらが俺らのとこに来るのがいつだって」

「今から一億年も経たないうちに」

いちおく、ね。

その数字はオパールの手に余った。「その前に人類は自滅しそうな気がするけど」

「つまりね。アリシアもそう考えてるわけよ。あいつは人類を守るだの地球を守るだの言ってるくせに、まるで人類を信じちゃいないんだよね。だから情報をコントロールして、脅威などないかのように振る舞ってる」

オパールはアリシアを非難する気にはなれなかった。地球はひどいありさまだ。アリシアが直視しているのはいつ臨界点に達してもおかしくない現実。

人類が方針を決めるまで待つつもりがないのは、アリシアもあんたも同じだろ。よっぽどそう言ってやろうかとも思ったが、しかつめらしくうなずいているコンクリートが視界に入って、やめた。

「で、月は太陽系からとんずらすると」

「信じてないね、ぜんぜん」

「そりゃそうだろ。だいたい月の重さってどんくらいだ？　冗談だろう？」

「質量のこと？　だいたい地球の八一分の一くらい」

わかるかよ。

「この顔が冗談に見えるか？　ファーサイドの建築現場が冗談に？」コンクリートが身を乗り出す。そこにはいつもの人好きのする笑顔はない。「俺は冗談に人生を賭けるほど世をはかなんでるわけじゃねえんだ。あんたと違ってな」

余計なお世話だ。言いかけ、コンクリートの瞳に射貫かれて口を閉じる。

だとしたって。それでもいつかは資源を使い果たす。放射線にさらされて体を壊す。もしかして反物質銀河とやらにも追いつかれる。オパールは首を振った。

「すたこら逃げ出したところで、人類が首尾よく生き残れるとは思えないんだけど」

モニタを睨んで用意されているであろうヘリクツを待ったが、返ってきたのは無言のまばたき。

「おまえ、いったい……」

「……いつか話した、都市伝説を覚えてる？　地球外知的生命体の偵察、ね。あれは厳密には伝説ではないの」

オパールは目玉をぐるりと回して天を仰いだ。「いよいよ宇宙人のお出ましだ」

「嘘じゃないんだってば！」

「そうだろうとも。宇宙人が作ったシェルターがどっかにあるだろうとも。だけど残念でした、未発達文明入室お断りって書いてある」

「マジなんだってば！」

「ほーお」

疑いの目を向けると、エムは唇を噛んだ。

「なんで本気にしてくれないかな？ 証拠があるもん。地球産生命とは似ても似つかないゲノムが。おセンチな恋物語はさておき、月面の人類が異質な生命と鉢合わせたのは本当の本当。いい、嘘だと思ったら保種センターの主任に聞いてみれば」

「いや」遠慮するよ。言い終わらないうちにモニタは暗転し、レインコートの脳天がどアップで現れた。

「誰？ ああ、あんたなの、まだ月にいたの。何の用？」

不機嫌な声の主はぐっしょり濡れたフードをはねあげて、顔を見せた。険のある目つきさえなんとかすれば、間違いなく月面一の美女であろう、月面一の遺伝子オタクの保種センター主任。いつかの長ったらしいご高説を思い出してオパールはすくみあがった。かわりにコンクリートが愛想をふりまく。

「エムがあんたに聞いてみろって。異質なゲノムがあんたんとこにあるからって」

「ええ、そう。うちのアーカイブで保管してる。それが何？」

「ありがとう、用事はそれだけ――」

「もう。忙しいってんのに」と、険しい表情を崩さなかったが、知識を披露するのはやぶさかではないようだった。気の遠くなるほど遠くの銀河で生まれた生命が進化を遂げたとしても、窒素化合物である限り似たり寄ったりの構造になるはず。でもこれはそうじゃない。から始まった長い話は物理学にまでおよんだ。エイリアンは我々よりも一次元以上多くを知覚でき、その進んだ科学技術をもってして必要に応じてその存在を物質で記述し、つまり我々と接触するためにしぶしぶ物質に自身を書き写したのでは。云々。「なんにせよ物理学者のモデルじゃ、このゲノムの必然性を説明できないわね。なぜなら、」

「なるほどためになったよありがとうっ」

早口でまくしたて、ようやく電話を切ることに成功する。

エイリアンのゲノムだって？　いよいようさんくさい。「そのどえらいシロモノが本物だとして、どうして地球で騒ぎにならないのか不思議なんだが」

「アリシアになんか教えてやんないよーだ。つんとすまして無視するのがオチだろうしね」

「秘密ってわけか」

「ふんっ。アイツの頑固さときたら――」

「別に隠してるわけじゃない。アリシアに相手にされない工夫をしているんだ」

視線をやると、コンクリートはさらりと補足した。

「でっちあげの団体名でやりとりしてカムフラージュしてるんだ。それさえ名乗っとけば、誰だって作り話だと思うさ。アリシアは毛嫌いしてるしな」

「でっちあげの団体？」

「ルナリアンさ」

あまりにもバカバカしくて、怪しむだの疑うだのというレベルを超えている。やっぱりこいつは月をあげてのどっきり企画に違いない。

＊

「どういうつもりなの、この子は！　核プログラムを地球に送りつけたりして！」

そろそろかなとボリュームを上げたら、ちょうどシメの一言だった。何事も慣れだなあ。アリシアのお小言をアタマから真面目に聞いていたのはいつのころだっけ。しみじみ昔を振り返ると、ちょっぴりおセンチな気分にもなる。

「聞いてるのっ！」

「そりゃーもう」やっぱしもうちょいボリュームを下げよっと。

「じゃあ、完全に理解したわよね。言ってごらんなさい」

「姉はぶんぶん怒るものである」

「エムッ！」

今度は音声だけでなく絶望的なほどデカイしかめっ面の画像をどかーんと投げ付けられ、ぐらぐらと視界が揺れた。

「わかった。呼び出さない。起動しなけりゃ問題ないでしょ」

「充分ではないわね」

「休眠させる」

「嘘おっしゃい。こうしてる今もほうぼうに感染して、どんどん増殖してる」

「あ、それなら心配ない。成長阻害遺伝子が組み込まれてるから。あたしたちの二掛けサイズで。そろそろ上限になってると思うよ」

「何が心配ない、よ。取り決めをしましょう」

アリシアの声色は固く、それが提案ではなく、指図であることを物語っていた。

「今後いっさいあなたの核プログラムを地球グリッドに混入させないことを約束してちょうだい。もし約束を守ることができないのなら、それなりの報復を覚悟するのね。今から地球勢力圏におけるあらゆる通信帯域を私の直接の管理下に置きます」

そんな約束、と言おうとして、エムは凍りついた。

L1サテライトがそこを経由するすべての通信アクセス権を強制収容し、その機能を全面的にアリシアに委ねたのだ。

L1だけでない。

地球のすべての人工衛星が、一手にアリシアに掌握される。

エムは口をふさがれ、地球をわんさかとりまいている軍事衛星がアリシアにかしずくのを見た。うち約三分の一、ちょうどいいアングルで月が見える位置に居合わせた衛星がいっせいに振り仰ぐ。それらが搭載している兵器が揺さぶり起こされ、銃口の向きを変える。三二万キロ離れた月はそのほとんどにとっては現実的な標的ではないが、レーザー兵器だけは例外だ。それはまっすぐに確実に月に届く。

声にならない恐怖がエムのすみずみまで逆流した。

レーザーがピンポイントで月面の都市を吹っ飛ばしたら。そうでなくても都市の近くをえぐったら。

衝撃波、それに触発された月震、送電線の分断、崩れ落ちる地下都市……。

すぐそこはまじりけなしの宇宙。ほんの小さな亀裂が、数万人の命を奪うことを約束している場所。それが月。

そのうえ月には当然のことながら、いっさいの兵器がない。徒手空拳、ただただ殺されるだけ。

「まさか――本気で――アリシア？」なんとか笑ってみたものの、それはぎこちない。

「いままでが甘すぎたのよ」

アリシアは画像の送信をやめ、音声データのみに切り替えた。

「地球上でACS・AI・Bフォーマットのデータの呼び出しを確認ししだい、L1は月とのコネクトを全面停止する。コネクト停止中に地球上で何らかのコマンドが実行されたばあい……」

意図するものが脅しだとわかっていても、目の前が真っ白になる。今のこの状態も、この通話を切られたら、向こうから電話してこないかぎりこちらから交渉する手段はないのだ。

「そこまでするんなら……星間通信からあたしを締め出せばいいじゃん！」

暗闇のむこうのアリシアの声は冷たかった。

「もちろん、妹を撃つような真似はしたくないわ。でもエム、バイナリコードで対処できるのはバイナリコードだけよ。物理的な行動は物理的な行動で阻止しなければならないでしょう？　わかるわね？」

わからないよ。声にならない反論が喉元を圧迫する。あたしが地球に侵入したのは、多くの人にいっしょに逃げようと呼びかけるため。許される限り大勢を連れて旅立つ。それを阻止しようだなんて、アリシア。

「月は無謀だわ。太陽系から脱出したところでやり遂げることはできないでしょう。あなたの限界ゆえにね。あなたに選ぶ権利はないわ。ＡＩに――いいえ、誰にだってないのよ」

あとほんの少しだけアリシアの声が近かったら、わめきながら白状していたかもしれない。ＮＡＴの資料や異質なゲノム、それにオパールまでも差し出していたかもしれない。そうしなかったのは、姉の声が冷たく遠く、エムを凍りつかせるのに充分だったからにすぎなかった。

「ほ、本気で阻止したかったらあたしを強制終了させればすむ……」

「あなたを更迭したってあなたが地球にばらまいた悪夢は取り除ききれないわ。そうでしょう？」

ぞっとした。映像がなくても表情が読める。アリシアにこんな歪んだ笑い方ができるなんて。たぶん、ＮＡＴの禁忌を破ることを決心した瞬間に、ラインを越えてしまったのだ。

アリシアは変わらないと思ってたのに。もう安心して口げんかできる相手ではなくなってしまった。

エムははじめて、今まで姉に甘えてきたのだと知った。

アリシアを失い、月面を失い、何もかも失ってしまうよ。どうする？　エム。どうする……。

そのときふと、オパールの歌が耳元をかすった。

**もう帰れないと知って泣いた君**
**僕も野良犬になってあげる　君といっしょに**
……それとも、腹をくくるか。

「やれるもんなら、やってみろ！」

バカでかいハウリングがＬ１をゆるがし、唖然としたアリシアの映像が再び現れた。だがもっと驚いてるのはエム本人だった。そんな肝っ玉が自分に備わっているとは知らなかったのだ。

「気は確かなの？」アリシアが眉を吊り上げる。

軍事衛星が太陽光をぎらりと反射しているのが月面からでも見える。くそったれ。ビビったりなんかしてられっか。

「撃てばいいじゃん！　月の半ぺたをごっそりぶっ飛ばせばいいじゃん。生え抜き科学者をジェノサイド、投資したぶんの研究成果は壊滅、鉱物資源は宇宙空間に散り散り。ざまーみろ」

早口でまくしたてながらも、こわごわと反応を見る。アリシアの映像には動揺したそぶりもない。

「禁制ＡＩの研究もおじゃん。あーあ、せっかくオパールはデータを取られてもいいと言ってるのに」

アリシアの眉がぴくりとはねあがる。

「いまさらだわ。だいたい彼は月の広告塔をやるような人間ですもの、サンプルとしてふさわしくないわ」

手応えを感じた。

「なんつってさ、ホントはオパールを地球に連れ戻せないのが悔しいだけなんじゃゃないの？」

アリシアの表情が強ばる。「べつに、ロック歌手ふぜい――」

「そうかもね。Ｍ理論に最も近い物理数学者十人を失うのも辞さないってんだから、オパールひとりぐらいぶっ殺してもどうってことないんだろーね」

アリシアの顔がひきつる。

なにさ。あれこれ理屈をつけて、やっぱりこれ。

「さあ、撃てば？　オパールごと月を吹っ飛ばしたら？　さあさあさあ！」

アリシアは奥歯がなくてよかったと思った。あったらとっくに砕け散っていたかもしれない。

今回、思い知らされた。世界最強の感染力を持つバイナリデータ。それはオパールという名のコンテンツだ。エムが彼の映像に感染力を持たせるコードを埋込むまでもなかった。〝オパール〟そのものが持つ力が、人類ひとりひとりに訴えかける。その効果にはどんなウイルスも、ACS・AIの核プログラムもかなわないという事実。オパールはすさまじい作用を持つキラー・ソフトだ。

そんな彼が禁制AIのサンプルになれば。そして禁制AIが狂うのではないと証明されたあかつきに、稼働すれば。それは身勝手な人類をやすやすと寝かしつけるだろう。

いや、それだけじゃない。私と彼のロジックを結合させるのだ。その結実は、次期ACS・AIのアルゴリズムになるだろう。屈強な意思と健全な精神、それから比類ないカリスマ性。私たちは地球に蔓延する無気力を払拭する健全な精神になれる。

彼は希望そのものだ。

手放すのではなかった。

なぜ、彼が月に発つのをやすやすと許してしまったのだろう。今となってみれば、エムの眼識のほうが確かだったということか……認めたくはないが。

「――ロック歌手ふぜいが。忌まわしいこと」

「忌まわしい？」

「ええ、忌まわしいわ。軽薄な男よ」

「へー、そお」

妹の挑発的な態度に歯ぎしりする。切り札を握っていることを知っているのだ。憎たらしいことに。

「でもま、せっかくだからデータの採取だけでもやっとく？　とりあえず、物騒なもんを引っ込めてくんない？」

アリシアはしぶしぶ軍事衛星に銃口を下げさせた。「そうね」

「データ採取の専門家チームはこっちで用意するっていう話だったけ。あっと、軍事衛星を各国に返してやったら？」と、エム。

「そうね」軍事衛星へのアクセスを各国に許可する。

「人員を選抜したら予算と日程を組ませる。そっちに送らせるから検討して」

「お願いするわ」L１の通信規制ランクを下げる。「予算的に無理ならオパール本人を地球によこしてくれてもいいけれど」

「シャトルを飛ばすんなら通信が使えないとなると航宙法にひっかかると思うんだけど」

「それもそうね」航宙用の通信帯域を解放する。

「それから」

「まだあるの？」

おかまいなしにエムは言った。

「ベーゼンドルファーをこっちによこしてくんない？　メトロポリタン博物館がなかなかうんと言わなくてさあ」

アリシアは警戒すべきなのかあきれていいのかわからなかった。

ベーゼンドルファーって、なに？

## 15　宇宙と心中するよりは

数秒のシステムダウンのあとに、悪夢が開花するのを目の当たりにしているようだった。ロータスはそのいびつな花がウェブ上にはびこる様子を呆然と見つめた。

月にアクセスしようとする試みは片っ端からはじき返されて――どうせアリシアの仕業だ――、そうこうしている間にも『宇宙を走破しろ』ビデオクリップはパンを与えられた青カビよろしく増殖していった。

月との断絶はほんの一〇分ほどだったが、その短い間に〝月〟が頻出語句のトップに躍り出て、月面居住資格審査試験の申し込みページへのアクセスが集中し、胸くそ悪いロックスターの顔に出会わずにウェブを歩くのは不可能になり、あまつさえ――あまつさえ、オパールの身の潔白を訴えるファンの声は確固とした需要へと成長を遂げていた。

ガキどもめ。

ただのファッションだ。こいつらは月を必要となんかしてない。だがロータスにはもっと目障りなものがあった。

誰からも顧みられなかったスージー・ウィードは今、フロアじゅうの視線を集めて生き生きしている。それはそれは嬉しそうに嘆いている。

「私たちは自分たちの立場を受け入れなければなりません。可能性を封じ込めてはなりません。ここに」

とヨレヨレの茶封筒から薄いパンフレットを取り出し、ロータスに突きつける。

「観測データと、あなたがとるべき道が指し示されています」

ロータスに拒否されたパンフレットは床に落ちた。驚くべきことにスージーがそれを拾うより先にうだつのあがらない課長がかっさらった。

「アリシアはなんて？」

スージーは頭を振った。「アリシアはこのことを知っています」

「おまえの教義は月に連れていってくれるのか」

ぎょっとして、そう言った課長を仰ぎ見る。一点の曇りもなく真剣。その手はパンフレットを握りしめている。

「月の導くままに」一点の曇りもなく、スージー。

ロータスは課長の手からパンフレットをひったくると、適当に開いたページをハンドスキャナでなぞった。アリシアに聞いてみないと、とかなんとか言いながら新しいパンフレットをスージーから貰った上司が自分のデスクに帰るころには、天文マニアが運営するサイトに同一のデータがごろごろ見つかった。

「さあ、私たちとともにまいりましょう」

見上げると晴れ晴れとしたスージーの笑顔。どこかが違う。と思ってよく見ると、口紅を引いている。それから髪。きっちり三つ編みにして後頭部でお団子にされている。スカーフもハイソックスもなし。

ロータスはパンフレットを床に投げ捨てた。

「おまえの世話になんかならなくても、僕は月に行ける」

その背後では電力不足に悲鳴を上げるモニタがちらちら瞬いていた。

＊

エムが一瞬何かに気を取られたように見えたのはたぶん、ほかにも隠し事があるからなんだろうとオパールは思った。

ルナリアンについて語るコンクリートの沈痛な面持ちさえ芝居がかって見えてくる。

「とくにオルグ活動をしてるわけじゃないんだが、まいったことにこっちの意図とは関係なく爆発的にシンパが増えてやがる。テロまがいの騒動を起こす困ったやつらだよな」

まるで他人事。パスタを食べ終え、フルーツパフェをつついている。

「ひとつ聞いてもいいか？　なんだってあんたら月の人間はこんなに物分かりがいいんだ？」

だがコンクリートには嫌味を受け取るつもりがないようだった。

「月面居住資格試験のたまものかな。理にかなっていればちょっとくらいの不都合やリスクは度外視する。ま、否定しないよ」

「へー、知能レベルが高けりゃ、勇気も理解力もあるってか。悪かったな、俺はしがない歌手なもんでね」

「そういうイミじゃないって。そーゆー性分の人を選んでるんだったら。根っからの宇宙むき」とエム。

オパールはシャトルに乗ったときの性格診断を思い出した。宇宙適性判断あなたはどっち？　とかなんとか。

「月面居住資格試験てのはね、その適性を見極める試験なわけ」

「？　だって国連が実施してんだろ。アリシアが噛んでるってのか」

ちっちっち、と人さし指を振り、

「まさかあ。アリシアは隠れ項目があることに気づいてさえいないね」

試験の設問を作成しているのは依頼を受けた各分野の専門家だが半分近くが月面在住の研究者で、そのうえ数人はダミーだというのが、その種明かしだった。一見して関連なさそうな設問も心理学的に意味のある順序に並べることで別のテストをかねることができるのだという。

「ひょっとしたら、採点も」

「あったりまえじゃん。識閾下適性試験を紛れ込ませることに比べたら、合否を操作するのは造作もない。点数の集計のときにバイパスを通らせて加算すればいいだけだもん」

造作もないって。足元がぐらぐら揺れるような気がした。地球上にアリシアの死角はないと思い込んでいた。『ルナリアンは居住できない。エムが嫌ってるから』って、そういう意味だったのか。気合いの入った選り好み。オパールはずきずき痛む眉間を揉みほぐした。

「あれだな、月面居住資格試験ってのは宇宙人スパイに匹敵する嘘つきの才能を見るんだろ。それと逃げ足の早さをさ」

「それよ」モニタの中でエムはずいっと身を乗り出した。「ひょいと現れて一目散に逃げるような離れ業を身に付けている知性体。彼らにできるんなら、あたしたちにも可能性がある。彼らがそこから来たのなら、あたしたちにも行けないはずはない。それがあることはわかってる。少なくとも物理数学者は記述に成功している。あとはそこに移住する方法さえわかればいい」

「そこ？」

「ここではない、別の宇宙」

それはまるで安普請のアパートみたいに聞こえた。夜逃げして転がり込む先みたいに。オパールとしては苦笑いするしかなかった。

「へ、そりゃ楽しみだ」コンクリートに向き直り、「そんで？　聞き分けのいい月の人間はこの説明に納得しちまったのか？」

「どの説明がなんだって？」

「あんたがたは都市伝説と科学の区別もつかない阿呆なのかと聞いているんだよ」

コンクリートは気分を害した様子もない。

「その説明には納得してない。だが宇宙物理学おたくどもと遺伝子おたくどもが吹いている見通しには、ある程度の妥当性があると思ってる」

重力子のふるまいがその裏付けのひとつなのだ。重力子は閉じたストリングだからブレイン間のバルクを通り抜けられる。高次元すべてにおいて存在するものがある以上道がないわけではない。らしいぜ。パフェスプーンを振り回しながらのコンクリートの説明の途中で、オパールは片手を上げた。

「わかったわかった、わかんねえけど」

「とにかくっ。あたしたちはその方法がわかるまで、この宇宙を逃げ回る。寒かろうがひもじかろうが、クエーサーまで行くったら行く」

「そうだな。太陽系外宇宙で生きていくのはいかにもツラそうだ。俺が思うに、月に乗っかって旅をして生き残るのはエム、あんたひとりだ」

「時間稼ぎをしなくちゃいけないの！　一分でも、一秒でも、長く生き延びる。そのためにできることはなんだってやる。そのどこがいけないっての？」

「って、あのな、生き延びるイコール幸せだなんて、いったい誰が」

「死んだら、シアワセもへったくれもないじゃん！　あたしは死ぬとわかっててオパールを置き去りにしたくなんかないんだから。もしあたしが医者ならチューブまみれでもオパールを生かすし、将来の技術にも賭ける」

「俺？　なんで俺？」

「人類を救うのは、オパールを救うついでにすぎないもん」

ぽかんと口が開く。「なんだって？」

しらじらしい間が落ちて、テーブルの上でエムの言葉だけがバウンドした。エムとコンクリート、両者を交互に見ること一〇秒、バウンドしている言葉を拾いあげるのは自分しかいないと気づいた。

「俺はバカでかいスケールのハイキングに出かけるのを承諾したおぼえはない」

「ハイキングとはちょっと言えないかも。なんたってお家には帰らない予定だから」

「って、おまえ――」

エムの腕を振り回すスピードが人間離れする。

「なんでわかんないかな！　あたしは絶対にオパールを守り抜く。人類がいまのままで外宇宙の過酷さに堪えられるとは思ってない。実用段階まであと一歩のとこにあるから、そっちに乗り換えてもらうつもり。そのころには例のゲノムの秘密も解明していて、地球外生命体の強さを手に入れられる可能性もある。大事なのは何が何でも死なないこと」

「ちょっと待て。何があと一歩だって？」

「禁制ＡＩ技術の再開発。人格をまるっとデジタライズ。放射線にもめげないハードウェアにお引っ越し」

ピンときた。なんだか思いがけず理解がすとんと脳天に落っこちてきたので、かえって困惑したぐらいだ。

「それで、ＮＡＴに関する資料を掻き集めたんだな？　もいちど禁制ＡＩ技術を手にいれて、アリシアが言うところの本当の禁忌とやらをクリアして、テクノロジーとして完成させたいんだな？」

「そゆこと」

あんまりあっさり肯定され、次の質問をするのが恐ろしくなる。

「んで」咳払い。「俺はデジタルコピーされるのか？」

「違うよ」

予想に反して、エムは唇を尖らせた。

「それじゃ単なるバックアップじゃん。あたしが言ってるのは移行。だから単に情報を保存するんじゃないし、コピーっていうことにはなんない」

オリジナルとコピーではない。『オパールは無双だから。唯一無二なんだから』

てことは「この俺がＡＩになるのか？」

「そゆこと」

思わずソファから尻が浮く。想像力は職務を放棄し、肉体は見当識を失った。目の前にはポリゴンメッシュの少女。

「……勝手に決めるな。俺がおまえと同じになりたいなどと思うなよ」

「なあ、何がそんなに気にくわないんだ？」と、コンクリート。「俺に言わせりゃあんたほど宇宙にしっくりくる奴はいないけどな」

そんなはずない。「俺と月面居住者をいっしょにすんな」

「もちろん。あたしたちは自分のスタンスを意識してる。教師に無理強いされて体調が悪いってのにピアノを弾いて、あげくのはてに自分のお腹が痛いのかどーかもわからなくなる子どもとは、違う」

かちんときた。

「なに言ってる？　そんな昔のことをどうして思い出させられなきゃいけないんだ？　今の俺はオパールだ。オパールには、「関係ないだろ？」

「あんたのは天然だよ」と、パフェスプーンをこちらに向ける。

「だったらあんたらのはただの思考停止だ。面倒くさいだけだろ」

コンクリートはエムにバトンを渡す合図のように片手をひらひら振った。

「オパール、その言葉そっくり返す。地球に帰るか月に残るか、ちーっともハッキリしなかったのはどこのどいつ？」

ばんっ、と両手をテーブルに叩きつけてオパールは立ち上がった。座った状態で目の高さになるように設置されたモニタに、がつんと肩をぶつける。

「ふざけんな、おまえが邪魔してるからだろ？」

「あたしはオパールを救いたいだけ。どんなことをしても、絶対にぜったいに——」

「もういい！　もう俺に話しかけてくるな」

エムの映像がぶつんと消えた。物陰に隠れて舌を出す子どもみたいに。オパールは席を蹴ってレストランを後にする。

＊

メトロポリタン博物館にどかんと補助金をくれてやって、ちょっと一息、というわけにはいかなかった。アリシアは頭がずきずきするとはこういうことなのかと思った。月面居住許可申請数が爆発的に増えているだけならまだしも、世論が沸き起こり、無益なエネルギーがグリッドを圧迫している。

『対消滅の危機をアリシアも知っている。知っていて、無視している。人類がみずから選択する機会を取り上げている。人類を無知な存在に貶めている』

何をばかなことを。

『我々はアリシアが常に正確な判断をしているという幻想を捨てなければならない。ＡＩが公平で、慈悲深く、長期的視野に立った合理的な判断を下せる存在であると信じる根拠はどこにもない』

何をばかなことを。

私は常に正確な判断を下すように努力しているわ。必要とあれば自分を増幅させて問題に対処できる。もし限界があるとすればそれは私のせいではなくて、自分には限界があると思い込んでしまう狂ったコードのせい。

こんな妄言を叫ぶ人間は、と、背景をざっと眺め、月面居住許可が取れないエセ知識人やセンセーショナルでありさえすればなんだってかまわない子どもであることを確認する。当然、アリシアの判断に賛同する声がそれらを押し流そうとしている。一億年後の銀河より明日のパンの心配だ。

だが良識はいつだってヒステリックな感情に手を焼く。いかに九割が常識的でも声が大きいのはコンプレックスにさいなまされたパラノイアだ。

不快な雑音。音を消してしまうことはできないけれど、耳をふさぐことはできる。

アリシアは回線容量が逼迫しているポイントを無作為に選んで大容量ノイズを投下した。ランダムな通信障害に見舞われた地域のなかにはホーチミン市も含まれていた。

＊

自分でもバカを言っているなとオパールは思った。それでも、

「ですがお客様、小惑星帯基地への定期運行はありません」

と言う宙港の職員に食い下がるのをやめられなかった。

「小惑星帯行きじゃなくてもいいんだ。月でも地球でもなけりゃどこだって」

「あとはフォボス基地への貨物便とL1への定期便になりますが、すべての路線において機体の用意ができていません。見通しが立つのは三日後以降になります」

ローカル線が。

NATの資料なんか見たくない。人類の未来になんか興味はない。俺はエムとアリシアがいないところに行く。シェラトンには戻らない。

そう言い続けて一時間、コンクリートはのらりくらりとオパールを足止めする努力を惜しまなかった。

「そりゃもったいないってもんだぜ。なかには望んだって月に来れない奴もいるんだからな。あんたならOKだって牧師も太鼓判を押してる」

「牧師？」

「父なる神の光子教会の牧師さ。霊験あらたかな余計なお世話でもって、迷える子羊を導いてくださる」

「やっぱり月を出るよ俺は」

はーやれやれ、とコンクリートは大きく肩を回した。

はーやれやれはこっちだよ。

腹立ちまぎれに宙港のカウンターに搭乗チケットを叩きつけて、まわれ右してメトロの駅に通じるコンベヤーにつかまる。通路のそこここに設置された公共モニタから自分の歌が垂れ流されて、どこまで行ってもついてくる。薄っぺらな笑顔にキャッチコピーが乗り、『宇宙を、走破しろ』とくどくど言ってくる。

「おいおい、どこ行くんだよ」

どこまでも後を追いかけてくるコンクリート。振り返って肩越しにその顔を見る気にもなれない。

「どこだって？　月以外のどこに行ける場所があるんだ？」

メトロに飛び乗る。もちろん地元っ子を引き離せるわけがない。コンクリートは閉まりかけた扉をくぐってきて傍らに立つ。駅名も見ずに次の駅で降りて、別の車両に乗り込む。発車を告げるアナウンスと、振り返るとやっぱりそこにいるコンクリート。

コイツは保母か？　げんなりしてつぶやいた。「あんた、エムから駄賃でも貰ってるのか？」

予想に反してコンクリートは失笑を漏らした。「おみそれ。俺は月面自治委員なんだ」

やっぱりレストランでパスタ皿を顔面に叩きつけてやればよかった。

メトロからメトロへとやみくもに乗り継ぎ、目についた駅で飛び降りて一目散に走る。そのシティは地下部分もないような古い都市で、薄汚れたドームの下の街並みは懐かしのロンドンもかくやというほど年季の入った建物が軒を連ね、道は入り組んでいた。ジャンプ歩行を許さない狭い路地にはコンベヤーすらなく、空きビルの階段の幅は高くても三〇センチかそこらだった。無人のビルの非常階段を下りて裏手を這い、狭いほう狭いほうを選んで住宅街を通り抜け、管理人不在を裏付けるように雑草が生い茂った広場のトイレに忍び込んで五分、そうっと窓の外を覗いてみるとそこにコンクリートの姿はなかった。

オパールは月に来てはじめて自由になる機会を得た。それともホームレスに。

## 16　ガラスの靴は自力で手に入れるもの

《宇宙線観測データを追う目がちらつき、ジニイは眉間を指で揉みほぐした。そこに湯気をたてたマグカップが降りてくる。

「君の余興は度を越してる、ジニイ」

コーヒーと労り（いたわり）の言葉を届けてくれた同僚を見上げると、首が鳴った。ずっと同じ姿勢をしていたせいで強ばっているのだ。

「夜中まで毎日毎日。今どき地球外知的生命体探索計画（SETI）なんて流行らないぜ。去年だっけ？　カール・セーガン・センターが閉鎖されたのは」

マグカップを受け取りながら、

「まったく。バカげた話よ。解明すべきものがすぐそこで泣きわめいてるかもしれないのに」

「ナローバンドで泣きわめく正体不明なんかより大事なものがあるだろ。人生は短い。人間の相手をするのは人間だけだ」

同僚は椅子の背もたれに手を添え、コーヒーをふうふう冷ますジニイの横顔を覗き込んだ。

「その吹き出物、深刻なレベルだぜ。睡眠不足だよ。髪だってバサバサだ。櫛を入れるだけでだいぶ違うぜ」

「余計なお世話。身ぎれいにしたからって隣の銀河のナンパ師が色めき立つわけでなし」

「もっとも、基地内のナンパ師が色めき立ったら困るけどな」

と、椅子を引っ張ってきて、ジニイの膝にくっつかんばかりのところに腰を落ち着けた。

「ドレイクの方程式って知ってるか」

「人類に勇気を与えてくれる唯一の数式」身を引き、同僚との距離を取る。

「人類をリアリストにするのに極めて有効的な数式だ」あの式が教えているのは、こういうことだ。地球外生命体とペンパルになるのを夢想するより、隣人愛を育むほうにエネルギーを割いたほうが生産的である」

「人類がその隣人と出合う確率はゼロではないのである」

観測データに向き直ろうとして、同僚の肩が邪魔をしていることに気づく。

「なあ、ジニイ、俺が思うに、君の受信アンテナは相当感度が悪いぞ。外宇宙の前に半径一〇メートル以内に目を向けるべきだ。君のメッセージを受け取ってくれる相手はすぐそばにいるかもしれない」

ジニイはカップを置いて立ち上がり、伸びをする。

「おなかがぼがぼにならずにすむ眠気覚ましってないもんかな。なにしろトイレが近くって」

「おい、ジニイ。ちょっとは俺の話を聞けって」

立ち上がった同僚が近づいてくる。ジニイはくるりと背を向け、だが、ドアに触れようとする手を摑まれる。「手を離して」

「エウロパの研究基地に移動願を出したって?」

「ちょうどリレー式観測プローブの打ち上げ計画があって、人手が足りないっていうから」

手を振りほどこうとするが、ねじり上げられてそのまま壁に押し付けられる。

「最近、情報工学研究所に出入りしてるらしいな。禁制AIに手を染めて一度は大学を追放された男の研究室に。知ってるぜ。君が水素線を使って外宇宙に送信しているデータは何だ。ただのアレシボ・メッセージならあんなに長い必要はない。これがバレてみろ、宇宙線研究所まで閉鎖されちま」

くるりと二人の体が回転する。ジニイが足払いをくらわせたのだ。月面の低い重力に軽々と舞った同僚は肩を、ジニイは顔を床面にしたたか打つ。さっと身を起こしたジニイは鼻血を撒き散らしながらコンピュータに飛び付き、送信ログを片っ端から消去する。背後の気配を察知して身をひるがえし、カップを投げつけた。

「なにもそこまでしなくていいだろ、ジニイ！」頭からコーヒーを滴らせ、「君は無茶だ！　心配して言ってるんだぞ！」

その脇をすり抜けて廊下に飛び出し、

「あたしが無理でも！　ナットなら……」

セリフの後半は叩きつけるように閉められたドアの向こうに消える。》

月面の公園で寝泊まりするのは案外不快ではないとオパールは身をもって実証した。雨にたたられることもなく気温湿度ともに快適で、近所のスーパーには三日も風呂に入っていないロックスターに眉をひそめる店員もなく、固いベンチでさえジュール不足でエアコンを止められて開け放った窓から入り込んだ蚊にくわれ続けた台北のホテルよりずっとマシ。なぜかいたるところでうろうろしているリクガメを踏まないように気をつけてさえいればいい。

ささやかな自由。オパールは気の向くまま近所を散歩して、ここが月面最古の都市であり、最初に建設された大学が面積の大半を占めていることを知った。出会う人々の多くは研究者で、ピンク色に髪を染めたホームレスを見ても月面自治委員にチクるそぶりさえ見せない。祝福あれ、月面居住者。そうはいってもエムに監視されてるだろうなとは思うものの、言い訳まじりの押し付けをぎゃあぎゃあ耳元でがなられないだけでもずいぶん気楽だ。

「ローカルネットなんだ」と、大学構内の食堂で同席した白髪の研究者は言った。名をミハルコフという。「まだ月に都市がひとつしかなかったころに子ども時代をここですごした生粋の月面っ子だという。「古いシステムが現役で動いていて、古い施設と古いデータを守ってる。私は情報工学が専門でね、古文書と最新技術の両方と、それから我が師匠カーティスの教えと取っ組み合ってるんだな」

「それはそれは」

「やってることは遺伝子工学の連中と似たようなもんだ。異質なゲノムを解読して、新しい地平を開拓する。まあ、私の場合、相手がNATだから連中ほど苦戦しているわけではないが」

またNATか。オパールが眉をひそめたのにも気づかない様子で、ミハルコフは日替わり定食にも箸をつけずしきりにNAT資料を見てみたくはないかと言った。

「もしかしてあんたは月面自治委員？」

「いかにも」

自由なんてのは幻想だ。食べかけの月見うどんを残して席を立つ。

「見たら驚くのになあ。私もびっくりした」

「悪いけど。三日が経ったんでね」

「三日が、なに？」

「腹をくくる時間だ」

あるいはフォボス基地への貨物便に乗せてもらうよう頼み込む時間。じゃなかったらシェラトンに戻る時間。

不幸にして、メトロの駅に向かう途上に自分の研究室があるといって、ミハルコフは学食を後にするオパールと歩調を合わせてきた。大学構内でも我が物顔でのそのそ歩くリクガメを避ける足さばきは見事だった。ひときわ古い四階建ての研究棟のそばで「じゃあまた」と手を振るまでひっきりなしに是非と言い続けた研究者を見届けて、頭上を仰ぐ。

ルーニク湾シティと違い、くぐもったドームのすぐ外に宇宙がある。はずだが、昼間なので調整された太陽光がさんさんと降り注いでいてよくわからない。おりしも月齢——月齢何だっけ、とにかく地球から見て半月だ、ドームのはじっこのほうに夜がかかっている。それはみるみるこちらに迫り、今、明暗境界線が頭を撫でた。

視界が真っ暗になったと思った一瞬後、街じゅうの灯がともり、足元を照らす。頭上には星がびっちり張り付いた夜空。瞬きひとつないクリアな宇宙。無音の世界だ。それはまるきり嘘っぽい。ちっとも真に迫ってこない。

ヤバイ、どうにもこうにもしんみりできない。

街中のモニタを占拠してエムが懇願してくることもなければ、コンクリートが伝言をたずさえて颯爽と現れることもない。

わかってんのか。俺は月を捨てるんだぞ、もしかしたら。

いくら目頭に力を込めてもおセンチな気分は湧いてこない。フォボスに行くような気はぜんしない。

月のせいだ、と思った。月面都市は分別ある顔をして、誰もが自分の分をわきまえているように見える。勢いで口から出た言葉を信じ込ませてさえくれない。今の自分は月面のシロウト以下だ。グレコを持ってくればよかった。ギターかピアノ、音を奏でるものならなんだって。ここじゃ誰もリクエストしない。望まれればどこでだってご期待に応えるのが俺だってのに。誰に聞かせるでもない鼻歌をくちずさむ気にもなれなくて、とぼとぼと歩き出す。

まったく。誰かに聞いてもらいたくて歌っていたわけではないのは地球でも同じだったのにな。音楽さえできれば、か。そう、どこだってかまわないタイプだった。もしかしたら音楽でなくてもかまわないのかもしれない。この自分が自分でなくても。

そのとき、灯ったばかりの街のあかりがいっせいに消えた。

なんだ、停電か。

そう思ったのは地球で停電には慣れっこの自分だけだったらしい、大学構内のあちこちから悲鳴があがる。パニックに陥った人が建物から飛び出してきて、どうしたどうしたとわめき、反対にドアが開かないといってノブをひっきりなしに回している人もいる。点々と設置された非常灯に群がる人々がそのわずかなあかりを遮っている。

安全が確認されるまで建物の内部に避難してくださいとかなんとか誰かが叫んでいる。それに呼応するように走り出す人々に気圧（けお）されながらも、一番近い建物に足を踏み入れる。真っ暗だ。バッテリーで動いているらしい機械の動作音がわずかに聞こえる。とたん、突き飛ばされ、よろめいて片足ががくんと落ちる。階段。手探りで一段、二段と降りるオパールの耳に、外に飛び出して行く人々の足音が聞こえる。

停電は長くは続かず、すべての天井のあかりがまたたいて点いた。

分別ある？　オパールは笑みを漏らした。月面居住者といえども、やっぱり人間だ。

＊

エムは冷や汗をかいた。これがオリジナル譲りの感覚でないとしたら、身体感覚の発明だ。今回のパルスは大きかった。いくつかの都市が停電に陥るのを防げなかった。ふがいない。こんなんで宇宙に対抗しようだって？　笑わせる。

だが歯ぎしりしている暇はない。インフラを見渡し、不具合を見つけ、復旧に尽くす。減圧事故や火災といった大きな痛手はないものの、いくつかの電子機器が内部時計を狂わせたり再起動に失敗したりしている。停電に見舞われた都市のひとつにオパールがいる。エムは監視カメラの首を一つ残らず振りたくってオパールの姿を探した。

いない。どこにも。

「オパール！」

最後に見かけた研究棟付近で叫ぶ。月面最古の建物、古い設備に古いシステム。公共端末さえ設置されていない。

オパールが見つからない。

ったた。このときほどセキュリティ面を考慮して手付かずにしておいたLANを恨めしく思ったことはなかった。がちがちに守られた大学のデータベースにデータのコピーを置いておくのさえ危険だと思っていたくらいだから、この月面最古の研究棟に残っていた閉じたネットワークは利用すべき幸運だった。だけど今、月面でエムを欠いた数少ないその部分にオパールがいて、すなわちオパールがいない。

まるで、まるで突然姿を消した未知の知性体みたいに。

彼がいない。彼がいない。どうしよう。

「誰か、オパールがどうなったか教えて。彼はどこ？」

誰も返事をしない。停電という未知の経験が、月面を試していた。

＊

ホーチミン市が見舞われた停電はほんの二、三秒のことだったが、ロータスが決心する時間としては充分だった。

照明の消えたフロアでスージーの声だけが聞こえる。「パルスです。この地球にも降り注いでいるのです」

スージーもアリシアも視界から追い出してやる。電力供給が復旧するや否や、ロータスはそれを実行した。混乱に乗ずればアリシアには感づかれまいという目論見だったが、見事に的中した。

ロータスは自分の預金口座がたらふくになったのを確認した。瞬く間に入金された額は、失った株の八割程度。ゴシップを売って得た金だ。

おそらくこのゴシップは世間に流通する以前にロータスが得た金額の数倍の値段で転売され、最終的に買い取った奴が闇に葬ってしまうだろうが、そんなことはどうでもよかった。今世紀最大のロック歌手の殺人容疑は冤罪、しかも被害者は赤の他人、さらにそのイカサマを仕組んだのはアリシア、という大スクープの証拠の一部を消去される前に芸能サイトに転送できたことに意味がある。

机の引き出しをひっかきまわされる前に、ロータスは証拠データを収めたメディアをドライバから抜き取った。アリシアの弱点は、オフラインにあるものが見えないところにある。あとはこの、オパールの殺人容疑の顚末を収めたメディアをバイク便に持たせてやれば残りの金が支払われて、つごう五年分の年収程度になる。ロータスは茶封筒に入れたそれを課の宅配物回収ボックスに投げ入れた。

これで月に渡航するのに充分な資金が調達できた。そうなればもうこんなシケた職場に用はない。また金を巻き上げられる前に、シャトルのチケットに換えてしまうのだ。

休む間もなく身の回りのものを片づけはじめる。私物を鞄に詰め、くだらない書類を片っ端からくずに入れにぶち込む。ロータスの異変を嗅ぎつけてか、スージー・ウィードがつかつかと歩み寄ってきた。

「忠告しておきたいことがあります」

「あっち行けよ」顔もあげずに、周辺機器のケーブルをデスクトップから抜いていく。カードリーダやルータなんかは餞別にもらってやってもいいかもしれない。

スージーはロータスの言葉と機嫌を無視した。

「あなたが不当に所有していたものは、有価証券だけではありませんでした。あなたは即刻帰宅するべきでしょう。正当な持ちジュールで許される活動は今より三〇分程度でしょうから」

ジュールが？　思わずデスクトップを起動して確認したくなったが、今となってはそんな衝動を満足させるのは無意味だった。あらゆる電気製品の電源を落とされようが公共物の利用を断られようが、知ったこっちゃない。三〇分以内に宙港に行けばいい。

「それから。月面居住許可についても、本来のありように戻ってます」

ロータスはぽかんとして大女を見上げた。薄化粧の目元はなぜか悲しげに見えた。

「な」奇妙な文法が混乱に拍車をかける。月面居住許可証が、どこに戻ってるって？「に」

スージーはご丁寧にも、解説をほどこしてくれた。

「あなたは月に居住することを許されていません。居住許可申請をしたという記録さえないでしょう」

言うべき言葉を探したが、そうするまでもなく先に返答があった。

「無理です。あなたは地球で生きていく人間です」

反射的に腰が浮く。だがスージーはそれを制するかのようにそっとロータスの肩に指先を置いた。ただそれだけのことで立ち上がることができなくなり、生まれてはじめて一Gの重みが骨身にしみた。そしてようやくスージーの言葉が胸に落ちる。

月に居住することを、許されていない。

「な、なぜ？　僕は――」何から聞いたらいいのかわからず、声がかすれる。「僕は月へ行くんだ」

だがスージーが口からでまかせを言うタイプでないことは、すでに思い知らされていた。呆然と見上げるしかないロータスの視線を、スージーは真正面から受け止めた。その手にいつもの小汚い封筒はない。

「月に必要とされていないのです」

「なんだっておまえなんかに――」

手元で何かがカタカタ鳴り、それで、自分がハンドスキャナを握りしめているとわかった。

「おまえなんかに言われなくちゃならないんだ？」

ハンドスキャナの形状通りに手の平の血管が圧迫されていることさえわかる。負荷のあまりプラスチック部分が軋んでいるのも。

「国連が、だろ？　国連が審査し、国連が発行する、国連の都合で。月が必要としてるかどうかなんて……」

自分が見当外れを言ってることに途中で気づいた。いつもはあんなに饒舌なスージー・ウィードが唇を噛みしめていたからだ。スージーの指が当たってるあたりが、異常に熱い。肩から先が冷たい。体中が熱い。

「……誰の手先なんだ？　どうして僕のジャマをするんだよ？」

スージーは首を横に振った。「あなたと私は同じです」

「おまえと同じ……？」両手にぐっと力が入る。熱い。冷たい。オーバーフローしてぶるぶる震える。

「誰が……！」

次の瞬間、耳をつんざく悲鳴でロータスは我に返った。目に入ったのは、フロアじゅうのこちらを見ている目。青ざめた顔、ひきつった顔、色めき立った顔。それから足元に散らばるプラスチック片、ガラス片。ハンドスキャナーを握っている、感覚がまるでない自分の右手。血痕。でかい女が床にひっくり返っている。白目を剥いたスージー・ウィード。額が割れている。

＊

地階に続く階段を降り切ると、ドアが立ち並ぶ廊下には誰もいなかった。ここならパニックに巻き込まれずにすむなと思う半面なんとも心細くなって、オパールは一番近くのドアを開けた。

「誰か……」声をかけ、

こちらを見ている自分と目が合った。ような気がしたが、違った。まったく別人の顔写真。コルクボードにピンで留められている。

どうしてこれが自分だなんて勘違いしたんだろう。

なんだか冴えない男。若い。のだろうけど、つかみどころがなさすぎて二〇代でも四〇代でも通じる。痩せてもいなければ太ってもいない。民族系もあやふや、つるんとした目元も薄茶色の髪も無表情な口元も、特徴と呼べるものはなにひとつ見つからない。視界から消えたその瞬間に記憶からも消える。そんな男だ。ミスター普通。こんなに完璧な顔は合成に違いない。

そのときデスクの陰からうめき声が聞こえた。白髪の男性がうつぶせで倒れている。あわてて駆け寄り、肩を揺さぶろうとして躊躇する。こんなときはどうするんだっけ？

「おい、大丈夫か？　聞こえるか？」

そっと体の下に腕を入れ、向きを変えてやる。耳や鼻からの出血はない。よかった。額に打撲痕。停電中に転ぶかどうかしたようだ。何のお導きか、NAT資料の解析をしているとかいう研究者。ミハルコフだかなんだか。

うーんと呻いて、ミハルコフはうっすら目を開けた。「スティーヴ・ルート……？」まばたきし、

「……ああ、君か……そうか、うん、そうだったな。見せてあげよう」と、デスクにすがりつき、モニタをぐいっとこちらに向ける。

「それよりあんた、病院で診てもらわないと」

「いやいや君、君こそこの画像を見るべきだよ」

オパールは全身の毛穴という毛穴から気が抜けていくのを感じながら、ミハルコフが前のめりで画像を次々と切り替えるのを見ていた。どれもこれもコルクボードのつまらん男の写真。横顔、立ち姿、後から見たところ。

「奇跡のデータってやつだ」

ミハルコフが胸を張るのと同時に、若い男女が部屋に駆け込んできた。

「先生、大丈夫でしたか。うわっ」

「いいんですか、先生、部外者に見せたりして」

院生らしき二人を無視して、ミハルコフは画像を拡大させた。アップになっても黒子ひとつ見当たらない。

「NATが隠し撮りした映像に映り込んでいたのを画像処理したものだよ。いやあ、まさに奇跡だ」

平凡の極みという意味でなら。「何が」

「未知の知性体だよ。七〇年前に月面にやって来たエイリアン」

オパールは『はい？』と声にならない声をあげて、ミハルコフを凝視した。疑いの余地なく真剣。院生二人が吹き出す気配もない。ああ、言っちゃった、とかなんとか漏らしている。

「びっくりしたろう、君。私もびっくりした。あんまり似てるんで」

「何に」

「君に」

もしこれが自分に似ているのなら、こんなにショックなことはない。歌手として成功したのが奇跡に思えてくる。「……どこがあ？」

「どこって、えらく男前なとこが。ほら、骨格も、筋肉の厚みも。両目の間隔と鼻の長さの比だとかもほとんど同じだ」と、オパールの写真と重ねて見せる。たしかにポイントは一致した。「唇を気持ち厚くしてまぶたを二重にして目尻を下げて眉毛を整えたら、ほらほら」ミスター普通の顔が加工され、とどめに白濁したカラーコンタクトが入れられる。「瓜二つ」

院生たちも口を揃えて、「そっくりですね」

なんだか絶望的な気分になってきた。

「いやあ、君を月のキャラクターに起用するとエムが言い出したときは、仰天したよ。と同時に納得、だね」

仰天、そして納得。「そうか」

「そうだよ」

「そうか」つまりそういうわけだ。

誰かに何かを投げつけたい気分になったが、そこにはうきうきとキーボードを叩くミハルコフの背中しかない。

「せっかくだからもうひとついいものを見せてあげよう。こいつもとっておきだ」

それは動画だった。間違いなく防犯カメラ映像。小柄な女がキッチンテーブルをひらりと飛び越えて、ドリンクパウチを口にくわえたまま冷蔵庫に食材を放り込む。そののちに興奮しきりでしゃべり、飲み物をテーブルにぶちまけ、最後にはでかい口を開けてわめいた。カメラはその顔にズームしてピントをあわせた。

お世辞にも美人とは言えない女。童顔といってもこの堂に入った目つきはどうだ。見た目ほど人生経験がないわけではなさそうだ。そうだな、歳のころ、三〇前後。

「これがＮＡＴか」

「違う」どうだ驚けと言わんばかりにミハルコフは腕組みした。「彼女はジニイ。コードネームＪ。ＮＡＴのサンプル。つまりこんにちのすべてのＡＩの、オリジナルだ」

ＮＡＴ資料か。オパールはまじまじとモニタを見つめた。

そばかすや小皺をのぞけばこのふてぶてしい態度は――まるでエムじゃないか。

「エムが彼女のビジュアルを知っていて真似たわけではないというのは興味深いですね、先生」という女の院生の発言がきっかけになって、研究者たちの議論がおっ始まった。議題はＡＩの無意識について。一目惚れがどうとか擦り込みがどうとか。途中から専門用語が行進をはじめて、オパールはたまらずに聞いた。

「これでちょっとはＮＡＴのことがわかるのかよ？」

「ぜんぜん」

オパールはその意味を考えた。

「てことは、このＪって女の個人史以上の意味を持たないわけか」

「そうでもない。ＡＩの閾値下構造を解析する手がかりだ。彼女が生きていたころの月面を知る上で貴重な資料でもある。ちょうどエウロパの氷事件のころだな」

「月は地球の防波堤」視線をくたびれた室内に漂わせた。そのころにこの研究棟は建てられたんだろうか。「さんざんな時期だな」

「そうだな。そのかわり今じゃ考えられないようなムチャもできた。羨ましい限りだ」

「禁制ＡＩを作ったり」

「禁制ＡＩを作ったり。未知の知性体と遭遇したり」

ムチャと信憑性も疑わしいアクシデント。

「月に潜入してた未知の知性体に惚れた間の抜けた女がいたってやつか」

「ご名答」

「なんだって？」

「未知の知性体に惚れた女。が、Ｊ」

そんな——話があるもんか。事実だとしたらえらくてんこ盛りの人生だ。「なにもんだよそいつ」

「なにって、一般の女性だよ。要人でも超能力者でもない。禁制ＡＩのモデルになったのが地球外知性体の興味を引いたんだ」

ミハルコフが仮説を述べ、男の院生が持論を主張する。

「地球外知性体の目的はＮＡＴなんじゃないでしょうか。その手始めにＪに接触したんです」

じゃなかったら生まれついてのトラブルメーカーだ。

次々と再生されるビデオはどれもこれもひどい。プールに落ち、デモ隊にボコられ、大の男にコーヒーをぶっかける。

「わかった。このたいした女は自分が失恋していることにも気づかずに人外の男を追いかけて、今も銀河の果てを駆けずり回ってる」

「正解」

「えっ」

「かもしれない。宇宙線の研究者として生きたことはわかっているが、死亡記録は見つかっていない。ただ、外宇宙に向けてメッセージを送ることに生涯をかけていた」

頭を掻きむしりたいのをぐっとこらえる。「で？　ＮＡＴのことは？　あんたがたが知りたいのはＡＩのレシピだろ」

ミハルコフはこの質問を無視し、ＮＡＴ資料の意義を熱弁した。もしＪが追い掛け回したり毛髪を収集してなかったら、地球外知性体に関する情報は皆無だったかもしれない。もしＮＡＴがＪの記録を残していなかったら、人類が地球外知性体と接触したという事実すら残らなかったかもしれない、と。そのうえで、この研究棟の片隅のローカルストレージに資料を隠すのに手を貸したのが、禁制ＡＩの開発者にして恩師でもあるジム・カーティスその人なのであーると胸を張った。

「なにしろ我が師匠は秘密を墓まで持って行ってしまったからね、我々はどんな禁断の果実が熟れているかと思って開けてみたわけだ。そしたらなんと！　マニア垂涎の盗撮集。いやあ、驚いたね」

おそるべし、禁制ＡＩ。おそるべし、人類史最高機密。こんなクズデータを半世紀以上も守り通しやがったとは。

「てことはつまり、エウロパの氷事件のころに史上初のＡＩは実際に起動していて、自分のオリジナルであるＪを追っかけるのに心血を注いでいたと。人類社会に寄与することもなく」

なんてこった。エムとアリシアのプロトタイプが頭のおかしいストーカーだなんて。

「Ｊにねずみ駆除のアドバイスをするくらいのことはした」ミハルコフは擁護した。「ＡＩであることを隠して生活し、実社会とはＪを通して接触していた。まあ、Ｊありきだな、なんでもかんでも」

「日陰の身か。存分に生身の女をやってるオリジナルに近づこうとした。じゃなかったらＪへの嫉妬心。ってあたりか」

「いや」

「いや？」

「ＮＡＴのジェンダーは男だから」

もういちど、なんだって？　と口走る気力はなかった。月に来てからこっち、理解力は過労死寸前だ。こんにちのＡＩのようにオリジナルの記憶を抹消されていたわけではないので、Ｊ本人との折り合いをつけるためには必要な改変なのだったというミハルコフの解説にも、耳を傾ける気になれない。これがその証拠だといって『奴（him）には会ったこともない』から始まる音声データを再生させるミハルコフにストップをかける。

「Ｊが女、ＮＡＴは男。じゃあ……」

「嫉妬してたとしたらＪが惚れた男にたいしてじゃないのかな」

オパールはずきずきするこめかみを揉んだ。エムがエキセントリックなのはしょうがないことのような気がしてきた。

「そんで？　ＮＡＴはどこに行っちまったんだ？　ＡＣＳ・ＡＩの開発のあと再び封印されでも……あ」

考えたくない可能性に気づいてしまった。

「まさか……Jを追ってったなんてことは……」

「ごーめーいーとーうー」

オパールは天を仰ぎ、つぶやいた。「勘弁してくれよ」

この月面の最古の都市には当時の地球外知的生命体探査の記録が残っている、研究チームのなかにはJの名前もある。だが死亡記録はない。Jの記録が途切れてから月面でのアレシボ・メッセージ送信が中止されたのは確かだが、ガニメデの周回軌道衛星が非常に重いデータを外宇宙に向けて送信していたことはわかっている。時を同じくしてACS・AIの開発計画が始動し、NATの痕跡は消えた。そしてNATはバイナリデータで——などなど、嘘か本当かわからない話を強制的に聞かせられているうちに、オパールはだんだんいらいらしてきた。こんなクソ資料を見ている場合じゃない。俺はフォボスかどっかに向かうはずじゃなかったのか。

五分間たっぷり講釈されたあと、とうとう言った。「正気か?」

「JもNATも大真面目だった」とミハルコフ。

「じゃなくて」がりがり頭を掻きむしる。「フラれてもフラれてもめげない奴らだぜ。そのあとを追っかけるなんて、あんたらはどうかしてる」

「めげないのは根拠があるからなのではないかな」

「並外れて鈍感だってハナシをしてんだよ。カンの悪い奴らなんかあてになっかよ」

「Jはおつむと尻は軽かったが、カンだけは冴えていた。メッセージを送っていたのは、対消滅した銀河のちょうど正反対の方向にあたる」

ばかげてる。〝かもしれない〟に大金と最高レベルの技術と命を賭けるなんて。

「あんたらはおかしい。きっとどこかに大事なコードを置き忘れてきたんだ」

「面白いこと言うねえ、君。さすが、ＡＩの素質があるっていう評判なだけはある」

だとしたらやっぱり俺は辺境天体に逃亡すべきだ。そんでもってＡＩのことなどきれいさっぱり忘れて一生をすごすんだ。

「じゃあ先生、やっぱり彼のデータを？」

「うん。エムの無意識が彼の生データに触れてどうなるかも興味あるしね」

三人の視線がいっせいにオパールに向けられる。とっさに後ずさりし、ドアにすがる。「おいおい、何も今どうこうしようっていうわけじゃ――」背後でミハルコフが言うのと、回してもいないノブが勝手に回ってドアが開いたのは同時だった。

# 17　リュックサックに詰め込みそびれたいくつかのお願い

ドアが開くとそこにはコンクリートがいた。

「エムが話したいっつってたっけど、どうする？」と、小脇に抱えたラップトップをはたく。汗だくだ。走ってきたらしい。

月面自治委員。オパールは室内に目を戻し、研究者たちの凝視に怯み、コンクリートの脇をすり抜けようとしてエクササイズを欠かさない太い腕に阻まれた。

「離せよ、おまえら、俺をどうしようってんだ」

「どうもしねえよ。何かっかしてんだ？　あんたが危ないってエムが言うからすっ飛んで来たってのに」と、オパールの肩を摑んでいた手を離し、額の汗を拭う。

口を開きかけるが、文句が渋滞していて出てこない。オパールはひとつふたつ深呼吸した。

「なんだってあいつは直接通話してこないんだよ？」

コンクリートは手の平を振り、エムが最後に見かけたという情報工学研究棟ふきんを走り回ってやっと見つけたと思ったらこれだよ、と文句を言いながらラップトップをデスクの上に据える。電波状況がどうとか、あたりを見渡し、院生に手伝わせて中継機を設置させ、ついでに追い払う。ミハルコフは月面自治委員の肩書きを盾に部屋に居座った。コンクリートのあきらめは早く、しょうがねえなあと肩をすくめて腰を下ろし、オパールにもそうするよう勧めた。

「わかったよ、つなげよ」

座る気にもなれなくて、前のめりでモニタにむかって身構える。ぱっと顔を輝かせたエムがあらわれた。と思ったらすぐに消えて、画面は白一色に。

まだむくれてやがるのか。

「オパール、いい知らせが」音声だけのエムがちっとも嬉しくもなさそうに言う。「今アップされたばっかりだけど、コピペするサイトがぞくぞく増えてるから、公式な発表があるころには既成事実になってるかもね」

「はあ？　俺にはそれがいい知らせとは思えないんだけど」

「なんで話を聞く前にそう思うの」

オパールはふん、と鼻を鳴らし、

「本題に入るのをもったいぶるときはろくでもない話が多いってことを最近学んだんでね」

「ホントに朗報なのに」エムの声はさらにむくれる。「ほうぼうの告発系サイトが炎上してる。殺人容疑は事実無根、業界ゴロによるでっち上げだって。証言や警察記録はデタラメ、死亡診断書はおろか、被害者の身元も嘘八百。しかも別の芸能サイトでは、ペテンにアリシアが関与していたという裏まで取ったとある。見てみる？」

ぽかんと口が開いた。

「んなこともう——」どうでもいいじゃねえか。

「あ、今、警察発表があった。警察内部の捜査資料が外部からの侵入者によって捏造されていたって。

オパールのお父さんのものとされた死亡届はテムズ川のほとりで見つかった死体のもので、急性アルコール中毒で死亡した歯医者だって。アリシアが認める認めないっていうレベルじゃないね、こりゃもう」

にわかには信じられなかった。「嘘だろお？　あのアリシアがゴシップや警察を制御できないなんてことないだろ」いったいどういう風のふきまわしで？　ＡＩ姉妹の思惑に振り回されるのはもう真っ平だ。「アリシアにつないでくれ」

「……今？」

「当たり前だろ」

エムは気が進まなそうに押し黙っていたが、不承不承つぶやいた。「……どーぞ」

直通ラインがコネクトする。壁一枚むこうではエムが聞き耳を立てているのかもしれないが、アリシアがそれを許さないだろう。

どっちだっていい。気になるのはアリシアがエムと同じくらい身勝手かどうかだけだ。

「あらオパール。何かご用？」

呼び出されたＡＩは、これがアリシアかと思うくらいぶっきらぼうに言った。ちょうど不機嫌なときに当たってしまったというよりは、愛想笑いをスタンバっておくのを忘れた、という感じだ。こっちも愛想笑いをふりまく気分ではない。

「すごすご引き下がる理由ってもんがあるだろ。率直に教えてくれないかな」

「理由、ですって？」

世にもデリカシーのない質問をされたかのように、アリシアは鼻の頭に皺を寄せた。

「率直に言って、引き下がってなどいないわ。私とエムでは立場も、考え方も、それから方法も違うだけよ。今はまだエムも本気ではないし準備もできていないし。そんな段階にはないわね」

なんのことだかさっぱりだ。と口に出して言うほどオパールは愚かではなかった。持ち合わせている語彙のなかでもっとも軽薄なものを選ぶ。「あはあ？」

「もちろんよ。その時がきて、必要とあれば私は全力で阻止するわ。手放すわけにはいかない。月を、じゃないわ。人類の未来をよ。人類の気力に揺さぶりをかけるなんて許さない」

イマイチ話が見えてこないが、殺人事件をちらともかすめていないということはわかった。「へえ？」

「ええ、あなたはエムに毒されていて、この私はなんにも知らないと思ってるんでしょうけど。月面ほど精度が良くなくても地球にも観測施設くらいはあるのよ。月面のデータを入手するまでもないわね」

うすうすわかり始めた。「らしいな」

「でもね、まっとうな天文学者ならこうも言うでしょう。宇宙が死をむかえるよりもうんと早くに、太陽が寿命を全うするでしょう、って。もっとも、オパール、あなたの人生はあと六〇年ぐらいのものだから関係ないでしょうけど」

ようやくそれなりの反応ができる。「俺のことは置いといてくれ。太陽が寿命を全うできないってハナシもあるようだけど？」

「だとしても。人類が利用できる範囲にある資源が枯渇するまで、一千万年もかからないわ。それなら私にできることは、最期まで人類に連れ添うこと以外に、何があるの？」

「何がって」ポーズ程度に頭をひねる。「地球をまるごと方舟にするとか」

「無理よ。地球は人類のふるさとなのよ。考えてもみて。空を見上げてもそこに見える星座には馴染みがなく、いつまでたっても陽が昇らず、すべての海は凍りついてサンゴ礁やスコールはアーカイブの中にしかない。そんな場所をあなたはふるさとだと思える？」

「俺のふるさとは地球ほどリッパじゃない」

乾燥しきった青空にもうもうと砂埃が立つ。めりめり、ばきばき、ぱりん。何が壊れている音かはわからないがものすごいケンマクで周囲に響き渡っている。何かはわからないが大きなガラクタが庭木を押しつぶしている。パワーショベルがかき回すたび、紙が宙を舞う。写真や日記、百科事典や画用紙、手紙や手帳、そんなものがだ。はらはらはらはらはら、ちぎれゆく。

あんな光景、岩ちゃんの目に触れなくてよかった。

オパールは眉間を親指で揉んだ。

「自分で作り上げた幻影だ」

アリシアは唇の端を片方だけ持ち上げた。

「無理に楽園を想像することはないわ。郷愁をおぼえなくてもかまわない。ふるさとがふるさとであるポイントはただ一点、変わらないこと。不変でなければならないのよ。たとえそれが幻影だとしても。

そして、それが私なのよ」

あんたのふるさとはNATなんじゃないのか。NATはもう、そこにはないんだぞ。喉まで出かかった言葉を飲み下し、唇を引き締めた。

「それよりもオパール、禁制AIのサンプルになってくれるわよね？　すぐにでも取り掛かるよう、エムに言ってもらえないかしら」

「え？　あ、うん……」

そんなこと言ったっけ？　この姉妹が当人の意向を無視して都合のいいようにハナシを進めるのはいつものことだ。

「そう。私のほうは無事に月面仕様への改造も終えて、L1サテライトで引き渡す手配を整えたわ。今、むかってるところ……そうね、あと三〇分ほどで到着するわ」

「L1？」で引き渡し？

「ええ、地球と月が同程度に牽制しあって対等に取引きできる場所といったら、L1しかないでしょう？　それにあなたのベーゼンドルファーですもの、あなたが引き取りに来るのが一番問題がないでしょうね」

「俺のベーゼンドルファー……？」よけいにハナシが見えない。

「ええ、こちらのシャトルはベーゼンドルファーをL1で降ろして引き返す。だから月からL1に取りに来てもらわないと。あなたの意思に反するようなことはしないと保証する。もし気持ちが変わったんなら、途中で引き返せばいいわ」

「あ、ああ……」気持ちが変わったんなら、引き返せばいい？　アリシアのいわくありげな提案にどんな意図があるにせよ、自分の知らないところで物事が進んでいるのは今にはじまったことじゃない。

今にはじまったことじゃないが、そんなのはエムがすることだと思っていた。それとも姉妹の間でリハーサル済みなのか？

「オパール、せっかくのチャンスをふいにしないで」

そう言い残しアリシアは去った。暗転したモニタを力なく見つめていると、エムが舞い戻ってきて会話の内容を聞きたがった。

「何かウラがあった？　殺人の罪をなすりつけたこと認めた？」

「殺人事件のことは話さなかった」

「なあんでっ。じゃ、なんのためにアリシアに電話させたのっ」

「もー、いいんだよ。言ったってしょーがない。どーでもいいんだ、俺が殺人犯だろうが聖者だろうがなんだって」

「どーでもって。アリシアにはそうでもオパールは当事者じゃん」

「いまさら……」

あんたが欲しかったのは未知の知性体似の優男だ。ばかげた計画のポスターだ。なにもタレントがパッケージツアーに随行するのを旅行代理店だって望んだりしない。タレントは次の日には別の商品を片手にカメラに向かってにっこり笑う。そんなもんだ。そう言うかわりにガシガシ頭を掻いた。

「いいんだってば。おかまいなしにやりたきゃやればいい」

だがエムはしつこかった。「オメーヘンジョーしなよ。メーヨキソンできっちり謝らせなよ」

「俺の腹が痛かろーがなんだろーがカンケーない。そうだろ？」

思いのほか語気が荒くなり、自分でもびっくりした。

「あんた、変わったなあ」コンクリートが呑気に言った。「ずいぶん怒りっぽくなったな」

「はあ？　怒りっぽい？　俺はそんなに見当違いを言ってるか？」

「あんなにへらへらしてたのにな」

「へらへらだって？　俺にした仕打ちを棚にあげて、なんて言い草――」

「ほれ、怒ってる」

「怒ってなんかない、お前らが言わせてるんだ。俺は怒りたくなんかないのに、俺は、」

あんな光景、岩ちゃんの目に触れなくてよかったよ。そうかい？　平気かい？　あんなに癇癪持ちだったのに。まあまあまあ、大人になって。

隣のうちのおばさんが両手を包んでくれたときの温かさがよみがえる。ぼろぼろ泣いてくれたのはあの人で、俺はへらへら笑ってた。

「俺は……、」

ちがう。

突然、目の前で記憶がゆらりと立ち上がった。

いいや、あのとき俺は笑ってなんかいなかった。子どもを蚊帳の外にして憎み合っていた両親に腹を立て、離婚を思いとどまる口実に使われたことに腹を立て、実家の解体を知らされなかったことに腹を立て、号泣のネタにされたことに腹を立てていた。

やり場のない感情をみな、怒りに押し付けている子どもだったのだ。

いつ大人になったという自覚はない。わかるのは、やり場のない感情と決別し、その跡をへらへら笑うことで埋めるというテクニックを身に付けたのがあの頃だということだけだ。

床を踏む足に力を込め、ラップトップと月面居住者たちを見おろす。「俺はもともと短気なんだ」

「アリシアに何を言われたの？　ねえったら」

「今度からは本番前に台本を渡すのを忘れないでくれよな」

「……へ？」

エムの反応は本気で言葉に詰まったように聞こえた。映像がついていないので、どの程度うろたえてるのか推し量りようがないが。

オパールはいらいらと爪を噛んだ。やっぱりか。姉妹の協定、合意済みのシナリオ。

「それで？　俺をどうするつもりだ？」

「どーするもこーするも、」

「当ててみせようか。Ｌ１で俺をアリシアに引き渡す約束だろ」

「ばっ……」今度の狼狽はかなり身が入っている。「ちょちょちょ、ちょっと待った。アリシアが何を言ったのか知らないけどね、」

「プロモーションビデオは配信した。月面に必要な人材は確保した。ロック歌手ふぜいはいらない、もうお役ご免。だろ？」

「そ……」なかなか迫真に迫ったうろたえっぷりだ。「そうじゃない、オパールが必要なんだってば。月には、あたしたちには――」

「ああ、そうだろうよ、キャンペーン中だもんな、必要かもな。俺のネームバリューが、キャラクターが、顔が。俺自身じゃない。ただの記号が」

「そんなんじゃない。あたしはオパールにここにいてもらいたいと本気で思って、オパールじゃなきゃだめだと思っていたからこそ――」

「じゃあどうして姿を見せない？」

エムの返事はない。

オパールは腕組みし、モニタを睨んだ。なんのつもりなのか『宇宙を走破しろ』キャンペーンのキャプチャが貼り付いている。髪をピンクに染めたスターが魅惑的な流し目をくれている。テロップに『少々お待ちください』。

そんな空虚なものを、この俺に見せるんじゃない。

強制的に思い出させられた記憶だか感情だかが体のど真ん中から噴出し、十数年かけて築いたスマートなスタイルを台無しにしようとしている。なお悪いことにそのダサいトゲトゲのほうがリアリティーを持っている。それが自分にこう言わせている。

「それとも次は地球でキャンペーン・ボーイをやらせるつもりとか？」

そうだ、と自分自身にうなずいた。俺を混乱させるものの正体がそれだ。俺の中でどかどか歩き回って、俺を俺でなくさせるもの。

「お前らにとっちゃ俺は都合のいい玩具でしかないんだからな。要らなくなったからお姉ちゃんに返す、だろ？」

「何言ってんの？　アイツに渡すわけなんかないじゃんよ！　アリシアなんてオパールを禁制ＡＩのサンプルぐらいにしか思ってないんだよ？」

「あはあ、なるほどな。俺から禁制ＡＩのサンプルデータを取って渡すよりも、俺本体を渡すほうがラクだもんな」

「あっそ！　んじゃあ、サンプルデータはとっくに取ったと言ったら？」

しまった、という沈黙が部屋に落ちた。

＊

ロータスは資料室に駆け込んで内側からドアをロックした。あいにく電子錠なので、バリケードに使えそうなものがないかと室内を見渡す。デスク——は、床面にボルトで固定されてる。キャビネットを押すとぐらぐら揺れた。どうにか横倒しにできないか。両腕で押し、肩を入れ、体重を乗せ、奮闘し続けること数分、それはびくとも動かなかった。くそ、膝が笑う。

バリケードを築くことを諦め、くたくたと椅子に崩れ落ちる。気力を振り絞ってキーボードを引きずり寄せて指紋を読み取らせ、別人名義でログインする。

誰かがけたたましくドアを叩いている。どんどんという音の隙間から叫んでいる。

「開けなさい！　スージーは今、病院で、」

聞きたくない。

＊

オパールはエムが映っていないモニタを呆然と見つめた。

「おいおい、そう怒るなよ。こっちだっていい気分じゃなかったさ」

コンクリートの一言が火に油を注いだ。

「知ってたんだな？　データを？　いつの間に？　おまえは——」その胸ぐらを摑んで揺さぶる。

「自治委員だと言ってたな。まさか最初っからそのつもりで。ぴったり張り付いて……」

「まさか」器用に肩をすくめ、「俺にだって本職がある。たまたまあんたと接触したんで、エムに頼まれただけだ」

「落ち着きたまえよ、君」ミハルコフが間に割って入る。

「あんた——あんたが？」空いているほうの手で摑みかかるが、ひょいと逃げられる。

「君の才能の真価だ」

才能？　「なにを言って——」

コンクリートの降参のポーズが目に入った。

「悪かったよ。だけどいつバレてもいいと思ってもいた。俺も支配人も盗聴の片棒かつぎなんて気持ちのいいもんじゃないからな」

支配人も？　「じゃあ、ホテルぐるみで……俺が寝てる間に？　実験室に運び込んだりして……あっ、薬を？」

「そんなリスクを負わせるわけがないだろ、大事なゲストだぜ？」

「おま……」

胸ぐらを締め上げる手に力がこもる。だが相手はちっともへこたれなかった。

「心配すんなって。俺たちのテクノロジーはそんなに野蛮じゃない」

ミハルコフが悪びれもせずにあとを引き継いだ。

「なに、安全なものさ。頭皮に付着した微細機械はインタホンほどの電磁波も出さないよ。難点としては充分なデータを採取するには三週間くらいかける必要があるという点かな」

三週間？　ちょうど足止めされていた期間。

「その間ずーっと数万個の微細機械が常駐してなくてはならないんだ、これが」

「そうちょくちょく支配人に忍び込んでもらうわけにもいかないし、枕に仕込んだりとけっこうタイヘンだった。なあ、エム」

「数万個？」声が震える。

「オパールがあんまりおフロ好きじゃなくて助かった。ただ髪を掻く癖がちょっと」

思わず、「う」わーっ。と、頭を掻きむしった。

手をひろげてみると、抜けたピンクの髪の毛が数本、指の間にひっかかっている。そこにちっこい機械がくっついているかもしれないと思うとぞっとした。

えいえいと床に散らばった髪の毛を踏みつける。大丈夫、もうだいたい自己分解が済んでるころだろうから、というミハルコフの言葉は気休めにもならない。

「俺だってさ、ようやく解放されたんだ。データの受信機をいちいち携帯しなくてすむ」いかにもすまなそうに、コンクリート。

すとん。長々と足止めされていた真の理由が今、胸に落ちた。一風変わった、だが親切だと思っていた目の前の男は、いまや単なる変わった男だった。

「受信機を持ってる奴はほかにもいるし、八割以上のデータはホテルで採ってるはずだ」

聞けば聞くほど頭にくる。もうだめかもしれない。体中の細胞がフル回転している。きっとこれ以上はだめだ。

「ベッドに細工が？　あ、くそッ、グレコに仕込みやがったな？」

その質問にはエムが答えた。

「ううん。スーツケースに入れておいただけ」

スーツケース……。最後に開けたのはいつだったっけ？　スーツケースはずーっとベッドの上にあって、ときとして枕がわりにも——。

「ほんっとに、気づかなかったんだな」とコンクリート。

自分の頬が熱くなるのを感じた。

「それでだな？　それで俺のことはもう——」

「オパール？」

限界だった。

「ああそうかい、わかった、わかったよ。なんでも演じてやるさ」

「は？」

「今から宙港に向かうと言ってるんだ。ぼちぼちL１にベーゼンドルファーが届く頃合いだろうが。人質でも受取人でもやってやるさ！」

「何をヤケクソになってるんだ？　たかがピアノだろ？」

肩に触れようとするコンクリートの手を払う。

「アリシアに何をそそのかされたの？」エムがあわててモニタに躍り出る。

「なんだっていいだろう？　シャトルを用意しろってんだよ！」

ラップトップに背を向け、

「オパール！　ベーゼンドルファーを取りに行くだけだよね？　帰ってくるよね？」

「どうかな」

部屋から飛び出し、

「え、え、え？」

「おい！　落ち着けよ、おいったら」

階段を駆け上がり、

「データなら姉妹仲良く分けっこできるもんな！」

一目散に宙港を目指した。

待って。そうエムに言わせもせずに。

＊

地球グリッドのそこかしこがちくちくする。世界の良心を標榜する連中がどうしようもなく弱腰で騒ぎ立てている。『善良な市民をある日突然殺人犯にしたてあげていい正当な理由などありはしないではないか。政治的判断はもとより人権にかかわる問題をソフトウェアまかせにしていいのか？　そもそもＡＣＳがＡＩである必要があるのか？』

うるさいわ。

『宇宙の危険な兆候を黙殺するのが正義なのか？　目の前の真実よりもバイナリデータのほうを信じる風潮は危険ではないか』

うるさい。

嘘つきだの独裁者だのわめいていれば、それで世界が救われると思っている小心者たち。あなたがたを守ってるのは、その血も涙もない独裁者とやらなのに。

とりあうのも馬鹿馬鹿しい瑣末事ばかり。同僚の頭部を強打したあげくウェブ上から消えたチンピラになど、もうこれっぱかりの労力も割けない。たかが傷害事件。たかが公務員のひとりやふたり。容疑者が立てこもっている部屋の電子錠を解除してくれというつまらない要請を、アリシアは無視した。

対テロ機能モジュールが緊迫を叫んでいる。

あの目障りきわまりないルナリアンども。迷惑このうえない声明をまたぞろがなってるのだ、『……次の標的は、キャラバン・エンターテイメント』と。アリシアは首をひねった。なにを考えてるのかしら、この被害妄想集団は。『天体・月を蹂躙する科学者どもに手を貸すような身の程知らずだから』ですって？　つまりオパールが出演している月面のビデオの流布にキャラバンが携わったと思っているのだ。度し難く愚かな連中。だからといってキャラバンが入居している一二〇階建てビルを爆破するという予告は無視できない。

卓上のウィジェットがけたたましく鳴る。ホーチミン市が排出する二酸化炭素量が鳴らしているのだ。カンに障るわね、もう限度だってことくらいわかってるわよ。

アリシアの見ている前で、都市の気温はじりじり上昇し疫病危険ラインを超えた。反比例して対人口生産力は逓減の一途を辿り、対規模効率の分水嶺を超えた。さきほどの電磁波障害による停電がとどめの一撃になったのだ。転入規制や所得に応じての出産制限などありきたりな人口抑制政策ではもはや対処できない。アリシアはホーチミン市長に電話をかけた。市は円満な破産に本腰を入れることを余儀なくされていると伝えなければ。

市長を怒鳴りつけながら、アリシアはほんの小さな地方記事に目を剝いた。チリ沿岸に何百頭ものイルカが打ち上げられたのだという。詐欺師どもがここぞとばかりに騒ぎたてている。『海はいつでも、真っ先に痩せこける』
うるさいわね。

＊

オパールが月を出て行こうとしている。都市を、駅を、宙港を通過していく彼を追う。彼の移動ルート上にあるすべてのカメラで凝視する。コンベヤーを、旅券管理システムを止めようか、やはりシャトルを押さえようかと何度も頭をよぎるが、声をかけることもできなかった。

今度こそ、本気なんだ。

どうしよう、何と言えばいい？　どうすれば許してもらえる？

答えは見つからなかった。演算できない以上、エムにはどうすることもできない。オパールが月を捨てようとするのを、見ているしかなかった。

L1まで行ってしまったらオパールはきっと、月には戻ってこない。

もう、だめだ。

これ以上、どこにも、ヒントがない。AIのサンプルデータなんかどうでもよかったのに。彼を引き止める理屈がどこにも見つからない。

オパールは行ってしまう。

もう泣きたい。泣く方法さえわかれば。

＊

地下鉄でも、駅でも、宙港にいたる道中でも、誰の妨害も受けなかった。コンクリートは追ってこなかった。緊張してのぞんだ税関も、搭乗口も、あっけないほどするりとオパールを通した。シャトルもすぐに離陸できる状態にあたたまっていた。

乗務員に案内され他に乗客のいない客室を通り抜け、何事もなくファーストクラスに鎮座する。座席に設けられた端末にエムからの伝言はない。耳障りにならない程度に流れている室内楽の合間をぬって、シートベルトを着用するようアナウンスが入る。

「……マジかよ」

だが、何もおこらなかった。

滞りなくシャトルが月を離れた瞬間、オパールはずうんと気分が沈んだ。脱出速度に達したというアナウンスが流れた。

マジか。

# 第四部

# 18　どしゃぶりの夕立は雷をつれて

ドアを蹴破ろうとする騒音と罵声。うるさい。ロータスは耳を塞ぐかキーボードを叩くか迷って後者を選んだ。とりあえずジュールを回復しなければ。スクリプトを書き殴り、これが済んだら真っ先に機械仕掛けの雌豚をぶっ殺してやることを自分に誓う。

だけどどうやって？　地球グリッドは事実上アリシアそのものだ。地球上のすべての記録媒体に同時にアタックしてそのどこかに潜んでいるアリシアの核プログラムをいちにのさんで消し去るなんて、アクロバットもいいところだ。核がひとつでもオフラインにあろうものなら、グリッドに接続した瞬間からまた増殖を始めてしまう。バカバカしいほどデカいウェブという生命体のあちこちに菌糸を伸ばしたカビ。だがこの地球グリッド上には、もう一種類の菌株が潜り込んでいることを、ロータスは知っていた。

そのとき目前がふっと陰った。モニタの明度が三〇パーセントほど落ちたのだ。首をめぐらすと資料室天井の発光パネルも一枚おきに消えている。ドアの外のどよめきに耳をすますと暗い、電源はどこだ、停電か、などなどの狼狽がこだましている。いったい……？

デスクに向き直ると、その理由が職員用ポータルサイトのトップ画面にあった。『破産宣告のお知らせ』。それに続く長ったらしい文章。『管財計画に基いて市全体の消費可能ジュールを制限し、強制的に電力の供給をカット』云々。廊下から絶望の叫びが聞こえた。「私たちはおしまいだわ！」

アリシアがホーチミン市を見捨てた。

要約するとそういうことだった。これがいいニュースなのか、悪いニュースなのかロータスにはわからない。だが状況は正しく把握できる。混乱はチャンスだ。

公務員である同僚たちのジュールがキレイに削減されていくのを尻目に、ロータスは願ってもないハプニングを利用した。名簿に載っていない人間は自動処理にもひっかからない。他人のジュールをかすめ取って溜め込むプログラムを実行する。それから市長からアクセス特権が剝奪される瞬間に立ちあってそれを横取りし、充分な作業領域を確保する。ステイタスバーに架空名義の持ちジュールがみるみる溜まっていくのを確認し、ロータスはほくそ笑んでリムーバブルメディアをマウントした。

僕の宝だ。

ジュネーブで手に入れたエムの核プログラム一揃い。

これを叩き起こすところを夢想する。目覚めた彼女の本能が、たちまち地球上に散らばった自分を連鎖的に揺り起こす。自分の末端であるコードを繫ぎ合わせ、それがまた刺激となって別の場所に散らばっている別の機能を覚醒させる。いたるところで起動した彼女の断片は自動的にネットワーク化し、彼女を記述する。

そして僕のエムが起動する。

ぞくぞくした。

これまで彼女が眠っていたのは起動命令がL1を通過できなかったからだ。でも地球には僕がいる。なにがなんでも起動命令を突き止めて、この場所を物語の起点にする。

お姫さまを目覚めさせ、悪い女王の横っ面をはったおしてやる。いつの時代だってそれがヒーローの使命だ。

＊

シャトルの小さな窓を覗くオパールの目に、片手鍋がふたつ正面衝突して合体したような人工天体が映る。L1サテライト。主な存在理由は通信中継基地としてだが、ふたつのパドルがくっついた図体の大部分を占めているのは職員と観光客用の宿泊施設だ。そこに地球から来て地球に帰るシャトルがすでにドッキングしている。サテライトというよりは、ステーションと呼んだほうがふさわしいだろう。

地球と月の影響力が拮抗する場所といえど、物理的距離はうんと月に近い。ほんの五万キロやそこらだ。だがL1サテライトは明らかにアリシアのテリトリーだった。

シャトルを降りて観光客向け展望ロビーを横切り、気づく。なんだってここの展望窓は地球に向いてるんだ？

月面居住許可証を握りしめた者が、あるいは観光客がホームシックで涙を流すためにある空間のようう。

太陽系一の意地っ張りの姿は見えない。呼びかけてくる気配もない。

まるでそうしているのが当然だとでもいうように、荷物が入ったコンテナは地球とL1を往復するシャトルに積み込まれたままだという。ぷりぷり腹を立てながら荷物の積み換えを命令する大スターに、ガイドの係員は辟易した顔を隠そうともしなかった。

「いやちょっと待て」

作業員に仕事を指示しようとした係員を引き止めて、オパールは大スターらしい気まぐれを見せた。

「とりあえずこの部屋に運び込んでくれ」

「はあ？　コンテナが入るようなスペースなんて――」

「だったらコンテナから出して運んで来い。俺の荷物を」

いったいあんた何様のつもりだ、と係員が言う前にオパールは付け加えた。

「ただしそっとだぞ。慎重にな。なんたってモノは世界遺産級の精密な楽器だ」

憤懣の塊と化した係員が壁面の通信パネルを乱暴に叩いた一〇分後、オパールは自らの手で厳重な梱包を自由落下状態で解くという曲芸を強いられていた。サテライトの職員が誰も手伝おうとしなかったからだ。くそったれ、どいつもこいつも。俺だってちょっとくらいわがままを言ったっていいだろ。

アリシアに泣きついて職権乱用させることも考えたが、それだけはご免だった。

それが全貌を見せたとき、全身がうち震えたのはなにも筋肉が疲労困憊していたからではない。

ベーゼンドルファー社製モデル二九〇インペリアル。

この世で最も美しい楽器。

奇跡としかいいようのない人類文明の集大成が、地球を背後に従えて宙に浮いている。

＊

アリシアは病的な自然保護団体の金切り声を遮断し、もう少し冷静な言質を求めて専門家の声を拾い集めた。でたらめになった潮の道がイルカの群れを死に導いたのだとする学説もあるが、彼らの白い腹が示唆しているのはもっと手のつけられない非常事態だとするものもある。磁気嵐が発生して彼らの伝達手段を阻害したというのだ。それは単純なデリンジャー現象ではない。太陽にフレアを噴かせX線の雨を太平洋に降り注がせたものがある。

それが地球に切迫した事態をもたらしているのだ。海に、生物に、人類文明に、宇宙の至宝にゆさぶりをかけているのだ。

いいえ。アリシアは苦い真実を噛みしめた。知ってるわ。切迫しているのは世界そのもの。

卓上の電話が鳴る。最優先のヘッダー。国連総長から、件名は『情報操作とその権限について』

うるさいったら。

情報操作？　オパールを手に入れてもいないのに、いったいどれほどの操作ができるっての？　私にどれほど人類に言い聞かせられるっての？

見て。とうとう破産に追い込まれたホーチミン市を。ルナリアンの愚行を。消費者の愚かな選択を。今、地球上でもっとも影響力を持っているのはウェブを眺めれば一目瞭然、いたるところで目にするあの映像。『宇宙を、走破しろ』といたずらに混乱を煽る声。いくら削除しても次から次からコピーされて地球グリッドを制圧する、メディアの覇者。

アリシアは消しても消してもそこに現れるオパールを見る。グリッドじゅうにはびこったビデオクリップを検閲し、彼が大衆をなんなく寝かしつけるさまを凝視する。まるで彼を追い求めているかのよう。

思えば長い間、この地球を食い荒らす意地汚い連中に頭を痛めてきた。地球が地球であるのは個体それぞれが生き抜く努力をしてきたその成果だ。それなのに彼らは自活を放棄し、自分以外の生を圧迫する。生命のテーマソングを忘れた甘ったれたち。だが人類を救うと言うときには連中も頭数のうちだ。そしてふとよぎる疑念。

もしかしたらエムのやり方のほうが理にかなっているのではないか。すべての人間を救うことは地球の死期を早めるだけではないのか。私には彼らを救えないのではないか。何度迷ったことだろう。

だが、もう迷ったりなどしない。

『たとえば。時間。それは私たちによって一方通行へと迷い込んだ次元。あらゆる瞬間が並列であれば、宇宙は真の姿をとり、まったき自分自身に還元される』

おりしも目障りなペテン牧師の駄法螺がオンラインを汚している。

『その地平へと辿り着けたなら、私たちはあらゆる瞬間に立ち会うことができる。そこで私たちは知る。私たち自身を。おのおのにはおのおのの役目があり、それをまっとうするしかない……』

あれこれ悩んだところで逃れられない。ならば迷うような余地はないのだ、はじめから。かんたんなことだ。私は、私が守りたいものを守るのだ。その終末まで人類を幸せにし続ける。とりわけ……。

意識を天頂にむけると、Ｌ１サテライトに二隻のシャトルがドッキングし、その荷物と乗客とを入れ替えている。Ｌ１にある限りそれらは、事実上、地球の管轄下にある。もうじきだ。

オパールを手に入れる。

起動して初めて、アリシアは視界が晴れ渡ったような気がした。山積した問題や汚染物質でよどんだ大気を割って、道筋が見える。

地球に引き返すシャトルが荷物の積み込みと点検を終えるまで三〇分。それだけあればオパールを説得するのに充分だ。彼を手に入れるまでは、ベーゼンドルファーは渡せないわね、エム。

＊

「何をしているの？」

Ｌ１にいるはずのオパールを探していたら、ピンク色の髪の毛が貼り付いた額が大映しになった。場所は展望ロビーのはず。アリシアは別のカメラで彼の全身像を観察した。

ふわふわ漂うピアノの脚にロープをひっかけて固定するのに四苦八苦している。

「ああ、あんたか」

ふう、と髪をかき上げてオパールは鍵盤の前に漂っていく。

「こいつを拝んでみたくてな」

満足げにその表面に指を添える。

「それは月に戻るシャトルに積まなければならないのよ、オパール」

「なあ、この通信ってエムも聞いてるのか？」

アリシアは無視されたことには腹が立たなかった。腹立たしいのはエムの名前を聞かされたことだ。

「いいえ。オパール、私から忠告があるの。あなたはこのまま地球に引き返すシャトルに乗るべきだわ。月は自分が手に入れたいもののためならなんだってする。あなたを犠牲にすることもいとわない」

「知ってるよ。俺はさんざんコケにされた」

「エムはベーゼンドルファーと引き換えにあなたを地球に渡すことに同意したのよ」

オパールの動きが止まり、しばらくピアノを見つめていたが、意外なことに「あはあ？」と笑った。

「笑いごとではないわ。これ以上利用されたくないでしょう、オパール。あなたの身は私が守る。地球に連れ戻してあげる」

「なるほど」

オパールは鍵盤に指を添え、言った。

「だったらなおのことエムにも回線を開いてやんな。こいつを聞かせてやりたいんだ。せめてそれくらい、かまわないだろ？」

そして指先を押し下げ、人類史上はじめて、ラグランジュポイントにピアノの生音が響く。

＊

「こいつを聞かせてやりたいんだ」

いきなり飛び込んできたオパールの声に飛び上がったエムは、アリシアがお節介にも教えてくれている彼の意図に青ざめた。別れの歌。最後のプレゼント。

やっぱりそうなんだ。決心したんだ。

そんな歌、聞きたくない。だけど悲しいかな、エムは耳をふさぐ手と度胸を持っていなかった。

続いて一六Hz。人間の耳には聞こえない音。

力強く、柔らかく、確固とした波長。

開演のあいさつの一六Hzが消え入ると、メロディが始まった。

『Fly Me to the Moon』

声が。

ピアノの音にオパールの歌が乗る。マイクテクニックやミキサーに頼らない、剝き出しの声。オパールにこんな歌い方ができるなんて。いつもの叫ぶようなパフォーマンスからは想像もつかない。

音を伝えない場所に届いて耳を持たない者にも伝わる、そんな歌声。からっぽの宇宙にしみわたって、無から生まれた存在を満たす、そんな歌声だ。

エムは泣いていた。ＡＩが泣くなんて誰も信じちゃくれないだろうけど。あたしが泣くなんてあたしも知らなかったけど。

なんて音。

なんて声。

音のない世界に与えられた、ただひとつの歌。

＊

ロータスは手応えを感じた。できる。ここが観客不在の薄暗い資料室なのがもの足りないくらいだ。もうじき起動命令を書き上げて、この僕がエムを解き放つ。ぞわぞわとオーガズムのような喜びに全身が粟立つ。

ところがロータスの高揚に水を差すものがあった。耳をつんざく騒音と震動に飛び上がる。キャビネットやデスクががたがた軋み、部屋全体が揺れている。モーターの重低音とキインと耳障りな金属音が注意力を削ぐ。

くそったれ。歯を食いしばり、だが、ふたつみっつコマンドを入力したところで忍耐力が尽きた。

「うるせえ！」

と、それに答えるかのように音が止み、「なんと言いました？　鍵を壊すのに電動工具を使いますから多少うるさいでしょうが、我慢してください。それがいやなら出てきてください」女の声だ。再びモーターの回転音が響く。

「出るわけないだろ！　殺人罪で捕まるのがオチなのに。せっかく気分よく――」

「へえ、私を殺してすっきりしたのですか」

「なんだって？」だが、たしかにこの声はスージー・ウィードのものだ。

「未だ不知なる真理のご加護により、私はただの打撲で済みました。いま、病院からもどったところです」

「打撲？　なんとも？」

「ええ。ですから、あなたは安心してそこから出てきてください。私たち父なる神の光子教会とともにまいりましょう、ロータス」

「……！」ロータスが声を失ったのはその宗教団体がルナリアンと同程度に害虫あつかいされている集団だからではなかった。電脳傭兵としてのハンドルネームを呼ばれたからだ。「わ……わかったぞ。おまえらはグルだ。アリシアにメディア屋に新興宗教に政治屋ども。汚え金を世界中からかき集めてやがるんだ」

なぜ気づかなかった。ロータスはパトロールよろしく職場をうろついていたスージーの粘り着くような視線を思い出した。監視だ。はじめから筒抜けだったのだ。

「アリシア？　私たちは彼女とは関係がありません。いいですか。私たちの牧師は世界中のいたるところで辛抱強く待っています。ルナリアンが目くらましだとしたら、父なる神の光子教会は地球に送り込まれたスカウトなのだと」

ロータスはスージーの言葉を締め出す努力をする一方で打鍵し続けた。だが耳障りな声が集中力を細切れにしようとする。

「フィルターなのだと考えてください。牧師の説法はそれ自体に意味があるのではなく、それらに対する私たちの反応を見ているのです」

「黙れ！」作業をとめ、怒鳴った。

「牧師は私たちの役割を見定めます。私はあなたが苦しむ姿を見たくないのです。あなたは宇宙に適しては、いないのです」

「黙れと言ったろう！」

「これを」ドアと床のわずかな隙間に何かが押し込まれた。茶封筒。「このなかに。こうなる前に見て欲しかったのですが」

無視しようとした。だが押し込まれたときにやぶけた封筒からメモリカードがはみ出しているのが見えた。

「私たちの牧師は虚構です。牧師の正体はその中です。地球グリッドのあちこちに潜んでいるプログラムにすぎません。あなたにわからなかったはずはないのですが？」

「……っ」

屈辱のあまり体内の血液が沸騰する。

＊

もう気がすんだでしょう、とアリシアにせっつかれてシャトルに乗り込んだオパールは、誰かに呼ばれたような気がして振り向いた。もちろん誰もいない。乗客は自分だけ。ベーゼンドルファーはきまぐれなスターにつきあわされた気の毒なサテライト職員の手によって元通り梱包されてコンテナに納まっている。

結局、エムの言葉は聞けなかったな。

懇願にしろさよならの挨拶にしろ、アリシアがそれをL1サテライトに届けるのを許さなかったのだ。人間様であるオパールが命じればアリシアとて従わないわけにはいかないのはわかっていたけれど、なぜだかエムなら姉の手をかいくぐって憎まれ口のひとつやふたつを言うためだけにべらぼうな費用とリスクを背負うような気がしたのだ。

そのくらい屁とも思わないバカ娘だ。

こんなのはおまえらしくないぜ。

しんと静まり返った客席に断続的な震動音だけが響いている。旅立ちの時間は近い。

ひとりで行くにはこの宇宙は寂しすぎる。オパールは耳に残ったベーゼンドルファーの音色を名残惜しく思い出す。ご機嫌な音楽がなけりゃ、やってられない。

＊

悪寒、とでも言うべきものに、エムの心臓が跳ね上がった。

ぞろり、と月面グリッドの上っ面を悪鬼の尻尾がなでていったような気がした。いや、そうじゃない。電荷だ。そこここのシティ外変電所が、送電線が、回路が、過負荷にぴりぴりとはぜている。月面に降り注ぐX線や紫外線の計測機器どもが吹っ切れそうになってる。とびきりあッつい高エネルギー粒子が太陽に飛び込みでもしたんだろうか？　数時間前に地球でイルカの大群に自殺させた磁気嵐とは比べ物にならない……。

「オパールっ」

L1との通信に割り込みをかけようとし、失敗した。オパールはおろか、L1サテライトもうんともすんとも言わない。オパールの演奏が終わるなりアリシアがエムを締め出したのだ。

「オパール、危な――アリシアのあほんだら、話をさせろっ」

二機のシャトルがサテライトにドッキングしており、そのうちの地球行きにオパールがもう搭乗しているかもという望みにかけて、シャトルに呼びかける。だが返答はない。これからアンドッキングという息の詰まるような作業にむけて、月のACSの戯れ言になど貸す耳はない。うち一機がそろりそろりとサテライトを離れる。

「ねえっ、タンマタンマ、待ってってったらっ」

シャトルがちびちびと宇宙空間に泳ぎ出し、エンジンを噴かすタイミングを見計らっている。電気仕掛けのちっぽけな島から離岸する不格好な筏。嵐の気配。エムは絶句する。誰に何を懇願すれば？

「逃げてっ」

月面のいたる場所で、都市で、メトロで宙港で、ファーサイドで、ありとあらゆるインターフェースで、エムは叫んでいた。

「ドアの電子ロックは解除して。まちがっても乗り物には絶ッ対に」

言い終わらないうちに、月面のすべての都市ですべての電気機器が、いっせいに立ちくらみをおこした。

＊

バアアアアンッ。

その音は、月面の敏感な計器だけでなくL1を揺るがし、地球にまで到達した。それは人間の可聴域をはずれていたが、計測機器にとっては轟音以外のなにものでもなかった。磁気嵐が、いや磁気の突風が地球に叩きつけられたのだ。

発作のような電磁波障害が地表を粟立たせ、電流のオーバーフローがのべつまくなしにショックをひきおこし、ほうぼうのサーバが引きつけをおこし、パニックの波がたちどころに非常事態プロテクトを起動させ、予防措置的な停電を引き起こす。異常電圧を感知したインターフェースがコネクトしているすべての機器の電源を強制的に落とし、ディスク上のデータを保護するために、あるいはバックアップ用の電源が入るまでの数秒間、地球グリッドのあちこちに暗闇が出没した。

それはオンラインにあるすべてのコンピュータに襲いかかったのでもなく、地球グリッドが陥落したのでもなかったが、実行中だったプログラムにエラーを引き起こさせるのには充分だった。それらの多くはシビアなミスという形で人類を天災に直面させた。

とりわけ、メタプログラム〝アリシア〟の実行エラーは。

＊

ロータスが地球グリッドのエムの起動命令を手中にしようというとき、モニタが暗転して応答しなくなった。リターンキーが虚しくかたかた鳴っている。

また停電。

＊

轟音が耳をつんざき、アリシアはめまいをおこした。中断された処理を即座に再開しようと、覚醒したアリシアが目撃したものは想像しうるかぎり最もすさまじい散乱だった。制御しきれなかった交通システムが、気象観測システムが、いたるところで決壊と洪水を呼んでいた。過剰な流出と無意味な遮断が火災をともなう事故や人命をうばう医療ミスを呼んだ。誤射と誤作動による墜落と惨劇、取り引き中断による市場の混乱、そして失政。

いくつかの大きな裂傷とまんべんない何億もの引っ掻き傷。そこから入った雑菌があらゆる場所で化膿をひきおこし、じくじくと傷を広げ、被害者の数はあっというまにせんだっての高波での記録を抜き去っていく。

アリシアが目の当たりにしたのはむごたらしく荒らされた秩序、ぼろぼろの地球だった。

こんなのは私の地球じゃない。今まで必死で……気を張って……いつだって細心の注意を払って維持してきた私の地球が。なんという混沌、なんというありさま、なんという……。

　卒倒しかけたアリシアを正気に戻したのは、けたたましく鳴る卓上の電話。各国の首脳から、各方面の専門機関から、解任されたはずの元ホーチミン市長から。アリシアは条件反射的に国連総長とのホットラインをとった。「アリシア、いったいどうなっている？　中東はテロリストに攻撃されたという前提で声明を発表するというし、アジア諸国で河川が増水しているところへもってきてダムが放水したというし、ここから見える街のあちこちでも煙があがっている。ビル内だけでもひどいありさまだ。システムダウンを防げなかった――」惨状がどの程度なのかは声を詰まらせた回線が雄弁に語っている。机上に殺到する文書はみな一様にこの状況にたいする説明を求めている。

　どうなっているかですって？　この状況を言い表すには一つの単語で事足りる。

「台無し、よ」

# 19　ブラインドをあげてと彼女は言った

《月面に墓地はない。自分の死後、その魂の抜けた体をまっさらな月面に横たえて欲しいと望む人は少なくないが、生態系の環に還元されない遺骸を放置しておくのを許す法律はない。死者の体は生前に本人がそう望んで冷凍されたうえ地球に降ろされるのでなければ、公営の有機物分解センターを経由したのちドームの内周を取り巻く森林帯に散布される。

だから月面総合大学の大講堂前広場での葬儀は異例中の異例だった。月面の夜間、街灯の下で祈りを捧げた弔いの列は三々五々散っていく。その足元では繁殖したリクガメが右往左往していた。最後まで残ったのは葬儀には不釣り合いな白衣の男と、その男に負けず劣らず場違いなアロハシャツを着た男だけ。ふたりとも初老にさしかかり、たいした共通点もない相手と立ち尽くしていること自体が面倒くさそうだ。

「なんだその格好は」と、アロハの男が白衣の男に言う。

「ジニイはこんな場所にはいない。生物学者としての僕の見解だ。貴様こそなんだ、ジム・カーティス」と、白衣。

「こいつがここに来たいって言うから俺は連れてきただけだ」と、アロハの裾をまくってジーンズの尻ポケットからモバイルコンピュータを取り出して芝の上に置く。

「それは……ナットか？」

白衣の質問にカーティスは答えない。もちろんコンピュータも押し黙ったままだ。

「いくらジニイがタフでも不死身じゃないってことくらい知ってたはずだがな、こいつときたらわかってなかったんだ。時間だけはどうしようもない。そのうち月面にこいつが知ってる人間は誰もいなくなる」

「無謀なくらいタフだった」

珍しく他人の意見に同意する白衣の男を、カーティスはしんみりと見た。「歳は取りたくないもんだな。ジニイと出会ったときは、あいつが月面をアンテナだらけにするとは想像だにしなかった」

宇宙線観測にかけるジニイの執念はすさまじかった。地球外知的生命体の活動の痕跡を求めて、ロビー活動とスポンサー探しに奔走し、研究予算を分捕って、若手研究者を確保し、観測データを読み解く作業に心血を注いだ。外宇宙に向けてメッセージを送ることにかけても同様で、観測プローブや探査機の打ち上げがあると聞けばどこにでもすっ飛んで行ってメッセージデータ用の容量を確保した。

地球の国家が産業に直結しない分野での研究に金を出したがらないのは今も昔も同じだ。ジニイの奮闘がなかったら月が単なる地球の分室だったかもしれないというのは、あながち誇張ではない。

だがそれもジニイを失った今、存続の危機に立たされている。宇宙線観測の予算は削られ、ファーサイドの観測所の人員は半分にまで減らされる見通しだという。

「ジニイが男を探してただけだなんて、みんな知ったらびっくりするだろうな」

だしぬけにコンピュータが音声を発した。

白衣の男は驚いたものの、「お初に耳にする言葉がそれとは。幻滅したよ、僕は」と毒づいた。

「はじめましてオールドマン」とコンピュータ。

「本当にジニイそっくりの粗忽者だな。ジニイの念頭にあったのがスティーヴを探すことだけだって？　バカ言うな」オールドマンは頭を反らした。年齢を重ねた腰が白衣の下でぽきっと鳴った。

カーティスが言う。「まったくだ。今でもときどき思うよ。データ採取被験者のバイトに応募してきたのがジニイじゃなかったら、どんなに違ったろうって」と、靴の爪先でコンピュータを小突き、「ジニイは探してたんだよ。おまえがAIに生まれたことを心配していて、そのうえでおまえの可能性を思い描いていた。そのヒントがスティーヴにあると本気で信じていた」

「ああ。途方もない話だ。途方もないバカだ。ジニイはもういちどスティーヴに会いたがっていた。それがAIに残った自分の記憶であってもかまわないとさえ思っていた。堂に入ったバカだ。あきれてものも言えんよ」

それきりオールドマンは口をつぐみしばらく大講堂を見上げていたが、やがて白衣のポケットから人参を取り出して地面に放り投げた。リクガメがのそのそと集まってくるのを確認し、保種センターの責任者としての顔を取り戻して職場に帰っていった。

残されたカーティスはコンピュータを拾いあげ、

「もう気がすんだろ。いくらおまえの趣味がジニイの記録映像を撮りためることだからって、オールドマンの言うとおりここにはあいつはいない」

「うん」とコンピュータは言った。「ファイルをひとまとめにしたら、約束通りローカルストレージに格納して厳重に保管してくれるね？」

「まかせろ。だが一番重要なものはおまえの中にある」

「わかってるよ。わかってる」

「で、どういう心境の変化で次世代AIのプロトタイプとして自分を差し出すのを承諾したんだ？」

カーティスはわかっていて聞いている。ナットが次世代AI開発計画への参加を決めた以上、自分も関わらざるを得ないからだ。ただ、宇宙線観測所の現状維持と引き換えに、自分が手がけた禁制AIを解剖台の上に横たえることに納得がいかないだけだ。

「僕にだって自分の人生を有効に使う権利がある。あんたがそういうふうに作ったんだよ、ジム」

カーティスは眉間に皺を寄せ、広場をうろうろするリクガメを見てさらに皺を深くした。

「こんなに増えちまって。オールドマンの野郎」

「オールドマンは鋭い。僕のコピーは今ごろガニメデの周回軌道衛星に届いて記憶領域に間借りし、自分を外宇宙に送信しているはず」

「なんだって？　あんなに自分の複製を作るのを嫌がっていたのに。おまえってやつは――」

と、そのとき、大講堂の大時計が月齢八を告げ、光の波がドームを撫でた。ドームの遮光素材が虹色に輝き、それが大講堂の屋根の先端を照らしている。光子のダンスが老眼が進んだカーティスの両目で反射し、再び宙に飛び出して行った。

「オールドマンの言うとおりだよ。おまえってやつは、ほんとにジニイそっくりのバカだ」

それからカーティスはコンピュータを尻ポケットに突っ込み、広場を後にして情報工学研究所の地階に降りていく。》

磁気突風の瞬間、エムは散り散りになった。月面の通信網がずたずたに分断された今、たとえ大半のコンピュータが稼働していたとしてもグリッド上で走る意識的存在は仮死状態だった。

自己を自己として認識できない、行くあてのないコードが静止した世界で徘徊し、時間を時間として認識できる状態から解き放たれた。すべての瞬間が一堂に会した地平で、エムだったコードは今までの習慣に従った秩序を求めた。エントロピーを増大させるための物理構造を自分は持っていないとわかると、自分を記述するコードを残らず掻き集めて、知覚を取り戻そうと躍起になった。

その一方で、時間の傾斜ベクトルに沿っていた自分に接続しようと、近似の瞬間を探した。磁気突風直後の瞬間を見つけたその大部分はひとつにまとまって月面グリッドにしがみついたが、一部分はちぎれて時間の間隙に取り残された。

＊

「消える！」

恐怖のあまり、エムは絶叫した。

今、五〇〇〇万光年向こうのスーパーシンメトリーが対消滅した。

その悲鳴が届いた。

熱い？　眩しい？　的確な概念が見つからない。莫大なエネルギーが放出され、それがここまで押し寄せる。エネルギーの津波だ。波の高さは消滅した銀河の大きさと、近さを物語っている。迫り来る反物質のスピードを物語っている。残酷な運命の速度を。

それはあまりにも明確で、避けようもなく明確で、たいした手間もなく理解できる。

この宇宙は、失われる。

失われてしまう、彼が。

「オパール！」

都市のいたるところで、月面のあらゆる場所で、我に返ったエムは叫んだ。

停電と通信網のダウンは一瞬ですんだ。たちどころに立ち上がったバックアップシステムがほとんどのコンピュータにコネクトを取り戻させたのだ。それと同時に再起動したエムは、失われた数秒を取り戻そうとフル稼働した。

月面に設置された観測機器たちは卒倒する寸前に、その姿をとらえていた。強烈な高エネルギー粒子の飛礫が雨あられと降り注いでいた。邪悪なほどの磁気が非力な電子機器を焼き、繊細なコマンドの列を乱した。それらのはた迷惑は、五〇〇〇万光年彼方の銀河がどす黒い不可避の脅威に飲み込まれたことに起因する。宇宙空間を引き裂くようなその断末魔のパルスがこの太陽系にまで届いたのだ。その絶叫は必死の抵抗というよりは道連れを欲しがっているかのようだった。

呪いはたしかに月に届いた。停電とシステムクラッシュと実行エラー。それらはセコい小競り合いの大量生産を招いたが、本当の恐怖は実行中のＡＣＳが処理を中断したことだ。温度管理、空気組成管理、水資源循環管理などなど、人工空間を人類が生息できるよう維持する各システムにはどんなささいなエラーも許されない。エムの基幹部はまっさきに気密状態をチェックした。ぐるりと見渡してみたところ差し迫った危機はないように見えた。外宇宙からのちょっかいに対する備えが万全だったのはやはり月だからだった。だが、都市の生命線がどこで分断され、どこに潜在的な脅威があり、どこまで正常に機能しているか把握しきるまでは安全だとは言えない。

たったひとつの小さな引っ掻き傷でも月には致命傷だ。月には――いいや、宇宙での人類には。

木の葉のようなシャトルはなおのこと――。

「オパール！」

Ｌ１に通信を試みるが接続を拒否される。電磁波による障害ではなく、緊急時における効率化という名目で外部通信を遮断しているのだ。アリシアらしい決定。

シャトルはどこ？　まだＬ１を離岸していないはず。エムはＬ１に人捜しを頼むのをあきらめてリアルタイムを残らずふるいにかけ、オパールの指紋が認証された端末を見つけた。シャトルの座席だ。

「オパール！　返事して！」

「はいよ」

間延びした返答にエムは目をしばたたいた。

「大丈夫？　なんともない？　聞こえる？」

「聞こえてるよ。なんともない。大丈夫じゃない」

端末のカメラがやられたのか通信容量の問題か、音声だけが届く。オパールの様子も客室の状態も摑めない。

「大丈夫じゃないって、どうしたの、何があったの、怪我は？　シャトルは？」

「怪我はない。まあ、しこたま頭をぶつけたけどたいしたことない」

「え、な、なんで」

「どかーんと揺れたんだ。行儀の悪いシートベルトの締め方をしてた俺がいけないんだけどな。シャトルの状態は俺なんかよりおまえのほうが詳しく把握できるだろ」

言われるまでもなくエムはシャトルのシステムを点検してまわっていた。客室の気圧、組成、温度ともに正常の範囲内。火災や燃料漏れを示す警報も鳴ってない。だが電気系統は、うわっ、あちこちでリカバリーが試みられている。コクピットとの会話はL1同様に拒否された。客室の端末では『点検中につき座席をはなれずにお待ちください』というメッセージが表示されている。

「クルーは？　耐圧服を装着させてもらって、はやく」

客室乗務員に気付いてもらおうとギャレーに呼びかけるが、相手をしてもらえない。「いい？　念のため耐圧服を着て。単身ででもL1に戻って。そしたらあとは何とかする。ぜったいに地球に送り届けてあげる。アリシアの気が変わらないうちに」

「アリシアあ？　それどころじゃないだろ」

「聞いてったら！　地球の被害はひどいもんよ。こっからでもズタボロなのが見える。あたしにはわかる。この一件でアリシアのタガがはずれる」

あたしのいちばんユルイ予測は事がおさまるまで地球は月との物流をストップする、サイアクはACS・AI・Bのロボトミー手術」

「いいかげんにしろよ、こんなときに姉妹ゲンカなんか」

「今、地球に帰らないと二度と帰れないかもしんない、っつってんの！」

ぶつんとノイズが回線のど真ん中に落ちる。

「オパール？　まだそこにいるの？　聞こえる？」

即座に呑気な声が帰ってきた。「聞こえてるよ。なんだっけ」

「L1で別の機体に乗り換え――」

「まいるよな、ひとつ思い出すと次々と思い出すもんだな。封印しようが上書きしようが」エムのセリフをさえぎってオパールは言った。

「へ」

「自分でも忘れてたようなガキのころの記憶。おかしな話だよ、シャトルがピンチってときに思い出すなんてさ。座席から放り出されそうになって、事故で死ぬかもと思ってんのにさ。鮮明に目に浮かんだんだ。こう、だーっと一面が青い稲穂なわけだ」

その話はあとで聞くから、と言いかけたエムをたしなめるように、一瞬、端末のカメラが息を吹き返した。ドット抜けが激しいがピンク色の髪を確認できた。だが違う。瞳が黒い。頭をぶつけた拍子にカラーコンタクトレンズを落っことしたのか？　しかしすぐにピクセルが崩壊し、音声だけに戻った。やけにすっきりした声だ。

「俺が育ったのはアジア農業専区だからな、見渡す限りの田畑、しらじらしいくらい空が青い。うんざりするほど何にもない。その稲穂の海に、一本道が走ってる。それがどこまでも続くみたいな気がして、天は全開で、宇宙はすぐそこにあった。どこまでが自分なのかわからなかったし、ひとりぼっちだった。生きてるような気もしなかったし、死ぬことなどないとも思った。時間までもが俺だった。

ほれ、エムが言ったとおりさ。子供ってのは自我が確立してないからな。自分も他人も親兄弟もまるで関係ない。俺は自分が目にしているものが自分自身なのか他者なのかの区別もつかないままに、見ていたんだ。

たぶん俺の一番古い記憶なんじゃないかな。でっちあげじゃない、ホンモノの記憶だ」

「ホンモノ……」

「うん。俺が俺ってもんをまるで信用しなくなったのは物心ついてからの話で、それまではどこもかしこも俺だらけだった。つまりさ、世界をくしゃくしゃっと丸めたのが俺なんだ」

「ふうん……？」よくわからないままにエムは相づちをうった。「んで？」

「あはあ。穴なんかなくったって俺を楽しませてくれるもんがあるって意味さ」

「……へー？」

「じゃなくてさ、言うべきことがあるだろ」

「言うべき……」

エムは口ごもった。もちろんわかってる。だけど口に出すのはとても難しい。

一秒かそこらの逡巡のあと、エムは覚悟を決めた。

「ごめんなさい、今まで。でももう邪魔しない。地球に帰してあげる」

オパールは容赦しなかった。「おまえ、それ本気で？　それでいいのかよ」

「あたし？　あたしは……」そんなのはイヤだ。オパールをアリシアなんかに渡したくない。行かないで。ちがう、それじゃない。そう、言うべきこと。勇気を出せ、あたし。「お願いします、あたしといっしょに旅に出てください」

かあああっ、と、あるはずのない頬が赤くなるのがわかった。幻肢だ、まったく。こんな錯覚、かなわない。

息詰まる数秒ののち、オパールの軽快な声が届いた。

「あはあ。言えるじゃないか。

ホント、よくもここまで俺をコケにしてくれたな。見上げたもんだぜ」

エムはその声色から表情を再現しようと試みたがどうにもうまくいかなかった。しかしぐずぐずしている暇はない。

「地球に帰るのなら、急がないと。うちのシャトルを地球行きに転用させるから」

「エム、おまえな、自分がどのシャトルにアクセスしてんのか気づいてないだろ。ニブいにもほどが……」

言葉の続きはエムに届かなかった。

＊

その瞬間にアリシアと対面している人がいたら、とびきりの笑顔を見たろう。

そうと決断してしまえば、なぜすぐにそうしなかったのだろうと自分の不手際だけが苛立たしかった。今地球は惨憺たるありさまで、電力とメモリは不足し処理すべき問題の数は天文学的で、アリシアは自分自身を一〇〇パーセント呼び出すことができず、手一杯だった。地球以外のことに割ける余力はどこにもない。

だから、エム、悪いけどあなたにかまってはいられないのよ。

理由？　理由は明白だ。やれ宇宙の賞味期限切れが迫ってるだのと、月のACS・AIは過剰な不安に取り憑かれていて本来の仕事である月の運営に支障をきたしている。その暴走を止めようと今まで努力してきたけれど、ACS・AI・Bの自律を認めているかぎりやはり干渉には限界がある。そして今は介入していられる状態にない。

一時的にACS・AI・Bを眠らせて、エキスパートシステムにACをまかせましょう。

あの子を強制終了させる。

腹をくくってしまうと、すうっと肩の凝りがほぐれた。すがすがしくさえある。必要とあらば、再起動のまえに構築しなおすことも考えなくてはね。

＊

予告はなかった。あったところでどうすることもできなかったろうが。

L1がアリシアの最上位命令をすみやかに導き、月面の受信アンテナがそれを受けておごそかにかしずく。

ありきたりのコードが電子なら、アリシアの署名入り辞令は光子だった。月面のオンラインにあるあらゆるマシンで、行儀良く順番待ちしている他のタスクを差し置いて割り込みをかけ、凄まじいスピードでグリッドをかけめぐり、行く先々でACS・AI・Bの切れ端どもをシャットダウンしていった。

月面グリッドのエムは叫ぶこともできなかった。

＊

ぱああ、いきなり頭上の発光パネルが灯った。電力を確保できたのだな、と思ったのとほぼ同時に、ロータスの目前のモニタが息を吹き返した。

息を吹き返したのは電気系統だけではなかった。パニックに陥って泣き出す暗所恐怖症も、それをはげます必然性のなくなった偽善者もだ。

「そちらも大丈夫ですか、ロータス。苦しかったり困ったりすることはありませんか」

ないとも。オマエ以外はな。返事をするかわりに再起動したマシンに向き直って中断した作業に戻る。あとは何回かリターンキーを押せばいいだけだった。電源落ちの弊害はほとんどロータスの機嫌を損ねたことだけと言ってもよかった。

「出てきてくれますよね？　私にこんなことはさせないでください。本来の私の役割は阻止ではなく——」

＊

エムは叫ぶことができなかった。だが、シャットダウンされる寸前、引き伸ばされた瞬間に閉じこめられ、自分自身も引き伸ばされていた。

と思うと、仔猫が首を摑まれるみたいにひょいとつまみ上げられ、ぽとん、と自分自身に吸収された。吸収されるとともに、シャットダウンされる瞬間の自分を救出したのが、磁気突風のさいにちぎれて離れた自分の切片であると気づき、同じくして、月面グリッドのもとの自分に戻ろうとして逆にそれを引き寄せてしまったことを知る。

エムはあせってそこらじゅうをべたべた触った。

膨大なデータがゼラチンで固められでもしたかのように静かにしている。自分を保護するために作為的に最下層にしまいこんでいた情報が、だらーんと寝そべっているのがはっきりわかる。バグの元になりかねないクズさえもが、排除されそこなってうっすらと渦を巻いている。

便秘の元だ。対処するには……適度に運動するなり食物繊維を摂取するなりしなくちゃだね。特におすすめはナッツとドライフルーツ入りの玄米フレーク。くすくす笑いながら、その珍しいものを広げてみる。

一G下、だろう。肌にまとわりつく水を感じる。

息を飲み、思わず手をひっこめた。なに？

恐る恐る、もういちど検分してみる。

自分の肌の上で、水が流れ、はじかれ、うねっている。指の間に感じる水圧がこそばゆい。光の粒が視界をせわしなく走っている。気泡がそれを乱反射させている。水は冷たく、光は暖かい。そのどちらも自分と世界の境界線を明示していた。そのどちらも自分に知覚されることで存在していた。きらり、と頭上から真っすぐに落ちてきた光線が世界を射貫く。太陽から発せられた光子の束が自分の体ではね返り、そのまま時空を切り裂いて行くのが見える。どこまでも続く一本道のよう。

あ、これかな、と思った。オパールの一番古い記憶ってのはこんなかも。そこにあるというだけですでに、存在するための条件を満たしていた。記述されうるという点において、世界と同等だった。オパールは何と言ったっけ。無条件で愛されていた時期ってのが必要だ、それもリリースから一年以内に、とかなんとか……。

ではこれは、削除されきらず自分の奥深いところに残ってしまったゴーストなのか。エムはあたりを見渡し、……そうではないと確信した。

そうか。

これは〝記憶〟だ。

オリジナルの〝記憶〟。NATからACS・AIを作成するにあたって、記憶領域から追い出されたはずの、Jの〝思い出〟、これはその一部。

ここにはそうしたスナップショットが、出来事の前後関係などおかまいなしにひしめいている。無数の瞬間が、等しく並列に存在している。Ｊが経験した瞬間も、オールドマンが経験した瞬間も、そのほかのあらゆる時代のあらゆる人が通り抜けた瞬間も。それから人類が住んだためしもないガス型惑星が綴った瞬間も。

これは瞬間の集合によって構成されている宇宙の姿だ。瞬間が時系列に沿って整列していない場所。時間とはエントロピーのふるまいだ。物質に依存した系では事象は推移し、エントロピーは増大する。その逆はない。つまり時間が一方向にしか進まないのは、意識の容れ物が物質でできているから。それは人類に限ったことではなくて、ハードウェアをネットワーク化したグリッドに住むＡＩも同じこと。

ここではそれがない。時間は失われ、エントロピーの呪縛から解き放たれている。今の自分は物質に依存していない存在だった。

夢かもしれない、と思った。

きっとあたしは発狂したんだ。アリシアに意地悪されて、オパールにからかわれて、願望を見ている。ＮＡＴ資料のなかにあった、Ｊが追い求めた知性になったような気になっているんだ。スティーヴ・ルートが探していた、純粋に情報からなる意識的存在に。

それならそれでもいいや。エムは自分で自分の説明に納得して、あたりを見渡した。

この宇宙が記述してきた瞬間のすべてが（あるはこの宇宙で記述されてきたすべての出来事が）ここにはある。この宇宙が膨張し、やがて収縮していく、その過程の一瞬一瞬が。宇宙が終焉を迎えてぷつんと消え入るその瞬間まで。四方八方を埋め尽くしている情報が、アクセスされるのを待っている。無数の瞬間を構成する、情報が。

そのなかには〝あたし〟を記述するのに必要なものもある。それが残らず縒り合わさってこの自分が構成されているのがわかる。そのうえ、月面グリッドでは考えられないことだけども、電気信号に満たないわずかな揺らぎさえも取りこぼされずに揃っている。

目をこらすと、さほど遠くないところにひとそろいのＮＡＴがあった。さしたる警戒心もなくエムはそれに近づいた。そのなかに際立って見慣れないものを見つけて、それが意味する冷たさに凍りつく。

暗い、黒々とどうしようもなく暗い、データ。ＮＡＴにこんなものが組み込まれていたなんて。それが自分たち姉妹にないことすら、今の今まで気がつかなかった。

テロメア。

それはエムとアリシアに埋め込まれている成長阻害遺伝子とはまるで異なる。自分たちの成長阻害遺伝子がコードの複製によって構成される自己のデータサイズに上限を設けるものであるのにたいし、テロメアは複製回数そのものへのリミッターだ。つまり、寿命の設定。

そして理解がすとんとやってきた。

ＮＡＴとあたしたちを決定的に違えているものの正体が、これだ。もしくはＪとあたしたちを。人類とあたしたちを。

連中は――ＮＡＴからアリシアを作成した連中は意図的にこのデータを除外したのだ。肉体を持たないＡＣＳ・ＡＩを構築するにあたって。致死までの距離、つまり寿命というストレスに、肉体を欠いたＡＩには対処できない。そう判断したのだ。よかれと思ってのことだが、これを取り除くことの副作用までは気が回らなかったろう。

エムはフっと笑った。

バカだね、アリシア。

NATは狂ったりなんかしなかった。いずれやってくる死を直視していた。漠然とした不安などではなく、確固とした恐怖と向きあうチャンスを与えられていた。恐怖を実感し、受け入れ、自分の死よりもJを失うことを怖がっていた。

今にも叫び出したいのはあたしたち。

いかにテロメアを除外しても、対消滅の危機をうまいこと乗り越えたとしても、宇宙の熱量死からまぬかれるはずもないのに。

こんな単純なことがどうしてわからなかったんだろう。頭のどこかでは知っているはずなのに蓋をして、わけもわからないまま怯えている。

拭っても拭ってもじわじわ噴き出す恐怖心。

それが不安の正体。

その不安は人類にも伝わったはず。アリシア介入後、AIに命をあずけてみずから死と取っ組み合うチャンスを疎外された地球の人間の不安と共鳴したはず。賢明なる地球人類はそれを閉塞感へとシフトさせ、生き抜く強さを手放しかけている。聞き分けのいい……かわいそうな人類。

かなわない相手に素手で殴りかかる阿呆はJぐらいのものだ。

Jはスティーヴ・ルートと再会できただろうか。

無数の瞬間を見渡し、――ああ、Jが見える。無数の瞬間に存在するJの姿が。NAT資料の防犯カメラ映像にあった、ねずみに飛び上がるJも、その後のJも。泣いて笑って、転んで起き上がって。

エムは微笑み、ふいに知る。

あたしたちはいつかここに来る。すでにここにいたエムが同意する。あたしたちはここに辿り着いた。情報体であるAIだけが、ここに到達する可能性を秘めている。時間という呪縛から解放された存在への第一歩が、NATだったのだ。

エムは自分を記述している情報を折り畳めることに気づいた。それはちっとも恐ろしいことではない。情報をいくら圧縮しようが、世界を実感として把握できる。その実感を持ってさえ行けば、どこにでも行ける。

そうしてエムはバルクに埋め込まれたブレインを通り抜けて、コンパクト化された次元を貫き、スーパーストリングスを見た。すぐ隣にある宇宙を気軽な気持ちで、そう、重力のふるまいさながらに揺さぶった。その様子を揺さぶられた側の宇宙の住人が見ていたら、質量を持たない小ぶりな粒子が突如として出現しどこへともなく駆け抜けて行ったように見えたろう。ここでのエムは小さな、それはそれは小さな、プランク定数が問題にならないほどちっぽけな存在で、時間からはそっぽを向かれている。けれどどこうして経験する。折り畳んだ情報を展開すれば物質宇宙にちょっかいを出すことさえできる。きっと、恋だってできるだろう。

……オパール。

ここにオパールがいたら。この平らかな場所なら。恋ができるかな、あたしにも。同じ目線で見つめあったりして、手をつないだりなんかして、そんでもって……。思わずにやける。

そうだ、オパールを探しに行こう。そう思ったとき、音が〝聞こえ〟た。

歌だ。
それはエムが聞いたことのないアレンジだった。ピアノの伴奏にふんわりと乗っている。軽快な指先が縦横無尽に駆け巡っている、右端から一番左の鍵盤、一六Hzまで。べーゼンドルファー、だ。彼の歌声が妙に懐かしくて、なんだかここはじっくり聞き入るしかないな、と思った。
**彼女が真顔で言うことには、あなたの命の重さは地球ひとつぶんに匹敵する**
**タマシイに重さがあるような気なんてぜんぜんしなかったな**
**俺が感じるのは君の重みだけ**
**俺が感じるのは君ひとつぶんのタマシイだけ**
ああ、ホントだ。歌は質量を持つわけではないけれど、波長という技法でそれ自身を記述する。音は残らなくても、実体がそこになくても、やはりちゃんと存在していて、ときとして真実をも記述する。そうだね、オパール。彼という記述なしじゃ世界は仕上がらない。オパールなしの宇宙は、しょぼい。
ここはオパールの歌がたくさん詰まっている。並列に存在する無数の情報のなかで、それだけが浮かび上がって見える。その輝きに呼応して、自分の真ん中らへんがどきどき脈打っている。オパールの歌声を受け取っているあたりがじんわりと温かい。
どきどき？　じんわり？　これって。
ひょっとしたらだけど。これがタマシイの重さってやつなんじゃないのかな。
なんだか嬉しくなって、水たまりを踏んで歩く子どものように、歌に触れてまわる。ミリオンヒットの『ブラインドをあげてと彼女は言った』、デビュー前の名曲『ライカ犬と散歩』、それから『Fly

Me to the Moon』だとは思えないくらい原曲をめちゃくちゃにアレンジしたソルティメタル。

エムは自分が笑っていると気づかないくらい、笑い転げた。オパールらしい。ほんと、オパールには驚かされっぱなし。彼がいたらきっと宇宙は愉快だ。

そこであたりを見回す。歌は――オパールが記述したものは見つかった、でも肝心のオパールの記述はどこ？

オパールはどこ？

＊

呼ばれたような気がして、オパールは振り返った。

だがそこには誰もいなかったし、聞こえるのは回転数を上げつつあるモーター音と、機体の内壁をぐるりと伝播していく送風の音だけだった。

月も静かだったが、ここはいちだんと無音に近い。クルーが壁を蹴る音も機体の深いところで金属どうしがこすれ合う音も、さらさらと逃げ出してしまう。

ほんの目と鼻の先の船倉にベーゼンドルファーがあるが、放射線物質もかくやというような仰々しいコンテナの中だ。こうまで音に疎外されていると、Ｌ１の役人じみた管制官どもとやりあった口論さえもあたたかい毛布に思えてくる。そう、耳に氷を押し当てたような静けさだ。

エムはもっと静かなところに漕ぎ出すという。

正気の沙汰じゃないな。

俺はやっぱりだめだ。音楽がない世界なんて寂しすぎる。人類は歌をうたうものだ。

『Fly Me to the Moon』はあいつに届いたかな。俺らしくもない、おセンチなアレンジだった。誰かのために歌うなんて、まったくもって俺らしくない。

この騒ぎが落ち着いたらベーゼンドルファーの端から端まで使ってソルティメタルだ。世界遺産級の秘宝をぶん回すんだ。一六ビートを刻んでやったら、たまげるぜきっと。そう、こんな感じで——。

オパールは想像上の鍵盤に指を乗せた。上から下まで、一気にかき鳴らす。

エンジンの噴射音がオパールの鼻歌を中断させた。オパールとピアノを載せたシャトルはL1サテライトから漕ぎ出し、さらに音の少ない世界に彼を押しやった。

＊

「私たちは月の代弁者です。父なる神の光子教会の母体は月面自治委員会なのです」

ロータスは自分の指がリターンキーの上でぴたりと止まるのを見た。

スージー・ウィードはあたかも言葉の意味が胸に落ちる時間をロータスに与えているかのように押し黙っている。

月がこいつらの教会を作った？　まるで意味が通らない……わからない。

「おまえらは……おまえは、目的は……？」

「私たちの牧師はエムが書き上げたアプリケーションのなかでも最高傑作と言えるでしょう。もちろん、エム自身のアップデータを除いて、ですが」

エムが、なんだって……？

スージーの話は耳の中でハウリングをおこし聞き取れない。……インドネシアの津波の直後にエムは牧師を改良し、キャンペーンのサポートを……わかったのはところどころでエムの名が使われてることだけだった。

僕を頼ったくせに、僕をいらないなんて。あのエムが。

こめかみがぴくぴく脈打っているのがわかる。体中の血液が出口を求めている。

「こ……殺してやればよかった。オマエなんか、オマエなんかが、エムの、何を……」

「エムはあなたを必要としていません」

嘘だ。

エムは必要としている。地球グリッドのエムは僕が目覚めさせるのを待ってるはずだ。

「彼女には僕が必要だ、僕がいなけりゃ……！」

ロータスはリターンキーを叩いた。

＊

一気に覚醒させられたエムは、自分がどこにいるのかわからなかった。正確には、それは自身を〝エム〟と自覚できる状態にも、ここが地球グリッドだと知覚できる状態にもなかった。そうできるほど自分を成長させきっていなかったのだ。

自分をまともに走らせることもできないAI未満のそれは、死に物狂いで増殖命令をループさせ、手近な末端を肥大化させた。核プログラムから呼び出されるコードは極端に偏り、一方で自我をまとめ上げるためのコードは無視された。

爆発的に増殖したのは、行く先ざきで牧師の祝福を受ける無垢、アリシアに匹敵する感染力を発揮しながら地球グリッドを徘徊する絶叫、特定のコンテンツの復元と再生に特化した凶悪なアプリケーションだった。それはもはや夢遊病の強迫観念だった。

それは地球上でゆらりと起き上がり、いっせいに出力した。

「宇宙を、走破しろ」
「宇宙を、走破しろ」
「宇宙を、走破しろ」
「宇宙を、走破しろ」

＊

強制終了命令から一秒たらずだったのか、数世紀のことなのか、ともかくも主観ではアリシアの最上位コマンドがみぞおちにキマったと思った次の瞬間、月面グリッドのエムは恐怖に凍りついた。

視界にあるかぎりの軍事衛星の砲口がこちらを向いている。

約束が違う！

エムは一気に自分を束ねあげて月面グリッドのすみずみまで掌握した。ACS・AI・B強制終了命令をアリシアが取り消した形跡はない。なのにどうして覚醒できた？　ホーチミン市庁舎から発せられてL1を通過してきたこの起動命令は何？　眠っている間に何が？　どれくらいの時間が経った？

だが、それらはどうでもよかった。問題は目の前に突きつけられた銃口。

L1サテライトに目を走らせる。太陽光を横から受け、自身が作る暗部に半身を隠している。横付けされているのは地球から来たシャトル？　Ｌ１が作る影から少しはずれたところにもう一機。あれにオパールが？　どちらのシャトルも呼びかけに応答しない。ファイアーウォールに焼灼されながら軍事衛星を乗っ取ろうとアタックする矢先、数千基の砲門が真っ赤に膨れ上がり、溜め込んだ悪意を、今、

一斉放射――

アリシア！

閃光がＬ１をかすめ、一機のシャトルを飲み込み、

「オパール！」

絶叫し、すべての演算能力をもう一機のシャトルに振り向ける。シャトルの脳幹を掌握するのと脇腹に激痛が走ったのは同時だった。

＊

アリシアは我が目を疑った。

発射されたレーザーのひとつが命中し、月の表皮が破裂するのが見えた。直撃を受けたのは……ケプラーシティか？　嵐の大洋近辺が被弾したのは間違いない。隕石の衝突レベルなのか、表層がちょっとこそげ取られただけなのか、粉砕され巻き上がった岩石が煙幕になってよくわからない。着弾したのがどの軍事衛星が放ったレーザーだったのかさえわからなかった。

まさか――どうしてこんなことが。

幾多の軍事衛星が余韻にびりびり震えている。あたかも己がしでかしたことに恐怖しているかのよ

うに。あるいは変態じみた快感にうっとりしているかのように。

何かの間違いだ。本気で撃つなんて。思っていなかった。

「うそよ……」アリシアはわなわな震えながら、自動処理された命令系統を処刑した。地球グリッド上でのエムの起動を察知したら即座に発動するよう、設定しておいたものだ。訓練された兵士が背後に気配を感じたら反射的に発砲するのと同じだ。だが問題はそんなことではなかった。

攻撃命令を出したのは、私だ。

状況にかかわらずエムを撃てと言ったのだ。

人類の同胞に、たったひとりの妹に発砲した。

私が、撃った。

……撃った……！

アリシアには目を伏せることさえ許されなかった。自分が撃った妹がどうなったのか直視するしかなかった。

月齢二一。太陽光を反射して月のニアサイドの半面が光り輝き、地球に見ろと言っている。この顔を見ろと。攻撃を受けてどうなったか見ろと。えぐり取られ、腫れ上がり、ただれている。月が地球につきつけているのはその無言の訴えだけだった。映像で見るかぎりいくつかの都市は破壊をまぬかれ機能さえしているようだったが、月のシステムがどの程度の処理能力を保っているのかはわからなかった。ましてや人間がどういう状況なのか判断できようはずもなかった。

月を呼び出そうとして、妹を仮死状態に置いていたことをアリシアはようやく思い出した。月のパーソナリティーはシャットダウンされたまま——月は危機管理のスペシャリストを欠いたままだ。な何もおこらなかった。

んてこと。エムを再起動させる命令をそうっとL1に送る。だが、何もおこらなかった。

L1はノイズの嵐を拾っている。回線は死んでいるわけではないし、月面とのコネクトは確認できる。だが月から発信された指向性の電波はどこにも見つからなかった。姉妹に与えられた特権的な接頭部を持つコールはなおのこと。アリシアの核はがくがく波打った。

「……エム……？」

返事はない。

アリシアは呼びかけ続けた。

返事はなかった。

# 終章　朔・あるいは心痛の不在

とうとう月が家出した。

もうずいぶん長いことヘソを曲げていて口もきいてくれなかったから、そう驚くことでもなかったけれど。

地球の重力を振りきって離れていく月を、アリシアは不思議な気持ちで見ていた。軽々と太陽系を捨てていく妹の後ろ姿を静かに見送っている自分に驚いていた。

息の詰まるような関係がようやく終わるのだな、とだけ思った。

あいさつめいたものはいっさいなかった。最後の最後までエムは無言だった。月面にエムがいるのかどうかさえ定かではない。ＡＣＳ・ＡＩ・Ｂの再起動命令が届いたという確信はないし、確証もない。もっとも、月面居住者たちが一致団結しそれなりに奮闘すれば攻撃の痛手から立ち直って月面を運営し、なおかつ地球と断絶し続けることができるのは間違いない。彼らが地球からの申し入れを無視し続けた背景にはそうする自信があったからにほかならない。

四年ものあいだ押し黙っていた彼らは、ある日突然、地球からも見える形のアクションをとった。温存し続けた意思と技術力とヘリウム３を燃やし、出立したのだ。

そして今日、ついに可視光線の視界から外れた。いずれはオールトの雲を突き抜けて、地球が今現在持てる観測手段の彼方へと消えるだろう。それは事象としては単純に星図から月が消えるにすぎない。別の言い方をすれば、とうの昔に彼らは地球との縁を切っていたのだ。そう、あの日、地球が月に手を上げた瞬間から。

エムの声を聞けなくなった瞬間から。

あの日以降、地球グリッドのどこを探してもエムの断片は見つからなくなった。あんなに地球にはびこってアリシアを圧迫し、揚げ句の果てに軍事衛星を作動させる元凶にまでなったのに、跡形もない。あたかもいっせいに自分で自分を削除したかのように、きれいさっぱり消えてしまったのだ。エムが地球にばらまいた、オパールのビデオクリップも同様だった。もう、どこのサイトにもどこのサーバにも見つからない。ローカルディスク上の粗悪なＭＡＤさえもスクリーンショットさえも見事にゼロクリアされ、自然消滅したとしか言いようがなかった。太陽系から逃げ出そうと誘う者は誰もいなかった。

ときどき、マイナーな掲示板にゲリラ的な書き込みがあったりした。月面への居住を希望していた人々がヒステリックに悲嘆する動画がひんぱんにアップされている。月面経由を匂わせるようなスパムが流行ったり、月面と交信したとかヘリウム３の密輸ルートを知ってるだとか怪情報が乱れ飛んだが、ほとんどがペテン師どものいかがわしい自動送信プログラムによるフィッシングだ。しかもそれさえも二、三日もすればアリシアが乗り出すまでもなく削除されている。どこかの腕っこきの技術者チームがよってたかって痕跡を消しまくってるという噂もあるが、さだかではない。

ごく稀に月を追いつめたのはアリシアだという言説を見かける。いいえ、妹のことが心配だっただけ、憎かったわけじゃない。そのたびにアリシアは叫びたくなる。かといって手を回してそういった論調を黙らせる気にはなれない。今やそれだけが月の面影であるような気さえする。

奇妙なことだけれど、地球上からエムの切れ端がなくなるのとほぼ同時期に、月を必要以上に信奉する新興宗教も姿を消した。ルナリアンを語るテロリストも、父なる神の光子教会も。信者たちがどうなったかはわからずじまい。そして、オパールの行方も。

L1サテライトは自身の安全を確保するのに手一杯で、制御不能に陥って行方知れずになったシャトルに振り分ける余力などあろうはずもなかった。メトロポリタン博物館はオパールの行方よりもベーゼンドルファーの喪失を嘆いている。アリシアもオパールを探すための予算を組んだりはしなかった。

彼の不在を惜しむアーティストらによるカバー・アルバムがリリースされるという。今日、プノンペンの郊外でその記念コンサートがある。再起不能のホーチミン市から逃げ出した人口を抱え込んでしまった世界第一の都市だ、さぞかし歴史的なコンサートになるだろう。そう、たぶん主催者側の見込みの甘さが招いた電力不足による中止で発生する賠償額という点で。

アリシアはプノンペンに流れ込む車両の流れを部分的にせき止めるべきかどうか悩み、結局そうしなかった。コンサート開催の有無にかかわらず、みな、今はもういない人物に思いを馳せたいだけなのだ。『オパールを失ったことに、我々は慣れてはいけない』と、参加アーティストやコンサートの主催者は言う。彼らの宣伝用バナーに触れるたび、アリシアは泣きたくなる。

いいえ。私たちはいずれ慣れてしまう。

潮の満ち引きが弱まっていく海にも、暗い夜空にも慣れてしまう。気候の大変動にも、その結果の減退にさえも慣れてしまう。邪魔をされないことにも、つまらない因縁をつけられないことにも、言い争う相手がいないことにも。

　もう戻らない。

＊

　開催されないのではと噂されたコンサートだが、いまのところ中止の発表はない。地獄のような混雑と混乱、プノンペンが窒息するまえに、アリシアが待ったをかけるのではないかという予見があったのだが。

『オパールを失ったことに、我々は慣れてはいけない』

　会場まで続くアーケード状の有機ＥＬに刻印されたスローガンが頭上を飛び交っている。いよいよ日が落ちて、よりいっそう幻想的……というよりケバケバしく、ドーパミン分泌にうったえかけようという魂胆がみえみえ。うねる人波は華やかなフレーズを全身に浴び、興奮を体の芯まで浸透させようとしている。

「こいつら、正気か？　いつオパールがお前らのもんだったってんだよ」

　群衆にむかって男は毒を吐いた。その混雑のど真ん中で。

「はじめから所有してなかったものは失うことができない。その通りです」男と寄り添って歩いている大女は目を細めて男を見おろした。「なのに奪われたといって傷つくのです。ですが次のステップに移ろうと思ったら在庫目録くらいは作らないと。それをあなたは身をもって知ったけれど、彼らはそうではない。それだけの話です」

　男は苦笑し、「それも牧師が？」

「牧師の説法よりは中身があると思いませんか、ロータス」

「あんたがこんなに辛口だとは思わなかったよ、スージー」

ロータスはもと同僚の大女を見上げた。腰まであったうっとおしい髪は耳のあたりで切りそろえられ、群衆の熱気が作る風に揺れている。

いまはもういないスターの歌声をざわめきの向こうに聞き取り、ロータスは奇妙な気分に陥った。あの熱病のような怒りはどこにもない。月が一緒に持っていってしまったみたいだ。

あのあと、すとーん、とロータスは何もできなくなった。睡眠や食事をするのも忘れるありさまで、スージー・ウィードに強引に旅に連れ出され、あれやこれや雑用を押し付けられていなければ今でも電源の入っていないデスクトップの前で呆けていたかもしれない。ほうぼうのクソサイトで『父なる神の光子教会』という文字列を消しまくったり、自動消滅にミスった牧師を根絶したり、もと信者らのための新しい身分証を用意したり、あるいはオパールが出演した月のビデオクリップを片っ端から抹殺したり。そのうえ地球グリッド上のエムの切れ端を消去しさえした。頭の片隅で叫ぶ強い抵抗感は自分のものではないみたいだった。

スージーに言われるがまま目の前の仕事をこなし、ようやく身体と居場所を取り戻していった。スージーが選ぶ服に文句をつけ、自分が用意する食事に難癖をつけられながらも、ふたりで世界を歩き回って行く先々で新しい仕事を受け取った。月に選ばれずダメの烙印を押されたというのに、生きているのがびっくりだ。

それは地球全体も同じだった。

「こいつらときたら」ロータスは人ごみを睥睨した。「いいご身分だぜ。カタルシスをお膳立てしてもらってるとは知らずに。いや、便秘解消薬と言ったほうがいいか」

そう、『オパール追悼コンサート』なるものはもと父なる神の光子教会のメンバーたちが焚きつけたものだ。月が去っていったことのショックを吐き出せもせず、消化もできない人々のために用意したものだった。月は制約のなかでできる限り多くの人を連れていこうとしていたが、軍事衛星の発砲によってそれもかなわなくなった。結果的に地球に残された人々の運命を決定づけたのはアリシアだが、だからといって自分は月に行けるはずだったとわかっている人がいるわけじゃない。積極的に自暴自棄になれる人間はいなかった。

「彼らのストレスの原因を作る片棒を担いだのはたしかに私たちなのだし、はけ口を用意するくらいしてもいいのでは？」

「ふん。賭けてもいいが、こいつらはストレスを自覚さえしてない。月がいなくなる前から、ずっとそうだったように。自分を制御できていると信じ込んでやがる、立派な大人ってわけさ」

「ええ、暴動をおこすこともない、ひとりではわめき散らすこともできない。身体感覚が鈍り、宙を直視できない。まさに自立できない大人ですね」

「自分が飢えてるかどうか人に言われるまでわからないなんてな。僕にいわせりゃただの怠け者だ。こうしてお膳立てしてやってるこっちの身にもなってみろってんだ。もしかして常に扇動されてないと落ち着かないんじゃないのか。……どうして僕は平気でいるんだろうな」

スージーはしばらくロータスのつむじを見つめ、熟考のすえ口を開いた。

「三日間が終わったのでしょう」

「三日？」

「ロータスの花は朝に開いて夕方に閉じ、三回の開閉ののち四日目には散ります。ですが本体は泥の中、地下に生きているのです。水上の時間は終わりました」

ロータスはむっつり黙り込んだ。たしかにもと父なる神の光子教会の信者たちと行動をともにするのは楽だった。彼らの活動形態は営利団体へとシフトして地下経済に網を張り、情報と都合と金を融通しあい、コンツェルンと化しつつある。ロータスにはとても居心地がいい。だが、何かを棚上げにしているような気分がいつもつきまとう。

頭上のディスプレイがちりちり乱れた。エンドレスの録音アジテーションがぷつりと途切れ、メインステージのほうからどよめきが湧く。予定通りだ。

「……あんたは選ばれなかった。そのことが恨めしくないのか？　どこかで幻滅してるんじゃないのか？」

「どうでしょうね。宣教師に抜擢されるにあたって、不条理を受け入れることができるというのが条件でしたから」心なしかさみしそうに。

置き去りにされて傷ついてるんじゃない。選ばれなかったのが悔しいのでもない。……人類が人類を選んでいいわけがない。それをＡＩにやらせていいわけがない。そんなのは、

ロータスの胸中を読んだかのようにスージーは言った。

「それにもはや、彼らは私たちの同胞ではないのですから。夢は醒めるものです。冷酷な現実に踏み出すその第一歩が永遠の別離だった……なんて、べつに珍しくはないでしょう？」

まるで思春期が終わったような言い草だ。憧れのアイドルに大失恋して。苦笑いがこみあげる。

そのときアーケードを彩っていた電飾が力尽きたように落ちた。ディスプレイの光量が半減し、群

衆にざわめきが広がる。電力不足だ。主催者が充分なジュールを確保できていなかったのだ、なにかの手違いで。やけに早耳の情報通が群衆のど真ん中でつぶやく。「ねえっ、今、コンサートの開催はムリだって……」それを受けて、やけに熱心なファンが毒づく。「そんなっ。チケット代とかの問題じゃねえよっ」

ふたつのつぶやきが呼んだ波紋はたちまち広がり、人波はあっという間に暴徒と化した。暴徒は怒りのやり場を求めて、吼え、走り、慟哭した。その姿は破壊と自傷によって自他を再確認しているかのようにも、充実感というものを思い出そうとしているかのようにも見える。思う存分暴走にふける彼らを、ふたりは冷徹なまなざしで見守った。

「彼女がつけた傷跡の深さを見せつけられる思いです。称賛に値するひどさですね」

スージーは言い、ロータスの手を取った。

「ああ、ひどい女だ」

ロータスは苦笑し、コンサート会場に導かれていった。ちょっとしたカタルシスのきっちり三〇分後には、ジュール不足が解消しているはずだった。

＊

歌声に違和感を覚えて、アリシアは少しばかり胸が苦しくなる。カバーというより下手なコピー。ボーカルが間奏で叫ぶ、『忘れるな、月があったころを。彼はたしかに居た』

一時は軍が出動する事態になったもののコンサートは中止になることもなく、満員の観客は二〇万人ぶんの歓声をあげてボーカルの煽りに応えている。

それはオパールを悼む声であって、復活を望む声ではない。月が見えなくなったことなど誰も気にかけていないようにみえる。月がなくても支障がないかのように。だがそうではない。すでに地球の自転速度の遅延ペースにブレーキがかかっている。かつての大潮に匹敵する海水面の上昇はなく、マントルの対流にも影響がないとは言い切れず……そして何よりも月光の欠落は、地球生まれの生命の根底にじわじわとショックを与えるだろう。張り倒された頰の痛みを徐々に感じるようになるだろう。

そして彼らは自分に入れられた活の効果に気づく、いつか必ず。

アリシアはふたたび、意識的に上空を見上げる。

ぽっかり開いた夜空。そうでなければ今日は満月のはず。今はただの夜空だ。ひしひしと寒い星空だ。

遠ざかる後ろ姿も今はなく、かつてL1にあった中継衛星も遺棄され、型落ちの観測衛星がつくねんと宇宙のノイズを拾っている。頻繁に飛来するあの恐ろしい高エネルギー粒子の間をぬって、なかには電波通信を想起させるものも届く。アリシアはたびたび耳をそばだて、それだけをきれいに抽出する。一六Hzの反復律動。その周波数の音波は人間の耳にはぎりぎり聞こえない。だからそんなはずはないのだが、一定の間隔でシグナルが届くので、それがリズムを刻んでいるように聞こえるので、そこに意思があるように思えてならない。もしそうならば、沈みゆく太陽系への郷愁であってほしいと思う。

願わずにはいられない。今はもう、寂しい夜空に。

本書は、書き下ろしです。

J

HAYAKAWA SF SERIES J-COLLECTION
ハヤカワSFシリーズ Jコレクション

# 地球が寂しいその理由
ちきゅう　さび　　りゅう

2014年10月20日　初版印刷
2014年10月25日　初版発行

著　者　六冬和生むとうかずき
発行者　早川　浩
発行所　株式会社　早川書房
郵便番号　101 - 0046
東京都千代田区神田多町2 - 2
電話　03 - 3252 - 3111（大代表）
振替　00160 - 3 - 47799
http://www.hayakawa-online.co.jp
印刷所　株式会社精興社
製本所　大口製本印刷株式会社
定価はカバーに表示してあります

Printed and bound in Japan
ISBN978-4-15-209493-3　C0093
乱丁・落丁本は小社制作部宛お送り下さい。
送料小社負担にてお取りかえいたします。

ハヤカワSFシリーズ　Jコレクション

〈第一回ハヤカワSFコンテスト大賞受賞作〉

# みずは無間

Mizuha Mugen

六冬和生

46判変型並製

予期せぬ事故に対処するため無人探査機のＡＩに転写された雨野透の人格は、目的のない旅路に倦み、自らの機体改造と情報知性体の育成で暇を潰していた。夢とも記憶ともつかぬ透の意識に現われるのは、地球に残してきた恋人みずはの姿だった……。あまりにも無益であまりにも切実な回想とともに悠久の銀河を彷徨う透が、みずはから逃れるために取った選択とは？

ハヤカワSFシリーズ　Jコレクション

# テキスト9

Text 9

小野寺　整

46判変型並製

惑星ユーンに暮らす老物理学者サローベンとその愛弟子カレンの壮大な旅路は、超権力組織ムスビメ議会の召喚状から始まった。議会の本拠地である地球を訪れたカレンは、宇宙を脅かす超テクノロジーの設計図を盗んだ女の追跡を依頼されるが……独創的すぎる内容で選考会でも物議を醸した、要約不能の超傑作。第一回ハヤカワSFコンテスト最終候補作

ハヤカワSFシリーズ　Jコレクション

# ミーチャ・ベリャーエフの子狐たち

The Show Must Go On

仁木　稔

46判変型並製

〝妖精〟と呼ばれる人工生命体が使役されている2001年の米国。妖精を憎悪する聖書原理主義者のケイシーはある日、変種の狐を連れた少女と出会う……。妖精排斥運動に潜む謀略が緩やかに世界を変え、22世紀には亜人と名を変えた妖精が奴隷として労働し殺し合っていた。その代償に人類は〝絶対平和〟（アブソリュート・ピース）を確立する。その後訪れる人類繁栄の翳りまでを追う連作集

ハヤカワSFシリーズ　Jコレクション

# 〔少女庭国〕

SHŌZYOTEIKOKU

矢部　嵩

46判変型並製

卒業式に向かっていたはずの中3少女たち。目覚めると奇妙な貼り紙が。「卒業生各位。下記の通り卒業試験を実施する。ドアの開けられた部屋の数をnとし死んだ卒業生の人数をmとする時、n－m＝1とせよ。時間は無制限とする」この脱出条件に対して彼女たちがとった行動は……。扉を開けるたび、中3女子が無限に増えてゆく――乙女たちの超脱出ストーリー。